茅盾文学奖
获奖作品全集
典藏版
The Mao Dun Literature Prize

芙蓉镇

古华 著

人民文学出版社

图书在版编目(CIP)数据

芙蓉镇/古华著. —北京：人民文学出版社，2023(2024.12重印)
(茅盾文学奖获奖作品全集：典藏版)
ISBN 978-7-02-017706-6

Ⅰ.①芙… Ⅱ.①古… Ⅲ.①长篇小说—中国—当代 Ⅳ.①I247.5

中国版本图书馆 CIP 数据核字(2022)第 246944 号

责任编辑　向心愿
责任印制　宋佳月

出版发行　人民文学出版社
社　　址　北京市朝内大街 166 号
邮政编码　100705

印　　刷　涿州市京南印刷厂
经　　销　全国新华书店等

字　　数　163 千字
开　　本　890 毫米×1290 毫米　1/32
印　　张　8.5
印　　数　20001—25000
版　　次　1981 年 11 月北京第 1 版
印　　次　2024 年 12 月第 4 次印刷

书　　号　978-7-02-017706-6
定　　价　49.00 元

如有印装质量问题，请与本社图书销售中心调换。电话：010-65233595

出版说明

一九八一年三月十四日,病中的中国作家协会主席茅盾致信作协书记处:"亲爱的同志们,为了繁荣长篇小说的创作,我将我的稿费二十五万元捐献给作协,作为设立一个长篇小说文艺奖金的基金,以奖励每年最优秀的长篇小说。我自知病将不起,我衷心地祝愿我国社会主义文学事业繁荣昌盛!"

茅盾文学奖遂成为中国当代文学的最高奖项。自一九八二年起,基本为四年一届。获奖作品反映了一九七七年以后长篇小说创作发展的轨迹和取得的成就,是卷帙浩繁的当代长篇小说文库中的翘楚之作,在读者中产生了广泛的、持续的影响。

人民文学出版社曾于一九九八年起出版"茅盾文学奖获奖书系",先后收入本社出版的获奖作品。二〇〇四年,在读者、作者、作者亲属和有关出版社的建议、推动与大力支持下,我们编辑出版了"茅盾文学奖获奖作品全集"。此后,伴随着茅盾文学奖评选的进程,我们陆续增补新获奖作品,力求完整呈现中国当代文学最高奖项的成果,使其持续成为读者心目中"茅奖"获奖作品的权威版本。现在,我们又推出"茅盾文学奖获奖作品全集(典藏版)",以满足广大读者和图书爱好者阅读、收藏的需求。

在"茅盾文学奖获奖作品全集(典藏版)"的编辑过程中,我社对所有作品进行了版式统一以及文字校勘;一些以部分卷册获奖的多卷本作品,则将整部作品收入。

感谢获奖作者、作者亲属和有关出版社,让我们共同努力,为当代长篇小说创作和出版做出自己的贡献,为广大读者提供更多的优秀作品。

人民文学出版社编辑部

目 录

第一章　山镇风俗画　　1
　　一　一览风物　　1
　　二　女经理　　8
　　三　满庚哥和芙蓉女　　15
　　四　吊脚楼主　　24
　　五　"精神会餐"和《喜歌堂》　　31
　　六　"秦癫子"　　39
　　七　"北方大兵"　　48

第二章　山镇人啊　　57
　　一　第四建筑　　57
　　二　吊脚楼啊　　64
　　三　女人的账　　74
　　四　鸡和猴　　83
　　五　满庚支书　　91

六　老谷主任　　　　　　　　100

　　七　年纪轻轻的寡妇　　　　　111

第三章　街巷深处　　　　　　　　125

　　一　新风恶俗　　　　　　　　125

　　二　"传经佳话"　　　　　　135

　　三　醉眼看世情　　　　　　　145

　　四　凤和鸡　　　　　　　　　154

　　五　扫街人秘闻　　　　　　　165

　　六　"你是聪明的姐"　　　　178

　　七　人和鬼　　　　　　　　　188

第四章　今春民情　　　　　　　　201

　　一　芙蓉河啊玉叶溪　　　　　201

　　二　李国香转移　　　　　　　207

　　三　王镇长　　　　　　　　　212

　　四　义父谷燕山　　　　　　　219

　　五　吊脚楼塌了　　　　　　　228

　　六　"郎心挂在妹心头"　　　235

　　七　一个时代的尾音　　　　　245

后　记　　　　　　　　　　　　　249

　　话说《芙蓉镇》　　　　　　　252

唱一曲严峻的乡村牧歌

———自 序

第一章　山镇风俗画
（一九六三年）

一　一览风物

芙蓉镇坐落在湘、粤、桂三省交界的峡谷平坝里，古来为商旅歇宿、豪杰聚义、兵家必争的关隘要地。有一溪一河两条水路绕着镇子流过，流出镇口里把路远就汇合了，因而三面环水，是个狭长半岛似的地形。从镇里出发，往南过渡口，可下广东；往西去，过石拱桥，是一条通向广西的大路。不晓得是哪朝哪代，镇守这里的山官大人施行仁政，或者说是附庸风雅图个县志州史留名，命人傍着绿豆色的一溪一河，栽下了几长溜花枝招展、绿荫拂岸的木芙蓉，成为一镇的风水；又派民夫把后山脚下的大片沼泽开掘成方方湖塘，遍种水芙蓉，养鱼，采莲，产藕，作为山官衙门的"官产"。每当湖塘水芙蓉竞开，或是河岸上木芙蓉斗艳的季节，这五岭山脉腹地的平坝，便颇是个花柳繁华之地、温柔富贵之乡了。木芙蓉根、茎、花、皮，均可入药。水芙蓉则上结莲子，下产莲藕，就连它翠绿色的铜锣一样圆圆盖满湖面的肥大叶片,也可让蜻蜓立足,青蛙翘首,露珠儿滴溜;采摘下来,还可给远行的脚夫包中伙饭菜,做荷叶麦子粑子,盖小商贩的生意担子,遮赶圩女人的竹篮筐,被放牛娃儿当草帽挡日头……一物百用,各个不同。小河、小溪、小镇,因此得名"芙蓉河"、"玉叶溪"、"芙蓉镇"。

芙蓉镇街面不大。十几家铺子、几十户住家紧紧夹着一条青石板街。铺子和铺子是那样的挤密,以至一家煮狗肉,满街闻香气;以至谁家娃儿跌跤碰脱牙、打了碗,街坊邻里心中都有数;以至妹娃家的私房话,年轻夫妇的打情骂俏,都常常被隔壁邻居听了去,传为一镇的秘闻趣事、笑料谈资。偶尔某户人家弟兄内讧,夫妻斗殴,整条街道便会骚动起来,人们往来奔走,相告相劝,如同一河受惊的鸭群,半天不得平息。不是逢圩的日子,街两边的住户还会从各自的阁楼上朝街对面的阁楼搭长竹竿,晾晒一应布物:衣衫裤子,裙子被子。山风吹过,但见通街上空"万国旗"纷纷扬扬,红红绿绿,五花八门。再加上悬挂在各家瓦檐下的串串红辣椒,束束金黄色的苞谷种,个个白里泛青的葫芦瓜,形成两条颜色富丽的夹街彩带……人在下边过,鸡在下边啼,猫狗在下边梭窜,别有一种风情,另成一番景象。

一年四时八节,镇上居民讲人缘,有互赠吃食的习惯。农历三月三做清明花粑子,四月八蒸莳田米粉肉,五月端午包糯米粽子、喝雄黄艾叶酒,六月六谁家院里的梨瓜、菜瓜熟得早,七月七早禾尝新,八月中秋家做土月饼,九月重阳柿果下树,金秋十月娶亲嫁女,腊月初八制"腊八豆",十二月二十三日送灶王爷上天……构成家家户户吃食果品的原料虽然大同小异,但一经巧媳妇们配上各种作料做将出来,样式家家不同,味道各个有别,最乐意街坊邻居品尝之后夸赞几句,就像在暗中做着民间副食品展览、色香味品比一般。便是平常日子,谁家吃个有眼珠子、脚爪子的荤腥,也一定不忘夹给隔壁娃儿三块两块,由着娃儿高高兴兴地回家去向父母亲炫耀自己碗里的收获。饭后,做娘的必得牵了娃儿过来坐坐,嘴里尽管拉扯说笑些旁的事,那神色却是完完全全的道谢。

芙蓉镇街面虽小,居民不多,可是一到逢圩日子就是个万人集市。集市的主要场所不在青石板街,而在街后临河那块二三十亩见方的土坪,旧社会留下了两溜石柱撑梁、青瓦盖顶、四向皆空的长亭。长亭对面,立着个油彩斑驳的古老戏台。解放初时圩期循旧例,逢三、六、九,一旬三圩,一月九集。三省十八县,汉家客商,瑶家猎户、药匠,壮家小贩,都在这里云集贸易。猪行牛市,蔬菜果品,香菇木耳,懒蛇活猴,海参洋布,日用百货,饮食小摊……满圩满街人成河,嗡嗡嘤嘤,万头攒动。若是站在后山坡上看下去,晴天是一片头巾、花帕、草帽,雨天是一片斗篷、纸伞、布伞。人们不像是在地上行走,倒像汇流浮游在一座湖泊上。从卖凉水到做牙行捐客,不少人靠了这圩场营生。据说镇上有户穷汉,竟靠专捡猪行牛市上的粪肥发了家呢……到了一九五八年大跃进,因天底下的人都要去炼钢煮铁,去发射各种名扬世界的高产卫星,加上区、县政府行文限制农村集市贸易,批判城乡资本主义势力,芙蓉镇由三天一圩变成了星期圩，变成了十天圩，最后成了半月圩。逐渐过渡，达到市场消灭，就是社会主义完成，进入共产主义仙境。可是据说由于老天爷不作美，田、土、山场不景气，加上帝修反捣蛋，共产主义天堂的门槛太高，没跃进去不打紧，还一跤子从半天云里跌下来，结结实实落到了贫瘠穷困的人间土地上，过上了公共食堂大锅青菜汤的苦日子，半月圩上卖的净是糠粑、苦珠、蕨粉、葛根、土茯苓。马瘦毛长，人瘦面黄。国家和百姓都得了水肿病。客商绝迹，圩场不成圩场，而明赌暗娼，神拳点打，摸扒拐骗却风行一时……直到前年——公元一九六一年的下半年，县政府才又行下公文，改半月圩为五天圩，首先从圩期上放宽了尺度，便利物资交流。因元气大伤，芙蓉镇再没有恢复成为三省十八县客商云集的万人集市。

近年来芙蓉镇上称得上生意兴隆的，不是原先远近闻名的猪行牛市，而是本镇胡玉音所开设的米豆腐摊子。胡玉音是个二十五六岁的青年女子。来她摊子前站着坐着蹲着吃碗米豆腐打点心的客人，习惯于喊她"芙蓉姐子"。也有那等好调笑的角色称她为"芙蓉仙子"。说她是仙子，当然有点子过誉。但胡玉音黑眉大眼，面如满月，胸脯丰满，体态动情，却是过往客商有目共睹的。镇粮站主任谷燕山打了个比方："芙蓉姐的肉色洁白细嫩得和她所卖的米豆腐一个样。"她待客热情，性情柔顺，手头利落，不分生熟客人，不论穿着优劣，都是笑脸迎送："再来一碗？添勺汤打口干？""好走好走，下一圩会面！"加上她的食具干净，米豆腐量头足，作料香辣，油水也比旁的摊子来得厚,一角钱一碗,随意添汤,所以她的摊子面前总是客来客往不断线。

"买卖买卖,和气生财。""买主买主,衣食父母。"这是胡玉音从父母那里得来的"家训"。据传她的母亲早年间曾在一个大口岸上当过花容月貌的青楼女子,后来和一个小伙计私奔到这省边地界的山镇上来,隐姓埋名,开了一家颇受过往客商欢迎的夫妻客栈。夫妇俩年过四十,烧香拜佛,才生下胡玉音一个独女。"玉音,玉音",就是大慈大悲的观音老母所赐的意思。一九五六年公私合营,也是胡玉音招郎收亲后不久,两老就双双去世了。那时还没有实行顶职补员制度,胡玉音和新郎公就参加镇上的初级社,成了农业户。逢圩赶场卖米豆腐,还是近两年的事呢。讲起来都有点不好意思启齿,胡玉音做生意是从提着竹篮筐卖糠菜粑粑起手,逐步过渡到卖蕨粉粑粑、薯粉粑粑,发展成摆米豆腐摊子的。她不是承袭了什么祖业,是饥肠辘辘的苦日子教会了她营生的本领。

"芙蓉姐子!来两碗多放剁辣椒的!"

"好咧——,只怕会辣得你兄弟肚脐眼痛!"

"我肚脐眼痛,姐子你给治?"

"放屁。"

"女老表!一碗米豆腐加二两白烧!"

"来,天气热,给你同志这碗宽汤的。白酒请到对面铺子里去买。"

"芙蓉姐,来碗白水米豆腐,我就喜欢你手巴子一样白嫩的,吃了好走路。"

"下锅就熟。贫嘴呱舌,你媳妇大约又有两天没有喊你跪床脚、扯你的大耳朵了!"

"我倒想姐子你扯扯我的大耳朵哩!"

"缺德少教的,吃了白水豆腐舌尖起泡,舌根生疮,保佑你下一世当哑巴!"

"莫咒莫咒,米豆腐摊子要少一个老主顾,你舍得?"

就是骂人、咒人,胡玉音眼睛里也是含着温柔的微笑,嗓音也和唱歌一样的好听。对这些常到她摊上来的主顾们,她有讲有笑,亲切随和得就像待自己的本家兄弟样的。

的确,她的米豆腐摊子有几个老主顾,是每圩必到的。

首先是镇粮站主任谷燕山。老谷四十来岁,北方人,是个鳏夫,为人忠厚朴实。不晓得怎么搞的,谷燕山前年秋天忽然通知胡玉音,可以每圩从粮站打米厂卖给她碎米谷头子六十斤,成全她的小本生意!胡玉音两口子感激得只差没有给谷主任磕头,喊恩人。从此,谷燕山每圩都要来米豆腐摊子坐上一坐,默默地打量着脚勤手快、接应四方的胡玉音,仿佛在细细品味着她的青春芳容。因他为人正派,所以就连他对"芙蓉姐子"那个颇为轻浮俗气的比喻,都没有引起什么非议。再一个是本镇大队的党支书满庚哥。满庚哥三十来岁,是个转业军人,跟胡玉音的男人是本家兄弟,玉音认了他做干哥。干哥每圩来摊子上坐一坐,赏光吃两碗不数票子的米豆腐去,是很有象征意义的,无形中印证了米豆腐摊子的合法性,告诉逢圩赶场的人们,米豆腐摊子是得到党支部准许、党支书支持的。

吃米豆腐不数票子的人物还有一个,就是本镇上有名的"运动根子"王秋赦。王秋赦三十几岁年纪,生得圆头圆耳,平常日子像尊笑面佛。可是每逢政府派人下来抓中心,开展什么运动,他就必定跑红一阵,吹哨子传人开会啦,会场上领头呼口号造气氛啦,值夜班看守坏人啦,十分得力。等到中心一过,运动告一段落,他也就像个泄了气的皮球。嘴巴又好油腻,爱沾荤腥,人家一个钱当三个花,他三个钱当一个钱吃。来米豆腐摊前一坐,总是一声:"弟嫂,来两碗,记账!"一副当之无愧的神气。有时还当着胡玉音的面,拍着她男人的肩膀开玩笑:"兄弟!怎么搞的?你和弟嫂成亲七八年了,弟嫂还像个黄花女,没有装起窑?要不要请个师傅,做个娃娃包靠!"讲得两口子脸块绯红,气也不是,恼也不是,骂也不是。对于这个白吃食的人,胡玉音虽是心里不悦,但本镇上的街坊,来了运动又十分跑红的,自然招惹不起,白给吃还要赔个笑脸呢。

每圩必来的主顾中,有个怪人值得特别一提。这人外号"秦癫子",大名秦书田,是个五类分子。秦书田原先是个吃快活饭的人,当过州立中学的音体教员,本县歌舞团的编导,一九五七年因编演反动歌舞剧,利用民歌反党,划成右派,被开除回乡生产。他态度顽固,从没有承认过自己反党反社会主义的罪行,只承认自己犯过两回男女关系的错误,请求大队支书黎满庚将他的"右派分子"帽子换成"坏分子"帽子。自有一套自欺欺人的理论。他来胡玉音的摊子上吃米豆腐,总是等客人少的时刻,笑笑眯眯的,嘴里则总是哼着一句"米米梭,梭米来米多来辣多梭梭"的曲子。

"秦癫子!你见天哼的什么鬼腔怪调?"有人问。

"广东音乐《步步高》,跳舞的。"他回答。

"你还步步高?明明当了五类分子,步步低啦!"

"是呀,对呀,江河日下,努力改造……"

在胡玉音面前,秦书田十分知趣,眼睛不乱看,半句话不多讲。"瘦狗莫踢,病马莫欺",倒是胡玉音觉得他落魄,有些造孽。有时舀给他的米豆腐,香油和作料还特意下得重一点。

逢圩赶集,跑生意做买卖,鱼龙混杂,清浊合流,面善的、心毒的,面善心也善的,面善心不善的,见风使舵、望水弯船的,巧嘴利舌、活货说死、死货说活的,倒买倒卖、手辣脚狠的,什么样人没有呢?"芙蓉姐子"米豆腐摊子前的几个主顾常客就暂且介绍到这里。这些年来,人们的生活也像一个市场。在下面的整个故事里,这几个主顾无所谓主角配角,生旦净丑,花头黑头,都会相继出场,轮番和读者见面的。

二　女经理

芙蓉镇街面虽小,国营商店却有三家:百货店、南杂店、饮食店。三家店子分别耸立在青石板街的街头、街中、街尾。光从地理位置上讲,就占着绝对优势,居于控制全镇商业活动的地位。饮食店的女经理李国香,新近才从县商业局调来,对镇上的自由市场有着一种特殊的敏感。每逢圩日,她特别关注各种饮食小摊经售的形形色色零星小吃的兴衰状况,看看究竟有多少私营摊贩在和自己的国营饮食店争夺顾客,威胁国营食品市场。她像个旧时的镇长太太似的,挺起那已经不十分发达了的胸脯,在圩场上看过来,查过去,最后看中了"芙蓉姐子"的米豆腐摊子。她暗暗吃惊的是,原来"米豆腐西施"的脸模长相,就是一张招揽顾客的广告画!更不用讲她服务周到、笑笑微微的经营手腕了。"这些该死的男人!一个个就和馋猫一样,总是围着米豆腐摊子转……"她作为国营饮食店的经理,不觉地就降低了自己的身份,认定"芙蓉姐子"的米豆腐摊子,是镇上唯一能和她争一高下的潜在威胁。

  一天逢圩,女经理和"芙蓉姐子"吵了一架。起因很小,原也和国营饮食店经理的职务大不相干。胡玉音的男人黎桂桂是本镇屠户,这一圩竟捎来两副猪杂,切成细丝,炒得香喷喷辣乎乎的,用来给每碗米豆腐盖码子。价钱不变。结果米豆腐摊子前边排起了队伍,有的人吃油了嘴巴,吃了两碗吃三碗。无形中把对面国营饮食店的顾客拉走了一大半。"这还了得?小摊贩竟来和国营店子抢生意?"于是女经理三脚两步走到米豆腐摊子前,立眉横眼地把戴了块"牛眼睛"①的手伸了过去:"老乡,把你的营业许可证交出来看看!"胡玉音不知她的来由,连忙停住碗勺赔笑说:"经理大姐,我做

---

① 山里人对手表的戏称。

这点小本生意,圲圲都在税务所上了税的。镇上大人娃儿都晓得……""营业证!我要验验你的营业证!"女经理的手没有缩回,"若是没有营业证,就叫我们的职工来收你的摊子!"温顺本分的胡玉音傻了眼:"经理大姐,你行行好,抬抬手,我卖点米豆腐,摆明摆白的,又不是黑市!"这可把那些等着吃米豆腐的人惹恼了,纷纷站出来帮腔:"她摆她的摊子,你开你的店子,井水不犯河水,她又没踩着哪家的坟地!""今天日子好,牛槽里伸进马脑壳来啦!""女经理,还是去整整你自己的店子吧,三鲜面莫再吃出老鼠屎来就好啦!哈哈哈……"后来还是粮站主任谷燕山出面,给双方打了圆场:"算啦算啦,在一个镇上住着,低头不见抬头见,有话到市管会和税务所去讲!"把李国香气的哟,真想大骂一通资本主义尾巴们!芙蓉镇庙小妖风大,池浅王八多,窝藏坏人坏事,对她这个外来干部欺生。

李国香本是县商业局的人事干部,县委财贸书记杨民高的外甥女,全县商业战线以批资本主义出名的女将。据说早在一九五八年,她就献计献策,由县工商行政管理局放出了一颗"工商卫星":对全县小摊小贩进行了一次突击性大清理。她的事迹还登过省报,一跃而成为县里的红人,很快入了党,提了干。人人都有一本难念的经。今年春上,正当要被提拔为县商业局副局长时,她和有家有室的县委财办主任的秘事不幸泄露。因她去医院打胎时不得不交代出肚里孽种畜生的来历。为了爱护典型,秘事当然被严格控制在极小的范围内。就连负责给她堕胎的女医生,都很快因工作需要被安排到千里之外的洞庭湖区搞"血防"去了。李国香也暂时受点委屈，下到芙蓉镇饮食店来当经理。可怜巴巴的连个股级干部都没够上呢。

女经理今年三十二岁。年过三十二对于一个尚未成家的女人来说，是一个复杂的年纪，叫做上上不得，下下不得。唉唉，都怨得了谁呢？恋爱史就是她的青春史。李国香二十二岁那年参加革命工作，在挑选对象这个问题上，真叫尝遍了酸甜苦辣咸。她初恋谈的是县兵役局一位肩章上一颗"豆"的少尉排长，可是那年月时髦姑娘们流行的歌诀是：一颗"豆"太小，两颗"豆"嫌少，三颗"豆"正好，四颗"豆"太老。她很快就和"一颗豆"吹了。不久找了位"三颗豆"，老倒是不老，就是上尉连长刚和乡下的女人离了婚，身边还有个活蹦乱跳的男娃，头次见面不喊"阿姨"，而喊"后妈"！碰他娘的鬼哟，挂筒拉倒。接着发生了第三次爱情纠葛，闪电式的，很有点讲究，这里暂且不表。一九五六年党号召向科学进军，她找了位知识分子——县水利局的一位眼镜先生。两人已经有了"百日之恩"。可是眼镜先生第二年被划成右派分子。"妈呀！"她像走夜路碰见了五步蛇，赶忙把跨出去的脚缩了回来，好险！这一来她发誓要成为一名人事干部，对象则要个科局级，哪怕是当"后妈"。她的愿望只达到了一半。因为世上的好事总难全。不知不觉十年青春年华过去了，她政治上越来越跑红，而在私生活方面却圈子越搞越窄，品位级别也越来越低了。有时心里就和猫爪抓挠着一样干着急。她天天早晨起来的第一件事：照镜子。当窗理云鬟，对镜好心酸。原先黑白分明的大眼睛,已经布满了红丝丝,色泽浊黄。原先好看的双眼皮,已经隐现一晕黑圈,四周爬满了鱼尾细纹。原先白里透红的脸蛋上有两个逗人的浅酒窝,现在皮肉松弛,枯涩发黄……天哪,难道一个得不到正常的感情雨露滋润的女人,青春就是这样的短促,季节一过就凋谢萎缩?人一变丑,心就变冷。积习成癖,她在心里暗暗嫉妒着那些有家有室的女人。

李国香急于成家。有了法定的男人,她在县上闹下的秘闻就会为人们淡忘。谁成家前没有一两件荒唐事哟。今年年初来到芙蓉镇后,她留心察看了一下,在"共产党员、国家干部"这个起码标准下,入选目标可怜巴巴,只有粮站主任谷燕山那个"北方佬"。"北方佬"一脸胡子拉碴,衣着不整,爱喝二两,染有一般老单身汉诸如此类的癖好积习。可是据山镇银行权威人士透出风声,谷主任私人存折是个"千字号"。谷燕山政治、经济条件都不差,就是年龄上头差一截……唉唉,事到如今,只能顾一头了。俗话说:"老郎疼婆娘,少郎讲名堂。"当然话讲回来,李国香有时也单相思地想到:一旦真的搂着那个一嘴胡子拉碴的黑雷公睡觉,没的恶心,不定一身都会起鸡皮疙瘩……一个果子样熟过了的女人,不能总靠单相思过日子。她开始注意跟粮站主任去接近,亲亲热热喊声"老谷呀,要不要我叫店里大师傅替你炒盘下酒菜?"或是扯个眉眼送上点风情什么的:"谷大主任,我们店里新到了一箱'杏花村',我特意吩咐给你留了两瓶!""哎呀,你的衣服领子都黑得放亮啦,做个假领子就省事啦……"如此这般。本来成年男女间这一类的表露、试探,如同易燃物,一碰就着。谷燕山这老单身汉却像截湿木头,不着火,不冒烟。没的恶心!李国香只好进一步做出牺牲,老着脸子采取些积极行动。

有天晚上,全镇供销、财粮系统联合召开党员会,传达中央文件。镇上那时还没有发电,会场上吊着一盏时明时灭像得了哮喘病似的煤气灯。女经理等候在黑洞洞的楼梯口。粮站主任进来时,她自自然然地挨过身子去:"老谷呀,慢点走,这楼口黑得像棺材,你做点好事牵着我的手!"粮站主任没介意,伸过手臂去让女经理拉住,也就是类似大口岸地方那种男女"吊膀子"的款式。谁知女经理得寸进尺,"吊膀子"还嫌不足,竟然整个身子都贴了上来。粮站主任口里喷出酒气,女经理身上喷出香气。反正黑咕隆咚的木板楼梯上,谁也看不清谁。"你呀,又喝了?嘻嘻嘻,酒臭!"女经理又疼又怨像个老交情。"你怎么像根藤一样地缠着我呀?来人了,还不赶快松开?"粮站主任真像棵树,全无知觉。气得女经理恨恨地在他的膀子上掐了一把:"老东西! 不懂味,不知趣! 送到口边的菜都不吃?"粮站主任竟反唇相讥:"女经理可不要听错了行情估错了价,我懂酒味,不知你趣!"天啊,这算什么话?没的恶心!好在已经来到了会场门口,两人都住了口。彼此冷面冷心,各人有各人的尊严。进了会场各找各的地方坐下,好像什么事都没有发生过。

在一个四十出头的单身汉面前碰壁!李国香牙巴骨都打战战,格格响。饮食店的职工们当然不知女经理的这番挫折,只见她第二天早晨起来眼睛肿得和水蜜桃一样,看什么人都不顺眼,看见馒头、花卷、包子、面条都有气。还平白无故就把一位女服务员批了一顿:

"妖妖调调的,穿着短裙子上班,要现出你的腿巴子白白嫩嫩?没的恶心!你想学那摆米豆腐摊的女贩子?还是要当国营饮食店的营业员?你不要脸,我们国营饮食店还要讲个政治影响!先向你们团支部写份检讨,挖一挖打扮得这么花俏风骚的思想根源!"

几天后,女经理自己倒是找到了在老单身公谷燕山面前碰壁的根源:就是那个"米豆腐西施",或如一般顾客喊的"芙蓉姐子"。原来老单身公是在向有夫之妇胡玉音献殷勤,利用职权慷国家之慨,每圩供给六十斤碎米谷头子!什么碎米谷头子?还不是为了障人耳目!里边还不晓得窝着、藏着些什么不好见人的勾当呢。"胡玉音!你是个什么人?李国香又是个什么人?在小小芙蓉镇,你倒事事占上风!"有好些日子,她恼恨得气都出不均匀,甚至对胡玉音婚后不育,她都有点幸灾乐祸。"空有副好皮囊!抱不出崽的寡蛋!"相形之下,她不免有点自负,自己毕竟还有过两回西医、草药打胎的记录……谷燕山,胡玉音!天还早着呢,路还远着呢。只要李国香在芙蓉镇上住下去,扎下根,总有一天叫你们这一对不清不白的男女丢人现眼败相。

她是这样的人:常在个人生活的小溪小河里搁浅,却在汹涌着政治波涛的大江大河里鼓浪扬帆。"神仙下凡问土地",她决定利用空余时间先去找本镇大队党支部调查调查,掌握些基本情况,再来从长计议。

三 满庚哥和芙蓉女

芙蓉河岸上,如今木芙蓉树不多了。人说芙蓉树老了会成芙蓉精,化作女子晚上出来拉过路的男人。有人曾在一个月白风清的后半夜,见一群天姿国色的女子在河里洗澡,忽而朵朵莲花浮玉液,忽而个个仙姑戏清波……每个仙姑至少要拉一个青皮后生去配偶。难怪芙蓉河里年年热天都要淹死个把洗冷水澡的年轻人。搞得镇上那些二百五后生子们又惊又怕又喜,个别水性好、胆子大的甚至想:只要不丢了性命,倒也不妨去会会芙蓉仙姑。站在领导者的立场上,从长远利益着眼,这可对镇上人口、民兵建设都是个威胁。因而河岸上的芙蓉老树从一镇风水变成了一镇迷信根源。后来乡政府布置种蓖麻籽,说是可以提炼保卫国家的飞机润滑油,镇上的小学生们就刨了芙蓉树根点种蓖麻,既巩固了国防,又破除了迷信。正跟镇背后的方方湖塘,原先种着水芙蓉,公社化后以粮为纲,改成了水稻田一样。不过河岸码头边,还幸存着十来株合抱大的凉粉树,树上爬满了薜荔藤。对于这十来株薜荔古树何以能够逃脱全民炼钢煮铁运动,镇上的人说法不一。有的说是因它的木质差,烧成木炭不厉火。有的说是乡政府的一个后来被划成右倾机会主义分子的乡长同志，执意要留给过渡群众歇气、纳凉。有的说就是到了尽吃尽喝的共产主义社会，大热天大约也还要用冰凉的井水磨几碗凉粉解解油腻，留下凉粉树，是看到了长远利益……你看看，才过了四五年，对这么件小事就各执一词，众说纷纭，可见中国历史的复杂性。难怪历朝历代都有那么多大学问家做"考证"。凉粉树啊，薛荔藤，在码头石级两旁，形成了烈日射不透的夹道浓荫，荫庇着上下过往行人。树上吊满了凉粉公、凉粉婆，就像吊满一只只小小的青铜钟。它们连同浓荫投映在绿豆色的河水里，静静的河水都似乎在叮咚、叮咚……

　　大队支书满庚哥，一九五六年从部队上复员下来，分配在区政府当民政干事，就是在这渡口码头边，见到了镇上客栈胡老板的独生女的。那女子洗完了一篮筐衣服，正俯着脸盘看水下岩缝缝里游着的尾尾花灯鱼玩。满庚哥从岸上下来等渡船，首先看到的是那张倒映在河水里的秀丽的鹅蛋脸……他心里迷惑了一下：乖！莫非自己大白天撞上了芙蓉树精啦？镇上哪家子出落个这么姣好的美人儿？民政干事出了神。他不怕芙蓉树精，不觉地走拢过去，继续打量着镜子一般明净的河水里倒映出的这张迷人的脸盘。

　　这一来，河水里就倒映出了两张年轻人的脸。那女子吓了一大跳，绯红了脸，恨恨地一伸手先把河水里的影子搅乱了，捣碎了；接着站起身子，懊恼地朝后生子身上斜了一眼。可是，两个人都立时惊讶、羞怯得和触了电一样，张开嘴巴呆住了：

　　"玉音！你长这么大了？……"

"满庚哥,你回来了……"

原来他们从小就认识。满庚哥是摆渡老倌的娃儿。玉音跟着他进山去扯过笋子、捡过香菇、打过柴禾。他们还山对山、崖对崖地唱过耍歌子,相骂着好玩。小玉音唱:"那边徕崽站一排,你敢砍柴就过来,镰刀把把打死你,镰刀嘴嘴挖眼埋!"小满庚回:"那山妹子生得乖,你敢扯笋就过来,红绸帕子把你盖,花花轿子把你抬!"一支一支的山歌相唱相骂了下去,满庚没有输,玉音也没有赢。她心里恨恨地骂:"短命鬼!哪个稀罕你的红绸帕子花花轿?呸,呸!"有时她心里又想:"缺德少教的,看你日后花花轿子来不来抬……"后来,人,一年年长大了,玉音也一年年懂事了。满庚哥参了军。胡玉音一想到"花花轿子把你抬"这句山歌,就要脸热,心跳,甜丝丝地好害臊。

一对青梅竹马,面对面地站在一块岩板上。可两人又都低着头,眼睛看着自己的鞋尖尖。玉音穿的是自己做的布鞋,满庚穿的是部队上发的解放鞋。好在是红火厉日的正中午,树上的知了吱—呀、吱—呀只管噪,对河的艄公就是满庚的爹,不知是在阴凉的岩板上睡着了,还是在装睡觉。

"玉音,你的一双手好白净,好像没有搞过劳动……"还是民政干事先开了口。开过口又埋下眼皮好后悔,没话找话,很不得体。

"哪个讲的?天天都做事哩。不戴草帽不打伞,不晓得哪样的,就是晒不黑……不信?你看,我巴掌上都起了茧……"客栈老板的独生女声音很轻,轻得几乎只能自己听见。但民政干事也听得见。

胡玉音有点委屈地嘟起腮帮,想向满庚哥伸出巴掌去。巴掌却不听话,要伸不伸的,麻起胆子才伸出去一半。

满庚哥歉意地笑了笑,伸出手去想把那巴掌上的茧子摸一摸,但手臂却不争气,伸到半路又缩了回来。

"玉音,你……"满庚哥终于鼓起了勇气,眼睛睁得好大,一眨不眨地盯着秀丽女子,眼神里充满了讯问。

玉音吃了灵芝草,满庚哥的心事,她懂:

"我?清清白白一个人……"她还特意添加了一句,"就是一个人……"

"玉音!"满庚哥声音颤抖了,紧张得身上的军装快要胀裂了,张开双臂像要扑上来。

"你……敢!"胡玉音后退了一步,眼睛里立即涌出了两泡泪水,像个受了欺侮的小妹娃一样。

"好,好,我现在不……"满庚哥见状,心里立即生出一种兄长爱护妹妹般的感情和责任,声音和神色都缓和了下来。"好,好,你回家去吧,老叔、婶娘在铺里等久了,会不放心的。你先替我问两个大人好!"

胡玉音提起洗衣篮筐,点了点头:"爹娘都年纪大了,病病歪歪的……"

"玉音,改天我还要来看你!"对岸,渡船已经划过来了。

胡玉音又点了点头,点得下巴都挨着了衣领口。她提着篮筐一步步沿着石阶朝上走,三步一回头。

民政干事回到区政府,从头到脚都是笑眯眯的。

区委书记杨民高是本地人,很注意培养本地干部。在区委会、区政府二十几号青年干部里,他最看重的就是民政干事黎满庚。小黎根正苗正,一表人才,思想单纯作风正,部队上的鉴定签得好,服役五年立过四次三等功。当时,县委正在布置撤区并乡,杨民高要被提拔到县委去管财贸。他向县委推荐,提拔小黎到山区大乡——芙蓉乡当乡长兼党总支书记。县委组织部已经找黎满庚谈了话,只等着正式委任。这时,杨民高书记那在县商业局工作的宝贝外甥女,来区政府所在地调查供销工作。当然啰,三顿饭都要来书记舅舅宿舍里吃。杨书记不知出于无心还是有意,每顿饭都派民政干事到厨房里打了来一起吃。民政干事隐约听人讲过,区委书记的外甥女在县里搞恋爱像猴子掰苞谷,掰一个丢一个,生活不大严肃。饭桌上,不免就多打量了几眼:是啊,穿着是够洋派的,每到吃饭时,就要脱下米黄色丝光卡罩衣,只穿一件浅花无领无袖衫,裸露出一对圆圆滚滚、雪白粉嫩的胳膊,细嫩的脖子下边也现出来那么一片半遮不掩的皮肉,容易使人产生奇妙的联想呢。高耸的胸脯上,布衫里一左一右顶着两粒对称的小纽扣似的。就连杨民高书记这种长年四季板着脸孔过日子的领导人,吃饭时也不免要打望一下外甥女的一对白胖的手巴子,盯两眼她脖子下细嫩的一片,嘴角也要透出几丝丝不易被人察觉的笑意。杨书记的外甥女究竟是位见过世面的人，落落大方，一双会说话、能唱歌似的眼睛在民政干事的身上瞄来扫去，真像要把人的魂魄都摄去似的。黎满庚从来没有被女同志波光闪闪的眼睛这样"扫描"过，常常脸红耳赤，笨手笨脚，低下脑壳去数凳子脚、桌子脚。

总共就这么在一张饭桌上吃了四顿饭，彼此只晓得个"小黎"、"小李"。第三天，杨书记送走外甥女后，就笑眯眯地问："怎么样？嗯？怎么样？"黎满庚头脑不灵活，反应不过来，不知所问："杨书记，什么事？什么'怎么样'？"真是对牛弹琴！一个二十好几的复员军人，这么蠢，这么混账。明明刚送走了一位花儿朵儿的人儿，他却张大嘴巴来反问舅老爷"什么'怎么样'"？

当晚，区委书记找民政干事进行了一次严肃的谈话。这在杨民高来讲，已经是够屈尊赏光的了。要是换了别的青年干部，早就把"五粮液"、"泸州老窖"孝敬上来了，洗脸水、洗脚水都打不赢了。杨民高书记以舅老兼月老的身份，还以顶头上司的权威身份，不由分说地把两个年轻人的政治前程、小家庭生活安排，详细地布置了一番。也许是出于一种领导者的习惯，他就像在布置、分派下属干部去完成某项任务一样。"怎么样？嗯，怎么样？"区委书记又是上午的那口腔调。没想到民政干事嘴里结结巴巴，眼睛躲躲闪闪，半天才挤出一个阴屁来："多谢首长关心，宽我几天日子，等我好好想想……"把区委书记气的哟，眼睛都乌了，真要当即拉下脸来，训斥一顿：狂妄自大，目无领导，你个芝麻大的民政干事，倒像个状元爷，等着做东床驸马？

民政干事利用工作之便,回了一转芙蓉镇。摆渡艄公的后代和客栈老板的独生女,是不是又在码头下的青岩板上会的面,打了些什么商量,不得而知。当时,不晓得根据哪一号文件的规定,凡共产党员,甚至党外积极分子谈恋爱,都必须预先向党组织如实汇报情况,并经组织同意后,方可继续发展感情,以保障党员阶级成分、社会关系的纯洁性、可靠性。几天后,民政干事老老实实、恭恭敬敬向区委书记做了汇报。

"恭喜恭喜,看上芙蓉镇上的小西施了。"杨民高书记不动声色,半躺半仰在睡椅里,二郎腿架起和脑壳一样高,正好成个虾公形。他手里拿一根火柴棍,剔除酒后牙缝缝里的肉丝菜屑以及诸如此类的剩余物质。

"我们小时候扯笋、捡香菇就认得……"民政干事的脸也红得和熟虾公一个色。

"她家什么阶级成分?"

"大概是小业主,相当于富裕中农什么的……"

"大概? 相当于? 这是你一个民政干事讲的话? 共产党员是干什么的?"杨民高书记精神一振,从睡椅上翻坐起来,眼睛瞪得和两只二十五瓦的电灯泡似的。

"我、我……"民政干事羞惭得无地自容,就像小时候钻进人家的果园里偷摘果子被园主当场捉拿到了似的。

"我以组织的名义告诉你吧,黎满庚同志。芙蓉镇的客栈老板,解放前参加过青红帮,老板娘则更复杂,在一个大口岸上当过妓女。你该明白了吧,妓女的妹儿,才会那样娇滴妖艳……"杨民高书记又半躺半仰到睡椅里去了,在本地工作了多年,四乡百姓,大凡出身历史不大干净、社会关系有个一鳞半爪的,他心里都有个谱,有一本阶级成分的账。

民政干事耷拉着脑壳,只差没有落下泪来了。

"小黎,根据婚姻法,搞对象你有你的自由。但是党组织也有党组织的规矩。你可以选择:要么保住党籍,要么去讨客栈老板的小姐做老婆!"

杨民高书记例行的是公事,讲的是原则。当然,他一个字也没再提到自己那熟透了的水蜜桃似的亲外甥女。

从部队到地方,从简单到复杂。民政干事像棵遭了霜打的落叶树,几天工夫瘦掉了一身肉。事情还不止是这样。区委书记在正式宣布县委的撤区并乡、各大乡领导人员名单时,民政干事没有挂上号。倒是通知他到一个乡政府去当炊事员。因为他从部队转地方时,本来就不可以做干部使用,只能做公务员。

黎满庚没有到那乡政府去报到。他回到芙蓉镇的渡头土屋,帮着年事已高的爷老倌摆渡。本来就登得不高,也就算不得跌重。艄公的后代还当艄公,天经地义。行船走水是本分。

一个月白风清的晚上,黎满庚和胡玉音又会了一次面。还是老地方:河边码头的青岩板上。如今方便得多了,黎满庚自己撑船摆渡,时常都可以见面。

"都怪我!都怪我!满庚哥……"胡玉音眼泪婆娑。月色下,波光水影里,她明净妩媚的脸庞,也和天上的圆月一个样。

"玉音,你莫哭。我心里好痛……"黎满庚高高大大一条汉子,不能哭。部队里锻炼出来的人,刀子扎着都不能哭。

"满庚哥!我晓得了……党,我,你只能要一个……我不好,我命独。十三岁上瞎子先生给我算了个'灵八字',我只告诉你一人,我命里不主子,还克夫……"胡玉音呜呜咽咽,心里好恨。长这么大,她没有恨过人,人家也没有恨过她。她只晓得恨自己。

什么话哟,解放都六七年了,思想还这么封建迷信!但满庚哥不忍心批评她。她太可怜,又太娇嫩。好比倒映在水里的木芙蓉影子,你手指轻轻一搅,就乱了,碎了。

"满庚哥,我认了你做哥哥,好吗?你就认了我做妹妹。既是我们没有缘分……"

妹儿的痴心、痴情,是块铁都会化、会熔。黎满庚再也站不住了,他都要发疯了!他扑了上来,一把抱住了心上的人,嘴对着嘴地亲了又亲!

"满庚哥,好哥哥,亲哥哥……"过了一会儿,玉音伏在满庚肩上哭。

"好哥哥","亲哥哥"……这是信任,也是责任。黎满庚松开了手,一种男子汉的凛然正气,充溢他心头,涨满他胸膛。就在这神圣的一刹那间,他和她,已改变了关系。山里人纯朴的伦理观占了上风,打了胜仗。感情的土地上也滋长出英雄主义。

"玉音妹妹,今后你就是我的亲妹妹……我们虽是隔了一条河,可还是在一个镇子上住着。今生今世,我都要护着你……"

这是生活的承诺,庄严的盟誓。

镇国营饮食店女经理李国香要找本镇大队党支书,了解米豆腐摊贩胡玉音的阶级成分、出身历史、现行表现,她是找错了人。她已经走到了河边,下了码头,才明白了过来:大队支书黎满庚,就是当年区政府的民政干事!妈呀,碰鬼哟!都要上渡船了,她缩回了脚。

"李经理!你当领导的要下哪里去?"她迎面碰到了刚从渡船上下来的"运动根子"王秋赦。

王秋赦三十五六岁年纪,身子富态结实,穿着干净整洁。李国香礼节性地朝他笑了笑,忽然心里一亮:对了!王秋赦是本镇上有名的"运动根子",历次运动都是积极分子,找他打听一下胡玉音的情况,岂不省事又省力。

于是他们边走边谈,一谈就十分相契,竟像两个多年不见的亲朋密友似的。

四 吊脚楼主

说起李国香在渡口码头碰到的这位王秋赦,的确算得上本镇一个人物。论出身成分,他比贫下中农还优一等:雇农。贫下中农只算农村里的半无产者。黄金无假,麒麟无真,他王秋赦是个十足成色的无产阶级。查五服三代,他连父母亲都没有出处,不知是何年月从何州县流落到芙蓉镇这省边地角来的乞丐孤儿。更不用提他的爷爷、爷爷的爹了。自然也没有兄嫂、叔伯、姑舅、岳丈、外公等等复杂的亲戚朋友关系。真算得是出身历史清白,社会关系纯洁。清白清白,清就是白,白就是没得。没得当然最干净,最纯洁,最适合上天、出国。可惜驾飞机他身体太差,也缺少文化。出国又认不得洋字,听不懂洋话。都怪他生不逢时在旧社会,从小蹲破庙、住祠堂长大。土地改革那年,才二十二岁,却已经在本镇祠堂打过五年铜锣了。他嘴勤脚健,头脑不笨,又认得几个字,在祠堂跑腿办事,看着财老倌们的脸色、眼色应酬供奉,十分尽心费力。当然少不了也要挨些莫名其妙的冷巴掌,遭些突如其来的暗拳脚。用他自己在诉苦大会上的话来讲,是嚼的眼泪饭,喝的苦胆汤,脑壳给人家当木鱼敲,颈脖给人家做板凳坐,穷得十七八岁还露出屁股蛋,上吊都找不到一根苎麻索。

他被定为"土改根子"。依他的口才、肚才,本来可以出息成一个制服口袋上插金笔的"工作同志"的。但刚从"人下人"翻做"人上人"时没有经受住考验,在阶级立场这块光洁瓦亮、照得见人影的大理石台面上跌了一跤:工作队派他到本镇一户逃亡地主家去看守浮财,他却失足落水,一头栽进象牙床,和逃亡地主遗弃的小姨太太如鱼得水,仿佛这才真正尝到了"翻身"的滋味,先前对姨太太这流人儿正眼都不敢看一看,如今却被自己占有、取乐儿。他的这种"翻身观"当然是人民政府的政策不允许、工作队的纪律所不容忍的。那小姨太太因向贫雇农施"美人计"受到了应得的惩罚，他"土改根子"也送掉了升格为"工作同志"的前程。要不，王秋赦今天就可能是位坐吉普车、管百十万人口的县团级了呢。他在工作队面前痛哭流涕、自己掌嘴，打得嘴角都出了血。工作队念及他苦大仇深、悔过恳切，才保住了他的雇农成分和"土改根子"身份，胜利果实还是分的头一等。他分得了四时衣裤、全套铺盖、两亩水田、一亩好土不说，最难得的是分得了一栋位于本镇青石板街的吊脚楼。

吊脚楼本是一个山霸早先逢圩赶集时宿娼纳妓的一栋全木结构别墅，里头描龙画凤金漆家具一应俱全。王秋赦唯独忘记了要求也应当分给他农具、耕牛。得到了这份果实，他高兴得几天几夜合不上嘴、闭不了眼，以为是在做梦，光怪陆离的富贵梦。接着又眼花缭乱晕了头，竟生出一种最不景气、最无出息的想法：他姓王的如今得着了这份浮财，就是睡着吃现成的，餐餐沾上荤腥，顿顿喝上二两，这楼屋里的家什也够变卖个十年八年的了。如今共产党领导有方，人民政府神通广大，新社会前程无量，按工作同志大力宣传的文件、材料来判断推算，过上十年八年，就建成社会主义，进入共产社会了呢。那时吃公家的，穿公家的，住公家的，要公家的，何乐而不为？连自己这百十斤身坯，都是公家的了呢，你们谁要？哈哈哈，嘻嘻嘻，谁要？老子都给，都给！他每每想到新社会有如此这般的美妙处，就高兴得在红漆高柱床上打手打脚，翻跟斗,乐不可支。

可是土改翻身后的日子,却并不像他睡在吊脚楼的红漆高柱床上所设想的那样美妙。从小住祠堂他只习惯了"吃活饭":跑腿,打锣,扫地;而没有学会"做死事":犁田,整土,种五谷。好田好土不会自己长出谷子、麦子来,还得主家下苦力,流黑汗。人不哄地皮,地不哄肚皮。可是栽秧莳田面朝泥土背朝天,腰骨都勾断,挖土整地红火厉日头晒脱背脊皮,而且和泥土、土块打交道,一天到晚嘴巴都闭臭,身上的汗水干了又湿,湿了又干,真是一粒谷子千滴汗啊。他乏味,受不了这份苦、脏、累。他生成就不是个正经八板的作田佬,而生成是个跑公差吃活水饭的人。两三年下来,他田里草比禾深,土里藏得下鼠兔。后来他索性算它个毯,门角落的锄头、镰刀都生了锈。他开始偷偷地、暗暗地变卖土改时分得的胜利果实,箱箱柜柜的,都是人民币。人民币虽说是纸印的,哗哗响,却比解放前那叮叮当当的"袁大头"还顶事呢。他上馆子,下酒铺,从不敢大吃大喝,大手大脚,颇为紧吃慢用,细水长流,却也吃喝得满脸泛红,油光嘴亮,胖胖乎乎的发了体。有时本镇上的居民,半月一月都不见他的吊脚楼上空冒一次炊烟,还以为他学了什么道法,得了什么仙术,现成的鸡鸭酒席由着他招手即来,摆手则去,连杯盘碗筷都不消动手洗呢。

常言道:"攒钱好比金挑土,花钱好比浪淘沙","坐吃山空"。几年日子混下来,王秋赦媳妇都没讨上一个,吊脚楼里的家什已经十停去了八停。就连衣服、裤子也筋吊吊的,现出土改翻身前的破落相来了。本镇上的居民们给他取下了几个外号：一是"王秋赊"，一年四季赊账借钱度日；一是"王秋蛇"，秋天的蛇在进洞冬眠前最是忌动，懒蛇；一是"王秋奢"，讲他手指缝缝流金走银，几年工夫就把一份产业吃花尽了。他则讲这些给他取外号的人没有一丝一毫的阶级感情。而另一些跟他一起当"土改根子"的翻身户，几年里却大出息了，买的买水牛，添的添谷仓，起的起新屋，全家老小穿的戴的都是一色新。他看了好眼红。他盼着有朝一日又来一次新的土地改革，又可分得一次新的胜利果实。"娘卖乖！要是老子掌了权，当了政，一年划一回成分，一年搞一回土改，一年分一回浮财！"他躺在吊脚楼的破席片上，双手枕着头，美滋滋地想着谁该划地主，谁该划富农，谁该划中农、贫农。他自己呢？"农会主席！除了老子，娘卖乖，谁还够这个资格！"当然他自己也晓得，这是穷开心。分浮财这等美差，几代人都难得碰上一回呢。一九五四年，镇上成立了几个互助组。他提出以田土入组。人家看他人不会入组，不会下田做活路，岂不是秋后吃地租？因此谁都不肯收容他。直到成立农业社，走合作化道路，他才成为一名农业社社员。农业社有社委会，社委会有主任、副主任若干人，下属若干生产队、专业组，不免经常开会呀，下通知呀，派差传话呀等等，就需要启用本质好、政治可靠、嘴勤腿快的人才。王秋赦这才生逢其时，适得其位，有了用武之地。

　　王秋赦为人处世还有另外一面，就是肯在街坊中走动帮忙。镇上人家，除了五类分子之外，无论谁家讨亲嫁女、老人归天之类的红白喜事,他总是不请自到,协助主家经办下庚帖、买酒肉、备礼品、铺排酒席桌椅一应事宜。他尽心尽力,忘日忘夜,而且也没有什么非分之想,只是随喜随喜,跟着吃几回酒席,外加几餐宵夜。就是平常日子,谁家杀猪、打狗,他也最肯帮人当个下手,架锅烧水啦,刮毛洗肠子呀,跑腿买酒买烟啦,等等。因而他无形中有了一个特殊身份:镇上群众的"公差人"。他自己则把这称之为"跑大祠堂"。

他除了在镇上有些"人缘"外,还颇得"上心"。他一个单身汉,住着整整一栋空落落的吊脚楼,房舍宽敞,因而大凡县里、区里下来的"吃派饭"的工作同志,一般都愿到他这楼上来歇宿。吊脚楼地板干爽,前后都有扶手游廊,空气新鲜,工作同志自然乐意住。这一来王秋赦就结识下了一些县里、区里的干部。这些干部们下乡都讲究阶级感情,看到吊脚楼主王秋赦土改翻身后婆娘都讨不起,仍是烂锅、烂碗、烂灶,床上仍是破被、破帐、破席,仍是个贫雇农啊,农村出现了两极分化啊。于是每年冬下的救济款,每年春夏之交青黄不接时的救济粮,芙蓉镇的救济对象,头一名常是王秋赦。而且每隔两三年他还领得到一套救济棉衣、棉裤。好像干革命、搞斗争就是为着王秋赦们啊,"一大二公"还能饿着、冻着王秋赦们?前些年因大跃进和过苦日子,民穷国困,救济棉衣连着四五年都没有发给王秋赦。王秋赦身上布吊吊,肩背、前襟露出了板膏油[①],胸前扣子都没有一颗,他艰苦朴素地搓了根稻草索子捆着,实

---

① 破棉衣露出花絮。

在不成样子啊。王秋赦则认为政府不救济他,便是"出的新社会的丑"啊。冬天他冻得嘴皮发乌,流着清鼻涕,跑到公社去,找着公社书记说:

"上级首长啊,一九五九年公社搞阶级斗争展览会,要去的我那件烂棉衣,比我如今身上穿的这件还好点,能不能开了展览馆的锁,给我斟换一下啊?"

什么话?从阶级斗争展览馆换烂棉衣回去穿?今不如昔?什么政治影响?王秋赦身上露的是新社会的相啊!公社书记觉得责任重大,关系到阶级立场和阶级感情问题,上级民政部门又一时两时地不会发下救济物资来,只好忍痛从自己身上脱下了还有五成新的棉袄,给"土改根子"穿上,以御一冬之寒。

"人民政府,衣食父母。"这话王秋赦经常念在嘴里,记在心上。他也晓得感恩,每逢上级工作同志下来抓中心,搞运动,他打铜锣,吹哨子,喊土广播,敲钟,跑腿送材料,守夜站哨,会场上领呼口号,总是积极肯干,打头阵,当骨干。工作同志指向哪,他就奔向哪。他依靠工作同志,工作同志依靠他。本也是政治运动需要他,他需要政治运动。

胡玉音的男人黎桂桂,是个老实巴交的屠户,平日不吭不声,三锤砸不出一个响屁。可是不叫的狗咬人。他为王秋赦总结过顺口溜,当时流传甚广,影响颇坏,叫做:"死懒活跳,政府依靠;努力生产,政府不管;有余有赚,政府批判。"

这里,捎带着介绍两句:胡玉音摆米豆腐摊子,王秋赦圩圩来白吃食,叫做"记账"。原来他又有个不景气的打算:土改时他分得的胜利果实中还有一块屋基,就在老胡记客栈隔壁。吊脚楼尽够他一个单身汉住的了,还要这屋基做什么?他已经向胡玉音夫妇透露过,只要肯出个一二百块现钞,这块地皮可以转让。同时,也算两年来没有在米豆腐摊子上白吃食。更何况王秋赦堂堂一条汉子,岂能以他一时的贫酸貌相?赵匡胤还当过几年泼皮,薛仁贵还住过三年茅房呢!

五 "精神会餐"和《喜歌堂》

同志哥啊,你可曾晓得什么是"精神会餐"吗?那是一九六〇、一九六一年乡下吃公共食堂时的土特产。那年月五岭山区的社员们几个月不见油腥,一年难打一次牙祭,食物中植物纤维过剩,脂肪蛋白奇缺,瓜菜叶子越吃心里越慌。肚子瘪得贴到了背脊骨,喉咙都要伸出手。当然账要算到帝修反身上、老天爷身上。老天爷是五类分子,专门和人民公社公共食堂捣蛋。后来又说账要算到彭德怀、刘少奇、邓小平的路线上,他们反对三面红旗吃大锅饭。吃大锅饭有什么不好?青菜萝卜煮在一起,连油都不消放,天天回忆对比,忆苦思甜。"苦不苦,想想红军两万五!"当年那些为着中国人民的翻身解放、幸福安乐而牺牲在雪山草地上的先烈们,如若九泉有灵,得知他们吃过的树皮草根竟然在为公共食堂的"瓜菜代"打马虎眼,真不知要做何感叹了。山区的社员们怎么搞得清、懂得了这些藏匿在楼阁嵯峨的广厦深宫里的玄论呢?玄理妙论有时就像八卦图、迷魂阵。民以食为天,社员们只晓得肚子饿得痛,嘴里冒清口水。蕨根糠粑吃下去,粪便凝结在肛门口,和铁一样硬,出生血。要用指头抠,细棍挑,活作孽。他们白天还好过,到了晚上睡不着。于是,人们的智慧就来填补物质的空白。人们就来互相回忆、讲述自己哪年哪月,何处何家所吃过的一顿最为丰盛的酒席,整鸡整鱼、肥冬冬的团子肉、皮皱皱的肘子、夹得筷子都要弯下去的四两一块的扣肉、粉蒸肉、回锅肉等等。当然山里人最喜欢的还是落雪天吃肥狗肉。正是一家炖狗肉,四邻闻香气。吃得满嘴油光,肚皮鼓胀,浑身燥热,打出个饱嗝来都是油腻腻的。狗肉好吃名气丑,上不得大席面,但滋阴壮阳,男人家在外边跑生意,少吃为佳,多吃生事……于是,讲着的,听着的,都仿佛眼睛看到了佳肴,鼻子闻到了肉香,满嘴都是唾液。日子还长着呢,机会还多的是……将口腹享受,寄望于日后。解放十余年了的山镇,总不乏几个知书识字、粗通文墨的人,就拟定下一个文绉绉的词儿:精神会餐。这词儿使用的期限不长,有的村寨半载,有的乡镇一年。上下五千年,纵横千万里啊,神州大地发生过的大饥荒还少吗?那时饿殍载道,枯骨遍野。在茫茫的历史长河中,"精神会餐"之类的支流末节,算得了什么?一要分清延安和西安,二要分清九个指头和一个指头。何况新中国才成立十一二年。白手起家,一切都在探索。进入现代社会,国家和百姓都要付学费。俱往矣,功与过,留给后人评说。

　　一九六三年的春夜,在老胡记客栈里,芙蓉姐子胡玉音和男人黎桂桂,在进行另一种"精神会餐"。他们成亲六七年了,夫妻恩爱,却没有子嗣信息。黎桂桂比胡玉音年长四岁,虽说做的是白刀子进去、红刀子出来的屠户营生,却是出名的胆小怕事。有时在街上、路上碰到一头红眼睛弯角水牛,或是一条松毛狗,他都要身子打哆嗦,躲到一边去。有人笑话他:"桂桂,你怎么不怕猪?""猪?猪蠢,既不咬人,又没长角,只晓得哼哼!"人家笑他胆子小,他不在意。就是那些好心、歪心的人笑话他不中用,崽都做不出,那样标致能干的婆娘是只空花瓶,他就最伤心。他已经背着人(包括自己女人),偷偷吃下过几副狗肾、猪豪筋了。桂桂身体强壮,有时晚上睡不着,又怕叹得气,惹玉音不高兴。

　　"玉音,我们要生个崽娃就好了,哪怕生个妹娃也好。"

　　"是哪,我都二十六了,心里急。"

　　"要是你生了个毛毛,家务事归我做,尿布、屎片归我洗,晚上归我哄着睡。""奶子呢?也归你喂?"玉音格格笑。

　　"还是你做娘嘛!我胸面前又没鼓起两坨肉。"你听,桂桂有时也俏皮,也有点痞。

　　"你坏,你好坏……"

　　"我呀,每晚上把毛毛放到我胁肋窝下,'啊,啊,啊,宝宝快睡觉,啊,啊,啊,宝宝睡着了。'白日里,我就抱着毛毛,就在小脸上亲个不停,亲个不停。给毛毛取个奶名,就叫'亲不过'……"

"你还讲！你还讲！"

"怎么？我讲错了？"

"想毛毛都想癫了！呜呜呜,没良心的,存心来气我,呜呜呜……"玉音哭起来了。

桂桂是男人家,他哪里晓得,生不下毛毛,女人家总以为是自己的过失。就像鸡婆光啄米不下蛋一样没有尽到职分。"算了,算了,玉音。啊,啊,啊,好玉音,我又没怪你……还哭？哭多了,眼睛会起雾。看看枕头帕子都湿了。"桂桂心里好反悔,把自己的女人惹哭了,有罪。他像哄毛毛一样地哄着、安慰着自己的女人:

"你就是一世不生育,我都不怪你。我们两双手做,两张口吃,在队上出工,还搞点副业,日子过得比镇上哪户人家都差不到哪里去。就是老了,也是我服侍你,你服侍我。你不信,我就给你赌咒起誓……"

一听忠厚的男人要起誓,玉音怕不吉利,连忙止住哭泣,坐起身子来捂住了桂桂的嘴巴,轻声骂:"要死了！看我不打你！多少吉利的话讲不得？不生毛毛,是我对不起你……就是你不怪罪我,在圩上摆米豆腐摊子,也有人指背脊……"胡玉音自从那年热天经过了和黎满庚的一番波折,当年冬下和黎桂桂成亲后,就一副痴情、痴心,全交给了男人。她觉得自己命大、命独,生怕克了丈夫,因之把桂桂看得比自己还重。

每逢赶圩的前一晚,因要磨米浆,下芙蓉河挑水烧海锅,熬成米豆腐倒在大瓦缸里,准备第二天一早上市,两口子总是睡得很迟,推石磨就要推四五个小时。一人站一边,一人出只手,握住磨把转呀,转呀。胡玉音还要均匀准确地一下一下地朝旋转着的磨眼喂石灰水泡发的米粒……两口子脸块对着脸块,眼睛对着眼睛,也常常不约而同地把心里的麻纱事,扯出来消磨时光。这时刻,玉音是不会哭的,而且有点顽皮:

"哼,依我看,巴不起肚,不生毛毛,也不能全怪女的……"

"天晓得,我们两个都体子巴壮的,又没得病。"桂桂多少有点男子汉的自尊心,不肯承认自己有责任。

"听学校的女老师讲,如今医院兴检查,男的女的都可以去化验。"玉音红起脸,看着男人说。

"怎么检查?不穿一根纱?要去你去!我出不起那个丑!"桂桂的脸比女人的红得更厉害,像圩上卖的秋柿子一样。

"我不过顺口提一句,又没有讲硬要去,你也莫发脾气。"玉音也收了口。他们都觉得,人是爹娘所生,养儿育女是本能,就是一世不生育,也不能去丢一次人。有时玉音心里也有点野,有点浪,眼睛直盯着自己的男人,有句话,她讲不出:

"你是要子嗣?还是要我的名声、贞节?或许吊脚楼主王秋赦开的玩笑也是一个法子,请个人试一试……妈呀!坏蹄子,不要脸,都胡乱想了些什么呀?"桂桂这时仿佛也看出了她心里在野什么,就拿冷冷的眼神盯住她:"你敢!你敢?看看我打不打断你的脚杆!"当然这话,他们都是在心里想的,互相在眼神里猜的。山镇上的平头百姓啊,他们的财产不多,把一个人的名声贞节——这点略带封建色彩的精神财富,却看得比自己的性命还要紧。

　　日子久了,胡玉音——这个只在解放初进过扫盲识字班的青年妇女,对于自己的不育,悟出了两个深刻的根由:一是自己和男人的命相不符。她十三岁那年,一个身背月琴、手拄黄杨木拐杖的瞎子先生给她算了个"灵八字",讲她命大,不主子,克夫。必得找着一个属龙或是属虎、以杀生为业的后生配亲,才能家事和睦,延续后人。父母亲为了这个"灵八字",从十五岁起就替她招郎相亲,整整找了四年。"杀生为业,属龙属虎"总也凑不到一起。另外既是"招郎",男人的地位在街坊邻里眼中就低了一等,因此也还要人家愿意。后来父母亲总算放宽了尺寸,破除了一半迷信,找到了黎桂桂。杀生为业倒是对上了,是个老屠户的独生子。人长得清秀,力气也有。就是生庚不合,属鼠,最是胆子小,见了女人就脸红。人倒是忠厚实在,划个圈圈都把他圈得住。笋里选瓜,挑来挑去,只有桂桂算是中意的……还有一个根由,就是玉音认定自己成亲时,热闹是热闹,但彩头不好。唉,讲起来这芙蓉镇上百十户人家,哪家娶亲嫁女,都没有她那份风光、排场。时至今日,青石板街上的姑娘媳妇们,还常常以羡慕的口气,讲起当年的盛况……

　　那是一九五六年,州县歌舞团来了一队天仙般的人儿,到这五岭山脉腹地采风,下生活。领队的就是剧团编导秦书田——如今叫做"秦癫子"的。一个个都是从画里走出来的仙子啊。又习歌,又习舞,把芙蓉镇人都喜饱了,醉倒了。盘古以来没有开过的眼福。原来芙蓉镇一带山区,解放前妇女们中盛行一种风俗歌舞——《喜歌堂》。

不论贫富,凡是黄花闺女出嫁的前夕,村镇上的姐妹、姑嫂们,必来陪伴这女子坐歌堂,轮番歌舞,唱上两天三晚。歌词内容十分丰富,有《辞姐歌》《拜嫂歌》《劝娘歌》《骂媒歌》《怨郎歌》《轿夫歌》等等百十首。既有新娘子对女儿生活的留连依恋,也有对新婚生活的疑惧、向往,还有对封建礼教、包办婚姻的控诉。如《怨郎歌》中就唱:"十八满姑三岁郎,新郎夜夜尿湿床,站起没有扫把高,睡起没有枕头长,深更半夜喊奶吃,我是你媳妇不是你娘!"如《骂媒歌》中就唱:"媒婆,媒婆!牙齿两边磨,又说男家田庄广,又说女子赛嫦娥,臭说香,死说活,爹娘、公婆晕脑壳!媒婆,媒婆!吃了好多老鸡婆,初一吃了初二死,初三埋在大路坡,牛一脚,马一脚,踩出肠子狗来拖……"《喜歌堂》的曲调,更有数百首之多,既有山歌的朴素、风趣,又有瑶歌的清丽、柔婉。欢乐处,山花流水;悲戚处,如诉如怨;亢奋处,回肠荡气。洋溢着一种深厚浓郁的泥土气息。

秦书田是本地人,父亲当过私塾先生。他领着女演员们来搜集整理《喜歌堂》,确定了反封建的主题。他和乡政府的秘书两人,找胡玉音父母亲多次做工作,办交涉,才决定把胡玉音的招亲仪式,办成一个《喜歌堂》的歌舞现场表演会。玉音的母亲虽然年纪大了,却是个坐歌堂的"老班头"。玉音呢,从小跟着母亲坐歌堂,替人伴嫁,从头到尾百十首"喜歌"都会唱。加上她记性好,人漂亮,嗓音圆亮,开口就动情,所以在芙蓉镇的姐妹、媳妇行中,早就算得一个"小班头"。就是秦书田,就是那些女演员,都替她惋惜,这么个人儿,十八九岁就招郎上门……

那晚上,胡记客栈张灯结彩,灯红火绿,艺术和生活融于一体,虚构和真实聚会一堂,女演员们化了妆,胡玉音也化了妆,全镇的姐妹、姑嫂、婶娘们都来围坐帮唱:

  青布罗裙红布头,我娘养女斟猪头。
  猪头来到娘丢女,花轿来到女忧愁。
  石头打散同林鸟,强人扭断连环扣,
  爷娘拆散好姻缘,郎心挂在妹心头……

  团团圆圆唱个歌,唱个姐妹分离歌。
  今日唱歌相送姐,明日唱歌无人和;
  今日唱歌排排坐,明日歌堂空落落;
  嫁出门去的女,泼出门去的水哟,
  妹子命比纸还薄……

有歌有舞,有唱有哭。胡玉音也唱,也哭。是悲?是喜?像在做梦,红红绿绿,闪闪烁烁,浑浑噩噩。一群天仙般的演员环绕着她,时聚时散,载歌载舞……也许是由于秦书田为了强调反封建主题,把原来"喜歌"中明快诙谐的部分去掉了,使得整个歌舞现场表演会,都笼罩着一种悲愤、哀怨的色调和气氛,使得新郎公黎桂桂有些扫兴,双亲大人则十分忧虑,怕坏了女儿女婿的彩头。后来大约秦书田本人也考虑到了这一点,表演结束时,他指挥新娘新郎全家、全体演员、全镇姑嫂姐妹,齐唱了一支《东方红》,一支《解放区的天是明朗的天》。内容上虽然有点牵强附会,但总算是正气压了邪气,光明战胜了黑暗。

不久,秦书田带着演员们回到城里,把这次进五岭山区采风的收获,编创成一个大型风俗歌舞剧《女歌堂》,在州府调演,到省城演出,获得了成功。秦书田还在省报上发表了推陈出新反封建的文章,二十几岁就出了名,得了奖,可谓少年得志了。可是好景不长,第二年的反右派斗争中,《女歌堂》被打成一支射向新社会的大毒箭,怨封建礼教是假,恨社会主义是真。借社会主义舞台图谋不轨,用心险恶,猖狂已极,反动透顶。紧接着,秦书田就被戴上右派分子帽子,开除公职,解送回原籍交当地群众监督劳动。从此,秦书田就圩圩都在圩场上露个面,有人讲他打草鞋卖,有人讲他捡地下的烟屁股吃。人人都喊他"秦癫子"。

唉唉,事情虽然没有祸及胡玉音和她男人黎桂桂,但两口子总觉得和自己有些不光彩的联系。新社会了,还有什么封建?还反什么封建?新社会都是反得的?解放都六七年了,还把新社会和"封建"去胡编乱扯到一起。你看看,就为了反封建,秦书田犯了法,当了五类分子;胡玉音呢,有所牵连,也就跟着背霉,成亲七八年了都巴不了肚,没有生育。

六　"秦癫子"

芙蓉镇国营饮食店后头,公共厕所的木板上出现了一条反动标语。县公安局派来了两个公安员办案,住在王秋赦的吊脚楼里。

因王秋赦出身贫苦,政治可靠,又善于跑腿,公安员自然就把他当作办案的依靠对象。至于"反标"写的什么?只有店经理李国香和两个公安员才心里有数,因为不能扩大影响,变成"反宣传"。吊脚楼主王秋赦虽然也晓得个一鳞半爪,但关系到上级领导的重大机密,自是人前人后要遵守公安纪律,守口如瓶的。至于镇上的平头百姓们,就只有惶惑不安、既怀疑人家也被人家怀疑的份儿。

李国香和王秋赦向公安员反映,莫看芙蓉镇地方小,人口不多,但圩场集市,水路旱路,过往人等鱼目混珠,龙蛇混杂。就是本镇大队戴了帽、标了号的地、富、反、坏、右分子,也有二十几个;出身成分不纯、社会关系复杂、不戴帽的内专对象及其亲属子女,就更不止这个数。圩镇上的人,哪个不是旧社会吃喝嫖赌、做生意跑码头过来的?有几个老实干净的人?还有就是镇上的国家干部和职工,党团员,也成年累月和这些居民厮混在一起,藤藤蔓蔓,瓜葛亲朋,拜姊妹结老表,认干爹干娘,阶级阵线也早就模糊不清了。

两个公安员倒是颇为冷静地估计了一下镇上的阶级阵线、敌我状况,没有撒大网。他们依历来办案的惯例,和女经理、王秋赦一起,首先召集了一个"五类分子训话会"。

镇上的五类分子,历来归本镇大队治保主任监督改造。一九六二年夏天,台湾海峡局势紧张,上级规定大队治保主任由大队党支部书记兼任。黎满庚支书定期召开五类分子训话会。他还在五类分子中指定了一个头目,负责喊人、排队、报数,以毒攻毒。这个五类分子头目就是"秦癫子"。

秦癫子三十几岁,火烧冬茅心不死,是个坏人里头的乐天派。他出身成分不算差,仗着和黎满庚支书有点转弯拐角的姑舅亲,一从剧团开除回来就要求大队党支部把他头上的右派分子帽子改作坏分子帽子。他坦白交代说,他没有反过党和人民,倒是跟两个女演员谈恋爱,搞过两性关系,反右派斗争中他这条真正的罪行却没有被揭发,所以给他戴个坏分子帽子最合适。黎满庚支书被他请求过几回,心里厌烦:坏分子,右派分子,半斤八两,反正是一箩蛇,还不都一样。就在一个群众会上宣布秦癫子为坏分子。过了不久,黎支书见秦癫子文化高,几个字写得好,颇有组织活动能力,就指定他当了五类分子的小头目。

秦癫子当上五类分子小头目后,的确给黎满庚支书的"监、管、改"工作带来了许多便利。每逢大队要召集五类分子汇报、训话,只要叫一声:"秦癫子!"秦癫子就会立即响亮答应一声:"有!"并像个学堂里的体育老师那样双臂半屈在腰间摆动着小跑步前来,直跑到党支书面前才脚后跟一并,来一个"立正"姿势,右手巴掌平举齐眉敬一个礼:"报告上级!坏分子秦书田到!"接着低下脑壳,表示老实认罪。黎满庚和大队干部们起初见了他的这套表演颇觉好笑,后来也就习惯了。"秦癫子,竖起你的耳朵听着!晚饭后,全体五类分子到大队部门口集合!""是!上级命令,一定完成!"他立即来一个向后转,又像个体育老师那样小跑步走了。晚上,他准时把五类分子们集合到大队部门口的禾坪上,排好队,点好名,报了数,一律低下脑壳,如同一排弯钩似的,才请大队领导查点、过目。

在五类分子中间,秦书田还有一套自己的"施政纲领"。他分别在同类们中间说:

"虽讲大家都入了另册,当了黄种黑人,但也'黑'得有深有浅。比方你是老地主,解放前喝血汗,吃剥削,伤天害理,是头等的可恶;比方你是富农,从前自己也劳动,也放高利贷搞剥削,想往地主那一阶梯上爬,买田买土当暴发户,是二等的可恶;再比方你反革命分子又不同,你不光是因财产、因剥削戴的帽子,而是因你的反动思想、反动行为,与人民为敌。所以五类分子中,你是最危险的一类。你再要轻举妄动,先摸摸你颈脖上长了几个脑壳。"

"你呢?你自己又算个什么货?"有的地、富、反分子不服,回驳他。"我?我当然是坏分子。坏分子么,就比较复杂,有各式各样的。有的是偷摸扒抢,有的是强奸妇女,有的是贪污腐化,有的是流氓拐骗,有的是聚众赌博。但一般来讲,坏分子出身成分还是不坏。在五类分子中,是罪行较轻的一类。嘿嘿,日后,我们这些人进地狱,还分上、中、下十八层呢!"

他讲得振振有词,好像要强调一下他"坏分子"在同行们中间的优越性似的。但他只字不提"右派分子",也从没分析过"右派分子反党反社会主义的罪行",百年之后进地狱又该安置在哪一层。

秦癫子当过州立中学的音体教员,又任过县歌舞团的编导,因而吹、打、弹、唱四条板凳都坐得下,琴、棋、书、画也拿得起。舞龙耍狮更是把好角。平常日子嘴里总是哼哼唱唱的,还常"宽大大宽扯宽"地念几句锣鼓经。前几年过苦日子,乡下阶级斗争的弦绷得不那样紧,芙蓉镇大队一带的山里人家招郎嫁女,还请他参加鼓乐班子,在酒席上和贫下中农、社员群众平起平坐,吃吃喝喝,吹吹打打地唱花灯戏呢。这叫艺不碍身,使得他和别的五类分子在人们心目中的身价有所不同。还有,就是本镇大队根据上级布置搞各项中心,需要在墙上、路边、岩壁上刷大幅标语,如"大办钢铁,大办粮食"、"反右倾、反保守"、"共产主义是天堂,人民公社是桥梁"、"三面红旗万万岁"等,也大都出自他将功赎罪的手笔。

去年春上,不晓得他是想要表现自己脱胎换骨的改造决心还是怎么的,他竟发挥他音乐方面的歪才,自己编词、谱曲,自己演唱出一支《五类分子之歌》来:"五类分子不死心,反党反国反人民,公社民兵紧握枪,谁敢捣乱把谁崩!坦白吧,交代吧!老实服法才光明,老实服法才光明!"他对这支既有点进行曲味道、又颇具民歌风的《五类分子之歌》,颇为自负、得意,还竟然要求在大队召集的训话会上教唱。但五类分子们态度顽固,死也不肯开口,加上大队支书黎满庚也笑着制止,才作罢。后来倒是让村镇上的一些小娃娃们学去了,到处传唱开来,算是有了一点社会影响。

对于秦癫子,本镇大队的干部、社员们有各种各样的看法。有的人把他当本镇的"学问家",读的书多,见的世面大,古今中外,过去未来,天文地理,诸如鸡生蛋还是蛋生鸡,美国的共产党为什么不上山打游击、工人为什么不起义,地球有不有寿命,月亮上有不有桂花树、广寒宫等等,他都讲得出一些道道来,而且还要捎带上几句马列主义、唯物史观。使得山镇上一些没有文化的人如听天书一般,尊他为"天上的事情晓得一半,地上的事情晓得全";有的人讲他伪装老实,假积极,其实是红薯坏心不坏皮;有的人讲他鬼不像鬼,人不像人,穷快活,浪开心,活作孽;也有的人讲,莫看他白天笑呵呵,锣鼓点子不离口,山歌小调不断腔,晚上却躲在草屋里哭,三十几岁一条光棍加一顶坏分子帽,哭得好伤心。还有民兵晚上在芙蓉河边站哨,多次见他在崖岸上走过来,走过去,是想投河自尽?又不像是要自尽,大概是在思虑着他的过去和将来的一些事情……

反正本镇上的人们,包括卖米豆腐的"芙蓉姐子"在内,包括镇粮站主任谷燕山在内,不管对秦癫子有哪样的看法,却都不讨嫌他。逢圩赶集碰了面,他跟人笑笑,打个招呼,人家也跟他笑笑,打个招呼。田边地头,大家也肯和他坐在一起纳凉、歇气,卷"喇叭筒"抽:"癫子老表!唱个曲子听听!""癫子,讲个古,刘备孙权、岳飞梁红玉什么的!""上回那段樊梨花还没有讲完!"就是一班年轻媳妇、妹子也不怕他,还敢使唤他:"癫子!把那把长梯子背过来,给我爬到瓦背去,晒起这点红薯皮!""癫子!快!我娘发蚂蟥痧,刚放了血,你打飞脚到卫生院请个郎中来!"至于那班小辈分的娃娃,阶级观念不强,竟有喊他"癫子叔叔"、"癫子伯伯"的。

秦癫子领着全大队的二十二名五类分子,一个个勾头俯脑地来到镇国营饮食店楼下的一间发着酸咸菜气味的屋子里,捡了砖头、烂瓦片坐下,女经理李国香和"运动根子"王秋赦才陪着两个公安员进来。公安员手里拿着一本花名册,喊一个名字,让那被喊的分子站起来亮个相。公安员目光如剑,严威逼人,寒光闪闪,坏人坏事,往往一眼洞穿。当喊到一个历史反革命分子的名字时,一声稚嫩的"有",来自屋角落。站起来的是个十一二岁的小娃子。公安员有些奇怪,十一二岁的小娃子解放以后才出生的,怎么会是历史反革命?秦癫子连忙代为汇报:他爷老倌犯了咳血病,睡在床上哼哼哼,才叫崽娃来代替;上级有什么指示,由他崽娃回去传达。王秋赦朝那小历史反革命啐了一口:"滚到一边去!娘卖乖,五类分子有了接脚的啦!看来阶级斗争还要搞几代!"

接着,女经理李国香拿着一叠白纸,每个五类分子发一张,叫每人在纸上写一条标语:"大跃进、总路线、人民公社三面红旗万岁!"而且写两次,一次用右手写,一次用左手写。五类分子们大约也有了一点经验,预感到又是镇上什么地方出了"反标"了,叫他们来对笔迹。胆子大的,对公安人员这套老套子,不大在乎,因为不管你做不做坏事,一破什么案子总要从你这类人入手、开刀。胆子小的却吓得战战兢兢,丢魂失魄,就和死了老子老娘一样。

使公安员和女经理颇为扫兴、失望的是,二十二名五类分子中,竟有十人声称没有文化,不会写字,而且互相作保、证明。王秋赦在旁做了点解释:"镇上凡是有点名望的地主老财解放前夕都逃到香港、台湾去了,剩下的大都是些土狗、泥猪!"只有坏分子秦书田,还多从女经理手里讨了一张纸,右手左手,写出来的字都是又粗又大，端端正正，和印板印出来的一样，把两张纸都写满了。其实公安员完全可以到街墙、石壁上去对他写的那些标语的笔迹。凡是会写字的五类分子都留下了笔迹之后，公安员和女经理分别训了几句要老实守法的话，才把这些入另册的家伙们遣散了。

秦癫子最可疑。可是公安员找大队干部一了解，又得到的是否定的答复，说"秦癫子几年来老老实实，劳动积极，没有做过什么坏事"，而且笔迹也不对。女经理李国香和吊脚楼主王秋赦又提出"卖米豆腐的胡玉音"出身历史复杂，父亲入过青红帮，母亲当过妓女，本人妖妖调调，拉拢腐蚀干部，行踪可疑。公安员依他们所言，在逢圩那天，特意到米豆腐摊子上去吃了两碗，坐了半天，左看右看，米豆腐姐子无论从哪个侧面看都是一表人才，笑笑微微的，待人热情和气，一口一声："大哥"、"兄弟"，服务态度比我们多数国营饮食店的服务员不知要好到哪里去了呢。胡玉音又没有什么文化，哪里像个写"反标"的？人家做点小本生意和气生财，为什么要骂你这个三面红旗？三面红旗底下还允许她摆米豆腐摊子嘛，哪来的刻骨仇恨？

后来实在没有别的线索，女经理又给公安员出了主意：通过各级党团组织，出政治题目，发动群众写文章谈对三面红旗的认识，让全镇凡是有点文墨的人，都写出一纸手迹来查对。真是用心良苦，兴师动众。结果还是没有查到什么蛛丝马迹。

镇国营饮食店厕所的一块千刀万剐的杉木板，搅得全镇疑神疑鬼，草木皆兵，人心惶惶。每个人都觉得自己被揭发、被怀疑、被审查。后来公安员把这块臭木板当作罪证实物拿走了,但这一反革命政治悬案却没有了结。这就是说,疑云黑影仍然笼罩在芙蓉镇上空,鬼蜮幽魂仍在青石板街巷深处徘徊。

案虽然没有破,王秋赦却当上了青石板街的治安协理员,每月由县公安局发给十二元钱的协理费。国营饮食店女经理在本镇居民中的威信,也无形中一下子树立了,并且提高了。这是本镇新出现的一个领袖人物,在和老的领袖人物——粮站主任谷燕山抗衡。从此,女经理喜欢挺起她那已经不太发达的胸脯,仰起她那发黄的隐现着胭脂雀斑的脸盘,在青石板街上走来走去,在每家铺面门口站个一两分钟:

"来客了?找王治安员登记一下,写清客人的来镇时间,离镇时间,阶级成分,和你家是什么关系,有没有公社、大队的证明……"

"你门口这副对联是哪年哪月贴上去的?'人民公社'这四个字风吹雨打得不成样子,而且你还在毛主席像下钉了竹钉挂牛蓑衣?"

"老人家,你看那米豆腐姐子一圩的生意,大约进多少款子,几成利?听讲她男人买砖置瓦寻地皮,准备起新楼屋?"

"你隔壁的土屋里住着右派分子秦书田吧?你们要经常注意他的活动,有些什么人往来出进……镇里王治安员会专门来向你布置。"

如此等等。女经理讲这些话时,态度和好,带着一种关照、提醒的善意。但事与愿违,她的这些关照、提醒,给人留下的是一种沉闷的气氛,一种精神上的惶恐。渐渐地,只要她一在街头出现,人们就面面相觑,屏声住息。真是一鸟进山,百鸟无声,连猫狗都朝屋里躲。仿佛她的口袋里操着一本镇上生灵的生死簿。芙蓉镇上一向安分守己、颇讲人情人缘的居民们,开始朦朦胧胧地觉察、体味到:自从国营饮食店来了个女经理,原先本镇群众公认的领袖人物谷燕山已经黯然失色,从此天下就要多事了似的。

七 "北方大兵"

　　粮站主任谷燕山自从披着老羊皮袄,穿着大头鞋,随南下大军来到芙蓉镇,并扎下来做地方工作,已经整整十三年了。就是他的一口北方腔,如今也入乡随俗,改成镇上人人听得懂的本地"官话"了。跟人打招呼,也不喊"老乡"而喊"老表"了。还习惯了吃整碗的五爪辣、羊角辣、朝天辣,吃蛇肉、猫肉、狗肉。他生得武高武大,一脸连鬓胡子,眼睛有点鼓,两颊有横肉,长相有点凶。刚来时,只要他双手一叉,在街当中一站,就吓得娃娃们四下里逃散。甚至嫂子们晚上吓唬娃娃,也是:"莫哭!胡子大兵来捉人了!"其实他为人并不凶,脾气也不恶。镇上的居民们习惯了他后,倒是觉得他"长了副凶神相,有一颗菩萨心"。

　　解放初,他结过一次婚。白胖富态、脑后梳着黑油油独根辫子的媳妇也是北方下来的。但没出半个月,媳妇就嘴嘟嘟、泪含含地走了,再也不肯回来。也没听他两口子吵过架,真是蚊子都没有嗡过一声。这使老谷多丢脸,多难堪啊。他不责怪那媳妇,原因在自己。他觉得自己像犯有哄骗妇女罪似的,在芙蓉镇上有好几个月不敢抬头见人。当时镇上的人不知底细,以为他是丢失了某种至关紧要、非找回来不可的证件呢。还是在北方打游击、钻地道时,他大腿上挂过一次花,染下一种可厌的病。娘儿们得了这类性质相同的病,有人医,有药治。可是男子汉得了这类病,提都很少有人敢提,一提起来也会引起哄堂大笑,给人逗趣取乐儿呢。何况那时枪子儿常在耳边呼啸,手榴弹常在身边爆炸,埋你一身土,呛你满嘴泥,半夜醒来还要摸摸是否四肢俱在。正是提着脑袋打江山、夺天下,拖几年再说吧。谁还不是带着某种伤疤和隐痛在干革命?有的战斗英雄身上留着枪子儿、弹片头都没顾上取出来呢。原想着,只要能活下来迎接胜利,过上太平日子,病就不难治,问题就不难解决。连指导员是个个头粗、心眼细的人,(唉唉,战争年代的指导员啊,是战士的兄长,甚至像战士的母亲啊!)终于在行军路上发现了这个年近三十的老排长的痛苦。当南下路过芙蓉镇时,就把他留在这山清水秀的地方,转了地方工作。但他还是羞于去寻医看病,却是偷偷地吃了十来服草药,也不见效用。这位参加推翻了封建主义大山的战士,脑壳里却潜伏着封建意识。科学要在大白天里把人的身子剥得一丝不挂,由着那些穿着白大褂、戴着大口罩的男男女女来左观右看,捏捏摸摸,比比划划,就像围观着一匹公马。他是怎么也接受不了这种"奇耻大辱"。后来他听人讲,男子汉娶了媳妇,某些病就自自然然会好起来的。他权衡了很久,才打定主意,不娶本地女人,讨个老家娘儿们,一旦不合适,好留个退步,起码不在本地方造成不良影响……后来事情的发展,证明他是办了一件稳妥事,又是一件负心事。因为他拒科学于门外,科学也就没有对他表示出应有的友善。他一直给那女人寄生活费,赎回良心上的罪责。

对于这件事,本镇街坊们纳闷了多半年,才悟出了一点原由:大约老谷主任身上有那种再贤淑的女人都不能容忍、又不便声张的病。后来有些心肠虽好但不通窍的傻娘们,还给他当过几回介绍,都被他一口一个地回绝了。渐渐地一镇上的成年人都达成了默契,不再给他做媒提亲。因而上两月国营饮食店的女经理向他频送秋波、初试风骚也碰了壁。当然没有人把底细去向女经理学舌。

话又讲回来,老谷这人虽然不行"子路"①,却有人缘。如今芙蓉镇上那些半大的男伢妹娃,多半都认了他做"亲爷"。他也特喜欢这些娃儿。因之他屋里常有妹娃嬉戏,床上常有男伢打滚。什么小人书、棒棒糖、汽车、飞机、坦克、大炮,摆了一桌,摊了一地。他还代有的娃娃交书籍课本费,买铅笔、米突尺什么的。据镇上的几位民间经济学家心算口算,他大约每月都把薪水的百分之十几花在这些"义崽义女"身上了。镇上的青年人娶亲或是出嫁,也总要请他坐席,讲几句有分量又得体的话。他也乐于送一份不厚

---

① 没有后代的意思。

薄的贺礼。镇上有的人家甚至家里来了上年纪、有身份的客人,办了有鳞有爪的酒菜,也习惯于请他作陪,并介绍:"这是镇上谷主任,南下的老革命……"好像以此可以光耀门庭。随着岁月的增长,老谷的存在对本镇人的生活,起着一种安定、和谐的作用。有时镇上的街坊邻里,不免要为些鸡鸭猫狗的事闹矛盾,挂在人们口边的一句话也是:"走走!去找老谷,喊他评评理,我怕他不骂你个狗血喷头才怪呢!""老谷是你一家人的老谷?是全镇人的老谷!只要他断了我不是,我服!"而鼓眼睛、连鬓胡、样子颇凶的老谷,则总是乐于给街坊们评理、断案,当骂的骂,当劝的劝。他的原则是大事化小,小事化了,不使矛盾激化,事态闹大。若涉及到经济钱财的事,还根据情况私下贴腰包。所以往往吵架的双方都同时来赔礼道乏,感激他。他若是偶尔到县里去办事或开会,几天不回,天黑时,青石板街的街头巷尾,端着饭碗的人们就会互相打听:"看见老谷了么?""几天了,还不回?""莫非他要高升了,调走了?""那我们全镇的人给县政府上名帖。给他个官,在我们镇上就做不得?"

至于老谷为什么要主动向"芙蓉姐子"提出每圩批给米豆腐摊子六十斤碎米谷头子,至今是个谜。这事后来给他造成了很大的不幸,而他从没认错、翻悔。"芙蓉姐子"后来成了富农寡婆,他对她的看法也没有改变,十几二十年如一日。这是后话。

县商业局给芙蓉镇圩场管理委员会下达了一个盖有鲜红大印

的打字公文：

> 查你镇近几年来，小摊小贩乘国家经济困难时机，大搞投机贩卖，从中牟利。更有不少社员弃农经商，以国家一、二类统购统销物资做原料，擅自出售各种生熟食品，扰乱市场，破坏人民公社集体经济。希你镇圩场管理委员会，即日起对小摊贩进行一次认真清理。非法经商者，一律予以取缔。并将清理结果，呈报县局。
>
> 一九六三年×月×日

公文的下半截，还附有县委财贸办的批示："同意。"还有县委财贸书记杨民高的批示："芙蓉镇的问题值得注意。"可见这公文是有来头的了。

公文首先被送到粮站主任谷燕山手里。因当时芙蓉镇还没有专职的圩场管理委员会，所以委员们大都为兼职，在集市上起个平衡、调节作用，处理有关纠纷，也兼管发放摊贩的《临时营业许可证》。谷燕山是主任委员。他主持召集了一次委员会议，参加的有镇税务所所长，供销社主任，信用社主任，本镇大队党支书黎满庚。税务所所长提出：国营饮食店女经理近来对圩场管理、街道治安事务都很热心，是不是请她参加一下。谷主任委员说：人多打烂船，饮食店归供销社管辖，供销社主任来了，就没有必要劳驾她了。

谷燕山首先把公文念了一遍。镇上的头头们就议论、猜测开了：

"不消讲，是本镇有人告了状了！"

"国以民为本，民以食为天，总要给小摊贩一碗饭吃嘛！"

"有的人自己拿了国家薪水,吃了国家粮,还管百姓有不有油盐柴米、肚饱肚饥哩!"

"上回出了条'反标',搞得鸡犬不宁。这回又下来一道公文,麻纱越扯越不清了!"

只有大队支书黎满庚没有做声,觉得事情都和那位饮食店的女经理有关。上回女经理和胡玉音斗嘴,是他亲眼所见。前些时他又了解到,原来这女经理就是当年区委书记杨民高那风流爱俏的外甥女。但这女工作同志老多了,脸色发黄,皮子打皱,眼睛有些发泡,比原先差远了,难怪见了几面都没有认出。听讲还没有成家,还当老姑娘,大约把全部精力、心思都投到革命事业上了。前些天,女经理、王秋赦还陪着两个公安员召集本镇大队的五类分子训话,对笔迹。可见人家不单单是个饮食店的萝卜头。事后公安员安排吊脚楼主王秋赦当青石板街的治安员,都没有征求过大队党支部的意见。这回县商业局又下来公文……事情有些蹊跷啊!至于女经理通过这纸公文,还要做出些旁的什么学问来,他没有去细想。都是就事论事地看问题,委员们也没有去做过多的分析。

委员们商议的结果,根据中央、省、地有关开放农村集市贸易的政策精神,觉得小摊小贩不宜一律禁止、取缔,应该允许其合法存在。于是决议:由税务所具体负责,对全镇大队小摊贩进行一次重新登记,并发放临时营业许可证。然后将公文的执行情况,政策依据,写成一份报告,上报县商业局,并转呈县委财贸办、县委财贸书记杨民高。

税务所长笑问黎满庚:"卖米豆腐的'芙蓉姐子'是你干妹子,你们大队同不同意她继续摆摊营业?"

黎满庚递给税务所长一支"喇叭筒":"公事公办,不论什么'干''湿'。玉音每圩都到税务所上了税吧?她也向生产队交了误工投资。她两口子平日在生产队出集体工也蛮积极。我们大队认为她经营的是一种家庭副业,符合党的政策,可以发给她营业证。"

老谷主任朝黎满庚点了点头,仿佛在赞赏着大队支书通达情理。

散会时,老谷主任和满庚支书面对面地站了一会儿。两人都有点心事似的。

"老表,你闻出点什么腥气来了么?"老谷性情宽和,思想却还敏锐。

"谷主任,胡蜂撞进了蜜蜂窝,日子不得安生了!"满庚哥打了个比方说。

"唉,只要不生出别的事来就好……"老谷叹了口气,"常常是一粒老鼠屎,打坏一锅汤。"

"你是一镇的人望,搭帮你,镇上的事务才撑得起。要不然,吃亏的是我干妹子玉音他们……"

"是啊,你干妹子是个弱门弱户。有我们这些人在,就要护着他们过安生日子……我明后天进城去,找几位老战友,想想法子,把母胡蜂请走……"

彼此落了心,两人分了手。

这年秋末,芙蓉镇国营饮食店的女经理调走了,回县商业局当科长去了。镇上的居民都松了一口气,好像拨开了悬在他们头顶上的一块铅灰色的阴云。

但山镇上的人们哪能晓得,就在一个他们安然熟睡、满街鼾声的秋夜里,一份由县公安局转呈上来的手写体报告,摆在县委书记杨民高的办公桌上。办公室里没有开灯,只亮着办公桌上的一盏台灯。台灯在玻璃板上投下一个圆圆的光圈。杨民高书记靠坐在台灯光圈外的藤围椅里,脸孔有些模糊不清。他对着报告沉思良久,不觉地转动着手里的铅笔,在一张暗线公函纸上画出了一幅"小集团"草图。当他的力举千钧的笔落到"北方大兵"谷燕山这个名字上时,他写上去,又打一个"?"然后又涂掉。他在犹豫、斟酌。"小集团"草图是这样的:

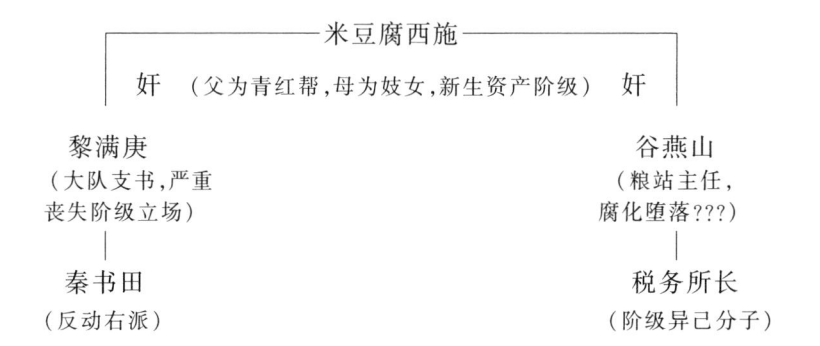

```
            ┌────── 米豆腐西施 ──────┐
            奸  (父为青红帮,母为妓女,新生资产阶级)  奸
   黎满庚                                      谷燕山
 (大队支书,严重                              (粮站主任,
  丧失阶级立场)                              腐化堕落???)
     │                                          │
   秦书田                                      税务所长
 (反动右派)                                (阶级异己分子)
```

画毕,杨民高书记双手拿起欣赏了一会儿,就把这草图揉成一团,扔进办公桌旁的字纸篓里。想了想,又不放心似的,将纸团从字纸篓里捡出、展开,擦了根火柴,烧了。

台灯光圈下,他像日理万机、心疲力竭的人们那样,眼皮有些浮肿,一脸的倦容。他大约批示过县公安局的这份材料,就可以到阳台上去活动活动一下身骨,转动几下发酸发硬的颈脖,擦把脸,烫个脚,去短暂地睡三五个钟头了。他终于拉过一本公函纸,握起笔。这笔很沉,关系到不少人的身家性命啊。他字斟句酌地批示道:

芙蓉镇三省交界,地处偏远,情况复杂,历来为我县政治工作死角。"小集团"一说,不宜草率肯定,亦不应轻易否定、掉以轻心。有关部门应予密切注意,发现新情况,立即报告县委不误。

第二章　山镇人啊
（一九六四年）

一　第四建筑

转眼就是一九六四年的春天。这年的春天,多风多雨,寒潮频袭,是个霉种烂秧的季节。芙蓉河岸上,仅存的一棵老芙蓉树这时开了花,而街口那棵连年繁花满枝的皂角树却赶上了公年,一朵花都不出。镇上一时议论纷纷,不晓得是主凶主吉。据老辈人讲,芙蓉树春日开花这等异事,他们经见过三次:头次是宣统二年发瘟疫,镇上人丁死亡过半,主凶;二次是民国二十二年发大水,镇上水汪汪,变成养鱼塘,整整半个月才退水,主灾;三次是一九四九年解放大军南下,清匪反霸,穷人翻身,主吉。至于皂角树不开花,不结扁长豆荚,老辈人也有讲法,说是主污浊,世事流年不利。至于今年芙蓉树春日开花和皂角树逢公年两件异事碰在一起,水火相克,或许大吉大利,或许镇上人家会有不测祸福等等。一时镇上人心惶惶,猫狗不安。可是毕竟解放都十三四年了,圩场上连个测字先生也不易找见,因之有些人便去找"天上的事情晓得一半,地上的事情晓得全"的五类分子秦书田求教。秦书田这家伙却假装积极,好像比一般社员群众觉悟还高、思想还进步似的,竟唱开了高调,说以上言论都是不读书,不懂生物学、生态学为何物造成的,硬把世事变迁、自然灾害和草木花卉的变异现象扯在一起,做出了种种迷信解释,等等。最后还引用了革命导师关于"在一个文盲充塞的国度里是不可能建设共产主义"的教导,来说服大家,来上政治课,妄图以此来抬高身价,显示他有文化知识的优越性,贬低社员群众的思想觉悟呢。

然而自然界的某些变异现象,却往往不迟不早地和社会生活里的某些重大事件巧合在一起。二月下旬,县委社教工作组进驻了芙蓉镇。组长就是原先国营饮食店的女经理。李国香这回来,衣着朴素,面色沉静,好些日子都不大露面,住在镇上的一户"现贫农"家——王秋赦的吊脚楼上,学当年土改工作队搞"扎根串连"。山镇上的居民对上级派来的工作同志向来十分敬重。对于政治,对于形势,却表现出一种耳目闭塞的顽愚。死水一般平静的生活,旧有的风俗人情,就像一剂效用长久的蒙汗药,使他们麻木、迟钝。就连谷燕山、黎满庚这些见过世面的头面人物,也以为生活的牛车轮子还会吱吱嘎嘎、不紧不慢地照常转动。对于李国香的重新出现,他们虽然心里也掠过了几丝阴云,但没有十分介意。她在客位,自己在主位。神仙下来问土地公。他们就是这镇上的土地公。不管哪个仙姑奶奶、官家脑壳来,外礼外法的事,大约是难以办起来的。加上这段时间,谷燕山为着粮站发放一批早稻优良品种,黎满庚为着大队的春耕生产,忙还忙不赢呢。

  工作组住进王秋赦的吊脚楼这件大事,暂时还没有成为本镇的重要新闻。本镇居民的注意力都被另一件事情吸引去了:摆米豆腐摊的胡玉音夫妇即将落成新楼屋了。新楼屋涣散了人心,干扰了运动。胡玉音两口子却为了这新楼屋请人描图、备料,请木匠泥匠,忙了一冬一春,都瘦掉了一身肉。逢圩赶场的人却讲,"芙蓉姐子"人瘦点,倒越发显得水灵鲜嫩了。她的老胡记客栈已经十分破旧,打算盖起新屋后拆除。新楼屋就盖在老胡记客栈的隔壁,屋基就是买得吊脚楼主王秋赦的。据说王秋赦花掉两百块钱地皮款后又有些翻悔:卖贱了,黎桂桂夫妇起码占了他一百块钱的便宜。就算他赊吃了两年多的米豆腐,但一百块钱就是一千碗呀!天啊,一千碗!他王秋赦就是牛肠马肚也装不下这许多呀。可见生意人是放长线钓大鱼,打的是铁算盘……可如今,管你翻悔不翻悔,人家新楼屋已经盖起了,一色的青砖青瓦,雪白的灰浆粉壁。临街正墙砌成个洋式牌楼,水泥涂抹,划成一格格长方形块块,给人一种庄重的整体感。楼上开着两扇门窗两用玻璃窗,两门窗之间是一道长廊阳台,砌着菱花图案。楼下是青石阶沿,红漆大门。一把会旋转的"牛眼睛"铜锁嵌进门板里。这座建筑物,真可谓土洋并举、中西合璧了。在芙蓉镇青石板街上,它和街头、街中、街尾的百货商店、南货店、饮食店互相媲美,巍然耸立于它古老、破旧的邻居们之上,可以称为本镇的第四大建筑,而且是属于私人所有!脚手架还没有完全拆除,本镇居民们就天天在围观、评价、感叹了。社教工作组组长李国香同志也杂在人群中来观看过几回,并在小本本里记下了几条"群众反映":

"攒钱好比针挑土,想不到卖米豆腐得厚利,盖起大屋来!"

"比解放前的茂源商号还气派,比海通盐行还排场!"

"人无横财不富,马无夜草不肥……没个三千两千的,这楼屋怕拿不下。"

"黎桂桂这屠户杀生出身,入赘在胡氏家,不晓得哪世人积下的德!"

"胡玉音真是本镇女子的头块牌,不声不气,票子没有存进银行,不晓得是夹在哪块老砖缝缝里……"

新屋落成,破旧的老客栈还没拆除,就碰上芙蓉河岸老芙蓉树春日里开花的异事,胡玉音决定办十来桌酒席冲一冲。也是对街坊父老、泥木师傅的一种酬谢。她先去请教了义兄满庚哥。大队支书既没有点头,也没有摇头。胡玉音懂得这在头头们来说叫做"默认"。接着,她挨家挨户,从老谷主任、税务所长到供销社主任、信用社会计,百货、南货、饮食各单位头头,一些相好的街坊邻里,都请到了。大都满口应承,也有少数托词回避的。她还特意去请了请那位跟她面目不善的社教工作组组长李国香以及两位组员。李国香倒是客客气气的,开口就是"好的,好的",说工作组新来,运动还没有展开,吃喜酒不好去,怕违犯社教工作队员的纪律,倒是日后一定到新楼屋去看看,坐坐,扯扯家闲。李国香这回确是身份不同,待人接物,讲话办事的水平也不同。胡玉音见她和和气气,心里自是宽慰感激。

三月初一,天一放亮,新楼屋门口就响起了噼噼啪啪的鞭炮声,有五百响的,有一千响、两千响的,把芙蓉镇吵醒了。红漆大门洞开,贴着一副惹眼醒目的红纸金字对联。上联:勤劳夫妻发社会主义红财。下联:山镇人家添人民公社风光。横联:安居乐业。不用说,这副对联是出自秦书田的手笔。

整整一上午,亲戚朋友,街坊邻里,同行小贩,来"恭喜贺喜"的,送镜框匾额、送"红包"、打鞭炮的络绎不绝。新楼屋门口的青石板上,红红绿绿的鞭炮纸屑天女散花似的撒了一层。通街都飘着一股喜庆的硝烟味、酒肉香。中午一时,人客到齐,新楼旧铺,摆下了十多桌酒席,济济两堂,热闹非凡。老谷主任、满庚支书、税务所长、供销社主任等镇上的头面人物,坐了首席。

开席前,满面红光却又是一脸倦容的胡玉音拉着满庚哥说:"我是滴酒不沾的,桂桂又是个见不得场合、出不得众的人,你有海量,就给妹子做个主,劝谷主任他们多吃几杯。一生一世,也难得这么热闹两回……""放心,放心,这回,我头一个就替你把'北方大兵'灌醉!""秦癫子也来帮过忙,他成分高,我打算另外谢他一下。"胡玉音周到地说。"对,对,秦癫子要入另册。""另外,满庚哥,住进新楼屋后,拆了老屋,我和桂桂想收养一个崽娃,到时候请大队上做个主……""哎呀,妹子,你今日是喜饱了?你还有没有个完?席上正等着我哪……"

是的，胡玉音没吃没喝，听着乡邻们的恭贺声，看着张张笑脸，就喜饱了，醉倒了。

"北方大兵"谷燕山今日兴致特别高，第一轮酒喝下肚，在大队党支部书记黎满庚的催促下，他端着酒杯站起，来了段即兴祝辞。他讲的是一口纯正的北方话，没有杂一点本地土腔。在一切正规、严肃的场合，他都坚持讲一口北方话，好像用以显示其内容的重要性。

"同志们！今天，咱都和主人一样高兴，来庆祝这幢新楼房的落成！一对普通的劳动夫妻，靠了自己的双手，积蓄下款子，能盖这么一幢新楼房，说明了什么问题呢？劳动可以致富，可以改善生活。咱不要苦日子，咱要过幸福生活。这就是社会主义制度的优越性，咱共产党领导的英明！这是今天大家端着酒杯，吃着鸡鸭鱼肉，应当想到的第一点。第二一点，大家都是在一个镇子上住着，对这幢新楼房和它的主人，咱应当抱什么态度呢？是羡慕，还是嫉妒？是想向他们看齐，还是站在一旁风言风语？我觉得应当向他们看齐，应当向这对勤劳夫妇学习。当然不是叫咱人人都去摆摊子卖米豆腐。发展集体生产和家庭副业，门路多得很！第三一点，咱不是经常讲要建成社会主义、进入共产主义吗？我想共产主义社会嘛，坐着是等不来的，伸着手也没有人给。前几年吃公共食堂大锅饭，也没有吃得成……我想共产主义嘛，在咱芙蓉镇，是不是可以先来一点具体的标准，每户人家除了吃好穿好外，都盖这么一幢新楼房，而且比这幢楼房还要盖得好，盖得高，盖得有气派！把咱镇上的草顶土砖房,杉皮木板房,歪歪斜斜的吊脚楼,门板都发黑、发霉了的老铺子,逐步换成楼上楼下,电灯电话!那一来,咱芙蓉镇的青石板街的两旁,就新楼房一幢挤着一幢,就和大城市里的一条整齐漂亮的街道一样……"

因为不是在会场上,大家对于"北方大兵"的这席祝酒词,不是报以热烈的掌声,而是报以笑声、叫好声,杯盏相碰的叮当声。当然,也有少数人在心里嘀咕,这个老谷,两杯酒落肚,就讲开了酒话?家家住新屋,过好日子,就是共产主义?可如今上头来的风声很紧,好像阶级和阶级斗争,才是革命的根本,才是通向共产主义的路径。

接着下来,镇税务所长也举起酒杯讲了几句话。当他提议祝新楼屋的主人早生贵子、人丁兴旺时,获得了满堂的喝彩、叫好。

酒,是家做的杂粮烧酒,好进口,有后劲。菜是鸡、鸭、鱼、肉十大碗。老谷和黎满庚两人来了豪兴,开怀畅饮。

也有细心的人冷眼旁观看出来,吊脚楼主王秋赦,破天荒头一回没有加入这场合,来跑堂帮忙,一享口福。真有点使人觉得反常。是王秋赦心疼自己"贱价"卖掉的地皮,不愿看到人家在那块本来是属于他的胜利果实上盖起了新楼屋?还是社教工作组住进了他的吊脚楼,如今他又成了红人,当了"根子",协助工作组忙运动,抓中心,实在抽不开身?还有一种令人担忧的猜测,就是或许他已经听到了什么消息,摸着了什么风头,提高了觉悟,有了警惕性。

二　吊脚楼啊

　　吊脚楼原是富裕殷实的山里人家的住所,全木结构,在建筑上颇有讲究。或依山,或傍水,或绿树掩映,或临崖崛起,多筑在风景秀丽处。它四柱落地,横梁对穿,圆筒杉木竖墙,杉木条子铺楼板,杉皮盖顶。一般为上下两层,也有沿坡而筑,高达四层的:第一层养猪圈牛。第二层为库房,存放米谷、杂物、农具。第三层为火塘,全家饮食起居、接待客人、对歌讲古的场所。第四层方为通铺睡房。在火塘一层,有长廊突出,底下没有廊柱,用以日看风云,夜观星象,称为"吊脚"。初到山区的人,见吊脚楼衬以芭蕉果木,清溪山石,那尖尖的杉木皮顶,那四柱拔起的黄褐色形影,有的屋顶和木墙上还爬着青藤,点缀着朵朵喇叭花,倒会觉得是个神秘新奇的去处呢。

　　王秋赦土地改革时分得的这栋胜利果实——临街吊脚楼,原是一个山霸逢圩赶场的临时住所。楼前原先有两行矮冬青,如今成了两丛一人多高的刺蓬;楼后原先栽着几棵肥大的芭蕉,还有两株广橘。如今芭蕉半枯半死,广橘树则生了粉虫。楼分上下二层。下一层原先为火塘、佣人住房。上一层方为山霸的吃喝玩乐处。整层楼面又分两半,临街一半为客厅,背街一半则分隔成三间卧室。如今王秋赦只在底下一层吃住,故楼上一层经常空着,留把上级下来的男女工作同志借宿。早先楼上的金红镂花高柱床没有变卖时,王秋赦也曾在楼上住过两三年,睡在镂花高柱床上做过许多春梦。唉唉,那时他就像中了魔、入了邪似的,在脑子里想象出原先山霸身子歪在竹凉床上,如何搂着卖唱的女人喝酒、听曲、笑闹的光景。有时就是闭着眼睛躺在被褥上,脑子里浮现的也是些不三不四的思念:娘卖乖,就是这张床,这套铺盖,山霸玩过多少女人?年少的,中年的,胖的,瘦的……山霸后来得了梅毒,死得很苦、很惨。活该!娘卖乖!可是,他总是觉得床上存有脂粉气,枕边留有口角香。

　　牡丹花下死,做鬼也风流!他慢慢地生出一些下作的行径来。在那些天气晴和、月色如水的春夜、夏夜、秋夜,竟不能自禁,从床上蹦跳到客厅楼板上,模仿起老山霸当日玩乐的情景,他也歪在竹凉床上,抱着个枕头当姘头:"乖乖,唱支曲儿给爷听!听哪支?还消问?你是爷的心肝儿,爷是你的摇钱树……"他搂着枕头有问有答。从前有身份的乡绅总以哼几句京戏为时髦,他不会唱京戏,只好唱出几句老花灯来:"哎呀依子哥喂,哎呀依子妹,哥呀舔住了妹的舌,妹呀咬住了哥的嘴……"有时他还会打了赤脚,满客厅、卧室里追逐。追逐什么?只有他自己心里有数。他追的是一个幻影。时而绕过屋柱,时而跳过条凳,时而钻过桌底,嘴里骂着:"小蹄子!小妖精!看你哪里跑,看你哪里躲!嘻嘻嘻,哈哈哈,你这个小妖精,你这个坏蹄子……"他一直追逐到精疲力竭,最后气喘吁吁地扑倒在镂花高柱床上,一动不动地像条死蛇。但他毕竟是扑了一

场空,觉得伤心、委屈,流出了眼泪:

"从前山霸有吃有喝有女人……如今轮着爷们……却只做得梦……"

有段时间,街坊邻居听见吊脚楼上乒乒乓乓,还夹杂着嬉笑声、叫骂声,就以为楼上出了狐狸精了,王秋赦这不学好、不走正路的人是中了邪,被精怪迷住了。原先有几位替王秋赦提亲做媒、巴望他成家立业、过正经日子的老婶子们,都不敢再当这媒人了。而一班小媳妇、大妹娃们,则大白天经过吊脚楼前,也要低下脑壳加快脚步,免得沾上了"妖气"。后来就连王秋赦本人,也自欺欺人,讲他确实在楼上遇到了几次狐狸精,那份标致,那份妖媚,除了镇上卖米豆腐的胡玉音,再没一个娘儿们能相比。从此,王秋赦也不上楼去睡了。他倒不是怕什么狐狸精,而是怕弄假成真得"色癫",发神经病。不久,镇上倒是传出了一些风言风语,说是吊脚楼主没有遇上什么精怪,倒是迷上了卖米豆腐的"芙蓉姐子",连着几次去钻老胡记客栈的门洞,都挨胡玉音的耳刮子,后来还是黎桂桂亮出了杀猪刀,他才死了心。但胡玉音夫妇都是镇上的正派人,苦吃勤做,老实本分。因之这些街言巷语,都不足凭信。

屋靠保养楼靠修。李国香带着三个工作队员住进来时,吊脚楼已经很不成样子了。整座木楼都倾斜了,靠了三根粗大的斜桩支撑着。每根斜桩的顶端撑着木墙的地方,都用铁丝吊着块百十斤重的大青石。要是在月黑星暗的晚上,猛然间抬头看去,就像吊着三具死尸,叫人毛骨悚然。吊脚楼的屋脚,露出泥土的木头早就沤得发黑了,长了凤尾草,生了虫蚁。凤尾草倒是不错,团团围围就像给木楼镶了一圈绿色花边一样。还有楼后的杂草藤蔓,长得蓬蓬勃勃,早就探着楼上的窗口了。

歪斜的楼屋,荒芜的院子,使李国香组长深有感触,感到自己的责任重大啊,解放都十四五年了,王秋赦这样的"土改根子"还在过着穷苦日子,并没有彻底翻身。这是什么问题?三年苦日子,城乡资本主义势力乘机抬了头啊。不搞运动,不抓阶级斗争,农村必然两极分化,还是富的富,穷的穷,国变色,党变修,革命成果断送,资本主义复辟,地主资产阶级上台,又要重新进山打游击,搞农村包围城市……当李国香在楼下火塘里看到王秋赦的烂锅烂灶缺口碗,都红了眼眶掉了泪!多么深厚的阶级情感。女组长和两个工作组员做好人好事,每人捐了两块钱人民币,买回一口亮堂堂的钢精锅、一把塑料筷子、十个饭钵。工作组还身体力行出义务工,组长组员齐动手,把吊脚楼后藏蛇窝鼠的藤蔓刺蓬来了次大铲除,拯救了半死不活的芭蕉丛、柚子树,改善了环境卫生。李国香手掌上打起了血泡,手臂上划了些红道道。临街吊脚楼却是面貌一新,楼口贴了副红纸对联:千万不忘阶级斗争,永远批判资本主义。

为了在镇上把"根子"扎正扎稳,工作组没有急于开大会,刷标语,搞动员,追求表面的轰轰烈烈。而是注重搞串连,摸情况,先分左、中、右,对全镇干部、居民"政治排队",确定运动依靠谁,团结谁,教育争取谁,孤立打击谁。一天,李国香派两个工作组员分头深入镇上的几户"现贫农"家"串连"去了,她则留在吊脚楼里,对王秋赦进行重点培养,亲自念文件给"根子"听。她自去年和王秋赦有过几次交往后,对吊脚楼主印象不坏,觉得可塑性很大:首先是苦大仇深,立场坚定,对上级指示从无二话;再就是此人长相也不差,不高不矮,身子壮实,笑笑眯眯,和蔼可亲;更重要的是王秋赦思想灵活,反应快,嘴勤脚健,能说会道,有一定的组织活动能力。所谓"人不可貌相",眼下王秋赦不过穿着破一点,饮食粗一点,要是给他换上一身干部制服,衬个白领子,穿双黄解放鞋,论起气度块头来,就不会比县里的哪个科局级干部差了去。她初步打算把王秋赦树成一个社教运动提高觉悟的"典型",先进标兵,从而使自己抓的这个镇子的运动,也可以成为全县的一面红旗……

李国香嘴里念着文件,心里想着这些,不时以居高临下的眼光看王秋赦一眼。王秋赦当然体察不到工作组女组长的这份苦心。当女组长念到"清阶级、清成分、清经济"的条款时,他心里一动,眼睛放亮,喉咙痒痒的,忍不住问:

"李组长,这次的运动,是不是像土地改革时那样……或者叫做第二次土改?"

"第二次土地改革?对对,这次运动,就是要像土改时那样扎根串连,依靠贫雇农,打击地富反坏右,打击新生的资产阶级分子!"

李国香耐心地给"根子"解答,流畅地背着政策条文。

"李组长,这回的运动要不要重新划分阶级成分?"

"情况复杂,土地改革搞得不彻底的地方,就要重新建立阶级队伍,组织阶级阵线。老王,你听了文件,倒动了点脑筋,不错,不错。"

"我还有个事不懂,清经济这一条,是不是要清各家各户的财产?"

王秋赦睁大了眼睛,一眨不眨地瞪着女组长。他差点就要问出"还分不分浮财"这话来。女组长被这个三十几岁的单身汉盯得脸上有点发臊,就移开了自己的视线,继续讲解着政策界限:

"要清理生产队近几年来的工分、账目、物资分配,要清理基层干部的贪污挪用,多吃多占,还要清查弃农经商、投机倒把分子的浮财,举办阶级斗争展览,政治账、经济账一起算。"

"好好!这个运动我拥护!哪怕提起脑壳走夜路,我都去!"

王秋赦呼的一下站了起来,兴奋得心都在怦怦跳。娘卖乖!哈哈,早些年曾经想过、盼过,后来自己都不相信会再来的事,如今说来就来!乖乖,第二次土改,第二次划成分,第二次分浮财……看看吧!王秋赦有先见之明吧?你们这些蠢东西,土改时分得了好田好土,耕牛农具,就只想着苦吃勤做,只想着起楼屋,置家产,发家致富……哈哈,王秋赦却是比你们看得远,仍是烂锅烂灶烂碗,当着"现贫农",来"革"你们的"命","斗"你们的"争"!他一时浑身热乎乎、劲鼓鼓的,情不自禁一把抓住了女组长的双手臂:

"李组长!我这百多斤身坯,交给工作组了!工作组就是我亲爷娘,我听工作组调遣、指挥!"

李国香抽回了自己的双手,竟也有点儿心猿意马。没的恶心!

她严肃地对"根子"说:

"坐下来!不像话,这么没上没下、没大没小的,动手动脚,可要注意影响,啊?"

王秋赦红了红脸,顺从地坐了下来。他搓着刚才曾经捏过女组长手臂的一双巴掌,觉得有些儿滑腻腻的:

"我该死!只顾着拥护上级文件,拥护上级政策,就、就忘记了李组长是个女的……"

"少废话,还是讲正事吧。"李国香倒是有海量,没大介意地笑了笑,掠了掠额上的一缕乱发,没再责备他。"你本乡本土的,讲讲看,镇上这些人家,哪些是近些年来生活特殊的暴发户?"

"先讲干部?还是讲一般住户?镇上的干部嘛……有一个人像那河边的大树,荫庇着不少资本主义的浮头鱼,他每圩卖给胡玉音六十斤米头子做米豆腐卖,赚大钱起新楼屋。只是人家资格老,根底厚,威望高。就是工作组想动他一动,怕也是不容易。"

"他?哼哼,如果真有问题嘛,我们工作组这回可要摸摸老虎屁股喽!还有呢?"

"还有就是税务所长。听讲他是官僚地主出身,对贫下中农有仇恨,他多次讲我是'二流子','流氓无产者'……"

"嗯嗯,诬蔑贫农,就是诬蔑革命。还有呢?"

"还有就是大队支书黎满庚。他立场不稳,重用坏分子秦书田写这刷那,当五类分子小头目。还认了卖米豆腐的胡玉音做干妹子,又和粮站主任、供销社主任勾通一气……芙蓉镇就是他们几个人的天下……"

王秋赦讲的倒是真话。镇上这几个头头平日老是讲他游手好闲啊,好吃懒做啊,怕下苦力啊。黎满庚最可恶,克扣过他的救济粮和救济衣服,全无一点阶级感情!哼哼,这种人在本镇大队掌印当政,他王秋赦怎么彻底翻得了身?这回政府算开了恩,体察下情,派下了工作组,替现时最穷最苦的人讲话,革那些现时有钱有势人的命!

李国香边问边记,把镇上十几个干部的情况都大致上摸了个底。王秋赦真是本活谱子呀,这家伙晓得的事多,记性又好,谁跟谁有什么亲戚,什么瓜葛,什么口角不和,什么明仇暗恨,甚至谁爬过谁的阁楼,谁摸过谁家的鸡笼,谁被谁的女人掌过嘴,谁的妹儿吃过哑巴亏,出嫁时是个空心萝卜,谁的崽娃长相不像爷老倌,而像谁谁谁。他都讲得头头是道,有根有叶。而且还有地点、人证、年月日。听着记着,女组长不禁对这"根子"产生了几分好感和兴趣,觉得王秋赦好比一块沉在水里的大青石,把什么水草啦,游丝啦,鱼虾、螺蛳、螃蟹啦,都吸附在自己身上。

"这几年,趁着国家经济暂时困难,政策放得比较宽,圩场集市比较混乱,而做生意赚了钱、发了家的,镇上要算哪一户?"女组长又问。

"还消问?你上级比我还清楚呀!"王秋赦故作惊讶地反问,"你上级听到的反映还少吗?就是东头起新楼屋的胡玉音!这姐子靠了她的长相摆米豆腐摊子,招徕顾客,得了暴利……而且她的本事大着呢。镇上的男女老少,没有几个不跟她相好。就是干部们对她,对她……"

"对她怎么啦?"女组长有些不耐烦,又怀有强烈的好奇心。

"喜欢她那张脸子、那双眼睛呀!大队黎支书认了她做干妹子,支书嫂子成了醋罐子。粮站主任供她碎米谷头子,税务所长每圩收她一块钱的税,像她大舅子。连秦癫子这坏分子跟她都有缘,从她口里收集过老山歌,骂社会主义是封建,可恶不可恶?"

这席谈话,使得李国香大有收获,掌握了许多宝贵的第一手材料。吊脚楼主确是镇上一个人才,看看通过这场运动的斗争考验,能不能把他培养起来。

半个月后,工作组把全镇大队各家各户的情况基本上摸清楚了。但群众还没有发动起来,于是决定从忆苦思甜、回忆对比入手,激发社员群众的阶级感情。具体措施有三项:一是吃忆苦餐,二是唱忆苦歌,三是举办大队阶级斗争展览。阶级斗争展览分解放前、解放后两部分。解放前的一部分需要找到几样实物:一床烂棉絮,一件破棉袄,一只破篮筐,一根打狗棍,一只半边碗。

但解放都十四五年了,穷人都翻了身,生活也有所提高,如今还到哪里去找这些烂东烂西!唉唉,土地改革那阵,只顾着欢天喜地庆翻身,土地还老家,只想着好好种种分得的好田好土,只顾着奔新社会的光明前程,那些破破烂烂,当初只怕扔都扔不赢呢,谁还肯留下来叫人见了伤心落泪,又哪里料想得到十几年以后还要搞展览，进行回忆对比呢。可见，凡事都应当有远见，烂东烂西自有烂东烂西的用处。越穷越苦的地方，就越要搞回忆对比。叫做物质的东西少一点，精神的东西就要多一些。比方，有的生产队集体生产暂时没有搞上去，分下的口粮不够吃，少数社员就骂娘，不满；再比方，有的地方工分值低，年终分配兑不了现，就有社员撕扯记工本，骂队长会计吃了冤枉；又比方，公社、县里的领导，统一推行某种耕作制，规定种植某个外地优良品种，因水土不服，造成了大面积减产，社员们就叫苦连天等等。不搞回忆对比行吗？不忆苦、不思甜行吗？解放才十四五年，就把旧社会受过的苦、遭过的罪，忘得精光？三面红旗、集体经济，纵使有个芝麻绿豆、鸡毛蒜皮的毛病、缺点，你们也不应发牢骚、泄怨气。不要这山望着那山高，端着粗碗想细碗，吃了糠粑想细粮，人心不足蛇吞象。所以忆苦思甜是件法宝，能派很多用场。

当然李国香组长要办忆苦思甜阶级教育展览会，是为了发动群众，开展运动。她为着寻找几件解放前的展品走访了好些人家，都一无所获。她忽然心里一亮：对了！眼前放着个百事通、活谱子不去问！或许吊脚楼主能想出点子来。一天吃中饭时，她把这事对王秋赦讲了讲。王秋赦面有难色，犹豫了一会儿，才说：

"东西倒有几样，不晓得用得用不得……"

"什么用得用不得，快去拿来看看！"

李国香心里一块石头落了地，笑眯眯地看着她的"依靠对象"到门弯楼角里捣腾去了。

不一会儿,王秋赦就一头一身灰蒙蒙的,提着一筐东西出来了,给女组长过目。原来是一床千疮百孔的破棉絮,一件筋吊吊、黑油油的烂棉袄,一只破篮筐,缺口碗。只少一根打狗棍,那倒随处可找了。

"呵呵,得来全不费功夫!还是你老王有办法。"女组长十分高兴、赞赏。

"只是要报告上级,这破棉絮,烂棉袄,都是解放后政府发给我的救济品……"王秋赦苦着眉眼,有实道实。

"你开什么玩笑?这是严肃的政治任务!还有什么心三心四的?"女组长声色俱厉地批评教育说,"我到衡州、广州看过一些大博物馆,大玻璃柜里摆着的,好多都是模型、仿制品呢!"

三　女人的账

镇上传出了风声:县委工作组要收缴"芙蓉姐子"的米豆腐摊子和她男人的杀猪屠刀。这风声最初是从哪里来的,谁都不晓得,也无须去过问。而人们对于传播新鲜听闻的爱好,就像蜂蝶在春天里要传花授粉一样,是出于一种天性和本能。还往往在这新鲜听闻上添油加醋,增枝长叶,使其疑云闷雨,愈传愈奇,直到产生了另一件新鲜传闻,目标转移为止。

街坊们的挤眉弄眼,窃窃私语,无形中给胡玉音夫妇造成一种压力,一种惶恐气氛。这可把胡玉音急坏了,也把她男人黎桂桂吓蒙了。桂桂脸色呆滞,吃早饭时连碗都不想端了。难怪政治家们把舆论当武器,要办一件事总是先造舆论,放风声。

"祖宗爷!人家的男人像屋柱子,天塌下来撑得起!我们家里一有点事,你就连个女人都不如,碗筷都拿不起?"胡玉音对自己不中用的男人又恼又气又恨。

"玉音,我、我们恐怕原先就没想到,新社会,不兴私人起楼屋。土改前几年,不是也有些新发户紧穿省用,捆紧裤带买田买土买山场,后来划成了地主、富农……"桂桂眼睛里充满了惊恐,疑惧地说。

"依你看,我们该哪样办?"胡玉音咬了咬牙关,问。

"趁着工作组还没有找上门来,我们赶快想法子把这新楼屋脱手……哪怕贱卖个三两百块钱……我们只有住这烂木板屋的命……"桂桂目光躲躲闪闪地说。

"放屁!没得出息的东西!"胡玉音听完男人的主意,火冒三丈,手里的筷子头直戳了过去,在男人的额头上戳出了两点红印。"地主富农是收租放债、雇长工搞剥削!你当屠户剥削了哪个?我卖米豆腐剥削了哪个?卖新屋!只有住烂木板屋的命!亏你个男人家讲得出口!抓死抓活,推米浆磨把子都捏小了,做米豆腐锅底都抓穿了,手指头都抓短了,你张口就是卖新屋!天呀,人家的男人天下都打得来,我家男人连栋新屋都守不住……"

黎桂桂伸手摸了摸额头,额头上的两个筷子头印子沁出了细细的血珠子。胡玉音含着眼泪,这才发觉,自己气头子上没轻没重……鬼打起,听到点风声,遇上点事,自己也发了癫啰,人都不抵钱了!她和桂桂结婚八年了,还没起过高腔红过脸。由于没有生育,她把女人的一腔母爱都倾注在男人身上,连男人的软弱怕事,都滋长了她对他袒护、怜爱的情感。桂桂既是她丈夫,又是她兄弟,有时还荒唐地觉得是自己的崽娃……可如今,把男人的额头都戳出了血!她赶忙放下碗筷,站起身子绕过去,双手捧住了桂桂的头:"你呀,蠢东西,就连痛都不晓得喊一声。"

桂桂非但没有发气,反而把脑壳靠在她的胸脯上:"又不大痛。玉音,卖新楼屋,我不过随便讲讲,还是你拿定见……反正我听你的,你哪样办我就哪样办。你就是我的家,我的屋……只要你在,我就什么都不怕……真的,当叫花子讨吃,都不怕……"

胡玉音紧紧搂着男人,就像要护着男人免受一股看不见的恶势力的欺凌,她不觉地就落下泪来。是的,一个摆小摊子为业的乡下女人的世界就这么一点大,她是男人的命,男人也是她的命。他们就是为了这个活着,也是为了这个才紧吃苦做,劳碌奔波。

"玉音,你不要以为我总是老鼠胆子……其实,我胆子不小。如果为了我们的新楼屋,你喊我去杀了哪个,我就操起杀猪刀……我的手操惯了刀,力气蛮足……"桂桂闭着眼睛像在做梦似的咕咕哝哝,竟然说出这种无法无天的话来。

胡玉音赶紧捂住了桂桂的嘴巴:"要死了!看看你都讲了些什么疯话!这号事,连想想都有罪过,亏你还讲得出……"说着,背过身子去擦眼泪。

"玉音,玉音,我是讲把你听的,讲把你听的……又没有真的就要去杀哪个……"

"可你,要就是卖掉新楼屋,要就是去拼性命……如今镇上只传出点风声,就把你吓成这样子……若还日后真的有点什么事,你如何经得起?"

"左不过是个死。另外,还能把我们怎么的?"

黎桂桂随口讲出的这个"死"字,使得胡玉音眼冒火星子。她真想扬手抽男人一个嘴巴子,但手举到半路又落不下去了。就像有座大山突然横到了她眼前,要压到她身上来,她感到了事情的严重和紧迫。她是个外柔内刚的人,当即在心里拿定了一个主意:

"我就去找找李国香,问问她工作组组长,收缴米豆腐摊子和杀猪刀的话,是真是假……我想,大凡上级派来的工作同志,像老谷主任他们,总是来替我们平头百姓主事、讲话的……"

黎桂桂以敬佩的目光看着自己的女人。每逢遇事,女人总是比他有主见,也比他有手腕,会周旋。在这个两口之家里,男人和女人的位置本来就是颠了倒顺的。

胡玉音梳整了一下,想了想该和女组长说些什么话,才不致引起人家的反感,或是不给人家留下话把。她正打算出门,门外却有个女子和悦的声气在问:

"胡玉音!胡玉音在屋吗?今天不是逢圩的日子嘛!"

胡玉音连忙迎出门去,一看,竟是一脸笑容的李国香组长。真是心到神知啊！她连忙把客人迎进屋来。李国香比上一年当饮食店经理时略显富态些,脸上的皱纹也少了点。工作上的同志,劳心不劳力,日子过得爽畅,三十三岁上当黄花女,还不现老相。

黎桂桂见李组长没有带手下的人,又和和气气的,一颗悬着的心,也就落下来一半。他赶忙筛茶,端花生、瓜子。这时,他抛给他女人一个眼色,羞愧地笑了笑。摆好茶盘杯子,他说了声"李组长好坐",就从门背后拿出把锄头,上小菜园子去了。

"你的爱人见了生客,就和个野老公一样,走都走不赢?"李国香组长呷了一口茶,似笑非笑地问。

"他呀,是个没出息的。"胡玉音却脸一红,一边劝李组长剥花生,嗑瓜子,一边在心里想:你个没出嫁的老闺女,大约男人的东西都不分倒顺,却是"野老公"、"野老公"的也讲得出口。

"今天,我是代表工作组,特意来参观这新楼屋的。顺便把两件事,和你个别谈谈。你放心,我们是熟人熟事,公事公办……"李国香说着就抓了一把瓜子站起身来。

胡玉音脸色有些发白,脑壳里有些发紧。女组长今天大约是来者不善,善者不来啊。她来看新楼屋,总不会是个人的兴趣啊。但胡玉音还是强打起精神,赔着笑脸,领着女组长出了老客栈铺子,开开新楼屋的红漆大门。进得门来,李国香就闻到了一股新木香和油漆味。女组长把过厅,厢房,厨房,杂屋,后院的猪栏、鸡埘、厕所,一一地看了看,口里不停地夸赞着"不错,不错"。接着又踏着板梯,上楼看了宽大敞亮的卧室,里头摆着大衣柜、高柱床、五屉柜、书桌、圆桌、靠背椅,整套全新的家具,油漆泛出枣红色的亮光,把四壁雪白的粉墙都映出了一种喜气洋洋的色调。李国香嘴里没再夸赞什么"不错,不错"了,而是抿住嘴巴点着头,露出一脸惊叹、感慨之色。胡玉音一直在留神观看着她脸上的表情变化,但估不透女组长心里想着、窝着的是些什么。最后,她们打开落地窗,站在阳台上看了看山镇风光。李国香倚靠着栏杆,就像一位首长站在检阅台上。她站在阳台这个高度,才看清楚了四周围的古老发黑的土砖屋、歪歪斜斜的吊脚楼、靠斜桩支撑着的杉皮木板屋,和这幢鹤立鸡群似的新楼屋之间的可怕的差异,贫富悬殊的鸿沟啊。

回到卧室,李国香径自在书桌前坐了下来。书桌当窗放着,土漆油的桌面像镜子,照得清人影。胡玉音在一旁陪站着。她见女组长已经在书桌上摊开了笔记本,手里的钢笔旋开了笔帽。

"坐呀,你先坐下来呀。就我们两个人,谈一谈……"这时,李国香倒成了屋主似的,招呼着胡玉音落座了。

胡玉音拉过一张四方凳坐下来。在摆着笔记本、捏着钢笔的女组长面前,她不由地就产生了一种自卑感。所以女组长坐靠背椅,她就还是坐四方凳为宜。

"胡玉音,我们县委工作组是到镇上来搞'四清'运动的,这你大约早听讲了。"李国香例行公事地说,"为了开展运动,我们要对各家各户的政治、经济情况摸一个底。你既不是头一家,也不是最末一户。对工作组讲老实话,就是对党讲老实话。我的意思,你懂了吧?"

胡玉音点了点头。其实她心里蒙着雾,什么都不懂。

"我这里替你初步算了一笔账,找你亲自落实一下。有出入,你可以提出来。"李国香说着,以她黑白分明的眼睛注视了胡玉音一下。

胡玉音又点了点头。她糊糊涂涂地觉得,这倒省事,免得自己来算。若还女组长叫自己算,说不定还会慌里慌张的。而且女组长态度也算好,没有像对那些五类分子训话样的,眼光像刀子,锋寒刃利。

"从一九六一年下半年起,芙蓉镇开始改半月圩为五天圩。这就是讲,一月六圩,对不对?"李国香又注视了胡玉音一眼。

胡玉音仍旧点点头,没做声。她不晓得女组长为什么要扯得这么远,像要翻什么老案。

"到今年二月底止,一共是两年零九个月,"李国香组长继续说,不过她眼睛停留在记事本上了,"也就是说,一共是三十三个月份,正好,逢了一百九十八圩,对不对?"

胡玉音呆住了。她没有再点头。她开始预感到,自己像在受审。

"你每圩都做了大约五十斤大米的米豆腐卖。有人讲这是家庭副业,我们暂且不管这个。一斤米的米豆腐你大约可以卖十碗。你的定价不高,量也较足。这叫薄利多销。你的作料香辣,食具干净,油水也比较厚。所以受到一些顾客的欢迎。你一圩卖掉的是五百碗,也就是五十块钱,有多无少。一月六圩,你的月收入为三百元。三百元中,我们替你留有余地,除掉一百元的成本花销,不算少了吧?你每月还纯收入两百元!顺便提一句,你的收入达到了一位省级首长的水平。一年十二个月,你每年纯收入二千四百元!两年零九个月,累计纯收入六千六百元!"

胡玉音怎么也没有料到,女组长会替她算出这么一笔明细账来!她的收入达到了一位省长级干部的水平,累计六千六百元!天啊,天啊,自己倒是从没这样算过哪……真是五雷轰顶!她顿时就像被闪电击中了一样。

"小本生意,我从没这么算过账……糊里糊涂过日子,钱是赚了一点,都起这新屋花费了……李组长,我卖米豆腐有小贩营业证,得到政府许可,没有犯法……"

"我们并没有认定你就犯了法、搞了剥削呀!"李国香还是一副似笑非笑的脸色,"你门口不是贴着副红纸对联,'发社会主义红财'吗?听说这对联还是出自五类分子秦书田的大手笔。你不要紧张,我只不过是来摸个底,落实一下情况。"

胡玉音的神情一下子由惊恐变成了麻木冷漠,眼睛盯着楼板,抿紧了嘴唇。李国香倒是没有计较她的这态度,也不在乎她吱声不吱声。

"还有个情况。粮站主任谷燕山,每一圩都从打米厂批给你六十斤大米做米豆腐原料,是不是?"李国香的脸色越来越严肃,一时间,真有点像是在讯问一个行为不正当的女人一样。

"不不!那不能算大米,是打米厂的下脚,碎米谷头子。我每圩都要从里头选出砂子,筛出谷壳、稗子、土。而且,碎米谷头子老谷主任也不只批给我一个,镇上好多单位和私人,都买来喂猪……我开初也买来喂猪,后来才做了点小本生意……"一听关连到了粮站的老谷主任,胡玉音就像从冷漠麻木中清醒了过来,大声申辩。老谷是个好人,自己就算犯了法,也不能把人家连累了。

"所以我先前每圩只算了你五十斤米的米豆腐。除去十斤的谷壳、砂子、稗子、土,总够了吧。我是给你留了宽余哪。再说,人家买碎米谷头子是喂了肥猪卖给国家,你买碎米谷头子是变成了商品,喂了顾客!"

李国香组长的话产生了威力,一下子把胡玉音镇住了。接着,女组长又稳住了自己的声调,继续念着本本里的账目说:

"一月六圩,每圩六十斤,两年零九个月,一百九十八圩。就是说,粮站主任谷燕山总共批给你大米一万一千八百八十斤!这是一个什么数字?当然,这是另外一个问题,虽和你有关系,但主要不在你这里……"

算过账,李国香组长在笔记本上写了一行:"经和米豆腐摊贩胡玉音本人核对,无误。"就走了。胡玉音相送到大门口。她心里像煎着一锅油,连请"李组长打了点心再走"这样的客气话都没有讲一句。

晚上,胡玉音把女组长李国香跟她算的一本账,一万多斤大米和六千六百元纯收入的事,告诉了黎桂桂。两口子胆战心惊,果然就像财老倌面临着第二次土改一样。但旧社会的财老倌已经成了五类分子,他们反倒臭狗粪臭到底,不怕了。胡玉音两夫妇是在新社会里攒了点钱,难道也要重新划成分,定为新的地主、富农?

至此,胡玉音和黎桂桂夜夜难合眼。他们认定了自己只是个住烂木板屋的命。住烂木板屋虽然怕小偷,却有种政治上的安全感似的。他们再不去想什么受不受孕、巴不巴肚,而是暗暗庆幸自己没有后代子嗣。不然娃儿都跟着大人当了小五类分子,那才是活作孽啊。

四 鸡和猴

这天晚上,县委工作组进镇以来第一次召开群众大会。大会在圩场戏台前的土坪里举行。那盏得了哮喘病似的煤气灯修好了,挂在戏台中间,把台上台下照得雪白通亮,也照得人们的脸块都有些苍白。跟往时不同的是,本镇原先的几个头面人物都没有坐上戏台,粮站主任谷燕山、大队支书黎满庚、税务所所长等等,都是自己拿了矮凳子或是找了块砖头垫张报纸坐在戏台下边。胡玉音、黎桂桂两口子则紧挨着坐在他们身后,像在寻求依靠、庇护。在台上坐着的只有工作组组长李国香和她手下的两个组员。本镇群众对这一变化十分敏感,既新奇又疑惧,都想朝前边挤挤看看。有的人甚至特意绕个大圈子钻到戏台下,看看"北方大兵"和满庚支书他们究竟坐在什么地方。

大会跟往时不同的是，主持大会的李国香组长没有来一个开场白，像原先那些头头那样，从国际国内大好形势讲到本省本县大好形势，讲到本镇本地的大好形势，最后才讲到开会的旨意，几个具体问题；而是先由一位工作组组员，宣读了省、地、县的三份通报。省里的通报是：某地一个坏分子，出于仇恨党和人民的反动阶级本性，疯狂对抗"四清"运动，唆使、煽动部分落后群众围攻、殴打工作队队员，罪行严重，依法判处有期徒刑十五年。地区的通报是：某县一名公社党委委员、大队党支部书记，几年来利用职权包庇地、富、反、坏、右，作恶多端，"四清"工作组进驻后，大吵大闹，拍桌打椅，拒不交代问题，态度十分恶劣，经研究决定撤销其党内外职务，开除党籍，交群众管制劳动。县委的通报是：某公社一个解放前当过妓女的小摊贩，长期搞投机倒把牟取暴利，利用酒色拉拢腐蚀当地干部，妄图在运动中蒙混过关。经批准，将这个女摊贩在全公社范围内进行游斗，以教育广大干部、党团员……

三份通报念将下来，马上产生了神效，一时会场上鸦雀无声，仿佛突然来了一场冰雪，把所有参加大会的人都冻僵了。谷燕山、黎满庚等几个平日在镇上管事的头头都瞠目结舌，像哑了口似的。

"把资产阶级右派分子秦书田揪上台来！"突然，一个工作组组员以一种冰雪崩裂似的声音喊道。

立时，王秋赦和一个基干民兵，就一左一右地像提着只布袋似的，把秦癫子扔到台上来。整个会场都骚动了一下，随即又肃穆了下来。秦癫子垂着双手，低着脑壳站在台前，雪亮的煤气灯光射得他睁不开眼睛。灯光把他瘦长的影子投射到天棚板上,黑糊糊的一片,像尊魔影。

一直坐在戏台上唯一的一张八仙桌旁的女组长李国香,这才走到台前来,习惯地拢了拢额前的几丝乱发后,指着秦癫子,以一口和悦清晰的本地官话说:

"这就是芙蓉镇上大名鼎鼎的秦书田,秦癫子。本镇大队的贫下中农、革命群众,对于老地主、富农,是晓得仇恨的。可是对于这个阶级敌人,你们恨不恨呢?特别要问一句国家干部、共产党员、共青团员们,你们认为秦书田是香还是臭?这样一个阶级敌人,在三年困难时期,竟然成了芙蓉镇一带的红人,仗着他会舞文弄墨,吹拉弹唱,活跃得很。年年冬下社员家里讨亲嫁女,做红白喜事,请的鼓乐班子里头有他。每年春节、元宵节,本镇大队舞龙灯、耍狮子贺新春有他。平日在路上、街上会了面,你们有多少人和他打招呼,给他纸烟抽?在田边、地头,你们多少人听他讲过那些腐朽没落、借古讽今的故事?你们家里的娃娃,那些没有受过剥削压迫的小学生,有多少叫过他做'秦叔叔'、'秦伯伯'的?"

李国香声调不高,平平和和,有理有节地讲着、问着。整个会场的空气都仿佛凝结住了,寂静得会场上的人全都屏声住息了似的。坐在台下的谷燕山、黎满庚和胡玉音两口子,则开始感觉到某种强度的地震。

"怪事多着呢,同志们,贫下中农们,社员们!"李国香继续不紧不慢地说,那语气就仿佛是在和人聊家闲似的。显然,她的斗争艺术是成功的。对于自己这驾驭群众、控制气氛的能力,她颇为得意。"前不久,我们镇上一个小摊贩盖起了一栋新楼屋。有人指出这楼屋比解放前本镇最大的两家铺子'茂源商号'、'海通盐行'还气派。顺便提一句,这个卖米豆腐的摊贩几年来究竟赚了多少钱?她是赚了谁的钱?她五天一圩做米豆腐的大米又是哪里来的?这些,我们都暂且不去说它。新楼房红漆大门上有一副对子,是谁写的?秦书田,你念一遍给大家听听。"

秦癫子微微抬了抬头,斜看了女组长一眼,回答道:"是我写的,我写的……上联是'勤劳夫妻发社会主义红财',下联是'山镇人家添人民公社风光',横联是……"

"这是一副反动对联,同志们!"李国香朝秦癫子挥了挥手,示意他住口,并稍稍抬高了一点声调说,"'勤劳夫妻发社会主义红财',大家嗅出这反动气味来没有?搞社会主义怎么是个人发财?过去讲'人无横财不富,马无夜草不肥',他却提出了'发红财'这种蛊惑人心的反动口号,是对人民公社集体经济的反动!现在我们芙蓉镇,富的起楼屋,穷的卖地皮,说明了什么问题?大家好好想一想,同志们!还有下联'山镇人家添人民公社风光'就更加露骨!'山镇人家'是什么样的人家?是正经八百的贫下中农,还是别的出身历史复杂、社会关系七七八八的人家?据反映,这户人家早在五十年代就诬蔑过我们的农村政策、我们的阶级路线,是什么'死懒活跳,政府依靠;努力生产,政府不管;有余有赚,政府批判'!这难道是一般的落后话、怪话?让这种人家来添人民公社的风光?

人民公社是天堂，是乐园，本身就是无限风光，怎么要让私有制来添社会主义的风光？这是想变天！同志们，这是反社会主义，反党。这么一副反动对联，公然用大红纸写了贴在我们镇上！新楼屋的主人来了没有？这副对联不要撕了，要留着当个反面材料，让大家一天看上三遍。同志们，可不要小看了写写画画呀，这常常是阶级敌人向党、向社会主义进攻的一种武器，一种手段！"

秦癫子听到这里，不服气地抬起头来看了李国香一眼。站在一旁看押着他的王秋赦，立即在他颈脖上重重拍了一掌，把他的脑壳往下一按。台下马上有几个运动骨干吼了起来："秦癫子不老实！喊他跪下！""秦癫子跪下！""秦癫子不跪下，我们答应不答应？"

整个会场稍稍迟疑了一下，才做出了反应："不答应！"

秦癫子浑身抖索，求救似的看了一眼台下的本大队支书黎满庚。黎满庚低着头，哪会顾得上答理他。满庚支书身后，"芙蓉姐子"胡玉音两口人更是丢魂失魄，张皇四顾。他双膝发软，识时务地扑通一声跪了下去。

"秦书田，你可以站起来。"李国香却出乎大家意外地向秦癫子摆了摆手。这也没有什么奇怪，上级派来的干部总是比较讲政策。

秦癫子依言站了起来。他恢复了原有姿态，面对群众双手下垂，低头认罪。只是他双膝上，添了两个鲜明的尘土印。

"秦书田，现在继续批斗你，在群众雪亮的眼睛下，把你的画皮剥开来。"李国香说，"镇上老一辈的人，不是都晓得梁山泊好汉的故事吗,有个好汉叫圣手书生萧让。是不是?这个秦书田,也是一条好汉,被我们某些基层干部当成了本镇大队的'圣手书生'!我们来看看吧,这圩场上、街上墙上,我们全大队的山坡、石壁上,到处写着'全党动手,大办农业''三面红旗万岁','农业以粮为纲,工业以钢为纲','一定要解放台湾'等等。这些大幅标语都是出自谁的手笔?出自这个五类分子的手笔!我们一个芙蓉镇百十户人家,难道都是清一色的文盲吗?连个刷标语口号的人都找不出了吗?这是长了谁的威风,灭了谁的志气?秦书田,你讲讲,这些光荣任务,都是谁派给你的?"

秦癫子缩着颈脖,看了台下的黎满庚支书一眼:"是是大队、大队……"

"结结巴巴,心里有鬼,算了!"李国香挥了挥手,适可而止地制止住了秦书田。她驾轻就熟地掌握、调节着会场的火候。接着提出了一个更为叫人胆战心惊的问题:"秦书田!现在你当着广大贫下中农、革命群众的面,报一报你自己的阶级成分!"

"坏分子,我是坏分子。"秦癫子说。

"好一个坏分子!同志们,今天工作组要来戳穿一个阴谋。"李国香这时像一部开足了音量的扩音器,声音嘹亮地宣布:"根据我们内查外调掌握的材料,秦书田根本不是什么坏分子,而是一个罪行严重、编写反动歌舞剧向党向社会主义进攻的极右分子。他从一个遭到双开、清洗的右派分子,变成了一个搞男女关系的坏分子,这都是谁干的好事啊?五类分子的名单,是由县公安局掌握的。这是一起严重的违法乱纪行为!"

讲到这里,李国香停了一停。她像一切有经验的报告人那样,总要留出个简短的间隙,来让听众思考、消化某个极其重要的问题,或是来记取某一段精辟的座右铭式的词句。

会场上出现了一派嗡嗡的议论声和啧啧的惊叹声。

"贫下中农同志们,社员同志们!"李国香的音调又降了下来,恢复了原先那一口聊家闲似的本地官话,"芙蓉镇上的怪事还多的是呢。还是这个秦书田,他还有个特殊身份,是全大队五类分子的头目。也就是说,他负责监管全大队的五类分子。请看看,我们的某些干部,对这个右派分子是多么地信任和器重。监督、改造五类分子,本来是我们贫下中农的职责和权利。可是,我们少数个别的干部,把这职责和权利拱手送给了阶级敌人。同志们,这是什么问题?这是严重的敌我不分,丧失了阶级立场。以上这些怪事,都出在我们镇上。今天,我们工作组把秦书田揪出来,当一个活靶子、反面教员,也当一面镜子,把我们有些干部、党员的脸块照一照,看看他们的屁股是坐在哪一边!"

接着,李国香下了一道命令:呼口号,把右派分子秦书田押下去!所有的五类分子及其家属子女退出会场。

在一片"打倒秦书田"、"秦书田不低头认罪,死路一条"、"坦白从宽,抗拒从严"的震耳欲聋的口号声中,秦癫子被王秋赦和另一个民兵押出了会场,五类分子的家属、子女也纷纷退出会场。之后,工作组组长李国香讲了一通,作为大会的结束语:

"现在,阶级敌人离开会场了,我还要补充几句。"她姿势优美地掠了掠头发,声音也柔和多了,"贫下中农同志们,社员同志们,轰轰烈烈、尖锐复杂、你死我活的阶级斗争,就要在我们芙蓉镇展开了。我们搞的虽然是面上的'四清',但工作组准备和大家一起,全力以赴地投入这场斗争。我们有些党员,有些干部,有些社员,前些年过苦日子,由于各项政策比较放得松,或多或少犯有这样那样的错误,那不要紧。我们的方针是:有错认错,有罪认罪,贪污退赔,洗手洗澡,回头是岸。有的人不回头怎么办?那就要根据情节轻重,用党纪国法来制裁。要不然,地富反坏右一起跑了出来,党内党外互相勾结,而我们贫下中农、干部群众又麻木不仁,不闻不问,那么不要多久,党就变修,江山变色,地主资产阶级就重新上台!"

散会后,胡玉音和黎桂桂回到老胡记客栈里,真是魂不着体,五内俱焚。他们感觉到了,一颗灾星已经悬在他们新楼屋的上空。这栋新楼屋,他们连一晚上都还没有搬进去住过,却成了祸害。就是继续心甘情愿的住烂木板屋,也缺乏安全感了。使夫妻俩尤为伤心的是,看来在这场运动中,老谷主任、满庚支书他们都会逃不脱女组长的巴掌心,他们是泥菩萨过河自身难保,也就不可能对旁人提供什么保护。

黎桂桂吓得浑身打哆嗦,只晓得睁着神色迷乱的眼睛,望着自己的女人。

到底胡玉音心里还有些主见,她坐在竹椅子上出神。唉,要是一家两口人都是虱婆子胆,老鼠见了猫一样,岂不只能各人备下一根索,去寻短路?

"这样吧,事情拖不得了,讲不定哪晚上就会来抄家。我把我们剩下的那笔款子,交给满庚哥去保管。放在屋里迟早是个祸胎……"胡玉音眼睛盯着门口,压低了声音。

"满庚?你没听出来,他好像犯在秦癫子的事上了……女组长的报告里,有一多半是对着他来的,杀鸡给猴子看……"黎桂桂提醒自己的女人说。

"不怕。他在党。顶多吃几顿批评,认个错,写份悔过书。你怕还能把他一个复员军人哪样的?"

"唉,就怕连累别人……"

"他是我干哥。我们独门独户的,就只这么一个靠得住的亲戚。"

"好吧。米豆腐摊子也莫等人家来收缴,自己先莫摆了。你哪,也干脆出去避避风头。我在广西秀州有门子远亲戚,十几年没往来过,镇上的人都不晓得……"

五　满庚支书

大队支书黎满庚家里,这些天来哭哭闹闹,吵得不成样子了。黎满庚的女人五大三粗,外号"五爪辣",在队上出工是个强劳力,在家里养猪打狗、操持家务更是个泼悍妇。从去年起,黎满庚在社员大会上开始宣传晚婚、节育,口水都讲干了,可他女人"五爪辣"却和月月兔似的,早已生过了六胎,活了四个,全是妹儿。妹儿们站在一起,是四级阶梯。有的社员笑话他女人:"支书嫂子,节制生育你带了好头啊!"他女人双手在粗壮的腰身上一叉:"我没带好头?嗯,要依我的性子,早生下一个女民兵班了!人家养崽是过鬼门关,我养崽却是过门坎一样!"

黎满庚刚成亲那年把,有点嫌自己的女人样子鲁,粗手粗脚的,衣袖一卷,裤腿一扎,有一身男子汉似的蛮力气。相形之下,他颇为留恋胡玉音的娇媚。但老辈人讲,自古红颜多薄命,样子生得太好的女人往往没有好命。胡玉音会不会有好命?当初他一个复员军人,大队党支书又不是算命先生,哪能晓得日后要出些什么事情?自他女人给他生下两个"千金妹儿"以后,他渐渐感觉到了自己女人的优越性,出工,收工,奶妹儿,做家务,简直就不晓得累似的,还成天哼哼"社员都是向阳花"呢。每天天不亮起床,每晚上和男人一样地打鼾,像头壮实的母牛。后来又连着生了四胎,也都连公社医院的大门都没有进过。"唉唉,陪着这种女人过日子,倒是实实在在的,当丈夫的要少操好多心……"黎满庚后来想。要说他女人有什么缺点,就是生娃娃的瘾太重了一点。

"五爪辣"很少撒泼。她对男人在外干工作一直不大放心。特别是结婚前他所认的那个"干妹",那样灵眉俊眼的女人,连天上的星子都会眼馋,哪有不把男人带坏的?不过她冷眼看了两年,并没有察觉出"干哥""干妹"有什么不正当的行迹。但女人的这类警惕性是不容易松懈的。她平日嘴里不说,样子却做得明白:规矩点噢,你走到哪个角落里,都有双眼睛在瞄着你噢。有时两口子讲笑,她也来点旁敲侧击:"又在你干妹子那里灌了马尿?人家的婆娘过不得夜,要自爱点。""你呀,你呀,讨打了还是怎么啦?""我不过喊应你一句。自己的屋才是生根的屋。她男人虽是不中用,手里的杀猪刀可是吓人!""牙黄屎臭的,你胡讲些什么?""狗婆的牙齿才白哪,你爱不爱?"直到黎满庚把拳头亮出来,他女人才笑格格住口。

那天晚上,从圩场坪开完大会回来,"五爪辣"嘴里哔哔剥剥,煮开了淅水粥:

"党支书喂!今晚上县里工作组女组长的话,有一多半是冲着你来的呀!不晓得你聪明人听没听出?"

黎满庚阴沉着脸,斧头斧脑地坐在长条凳上卷"喇叭筒"。

"你和你那卖米豆腐的干妹子到底有些哪样名堂?你对秦癫子怎么丢了立场?人家女组长只差没有道你的姓,点你的名!那女人也是,不老不少,闺女不像闺女,妇人不像妇人!""五爪辣"在长条凳的另一头坐下来问。

"你少放声屁好不好?今晚上的臭气闻得够饱的了!"黎满庚横了自己的女人一眼。

"你不要在婆娘面前充好汉,臭虫才隔着席子叮人。男子汉嘛,要在外边去耍威风,斗输赢!""五爪辣"不肯相让。

"你到底肯不肯闭嘴?"黎满庚转过身子来,露出一脸的凶相,"你头皮发痒了,是不是?"

女人有女人的聪明处。每当男人快要认真动肝火时,"五爪辣"总是适时退让。所以七八年来,家里虽然常有点小吵小闹,但黎满庚晓得"五爪辣"一旦撕开了脸皮是个惹不起的货色,"五爪辣"则提防着男人的一身牛力气,发作起来自己是要吃亏的,所以很少几回酝酿成家庭火并。"五爪辣"这时身子忽然恶作剧地一闪,跳离了长条凳,长条凳失重,翻翘了起来,使坐在另一头的黎满庚一屁股跌坐到地下。

"活该!活该!""五爪辣"闪进睡房里,露出张脸块来幸灾乐祸。

黎满庚又恼又恨,爬起来追到睡房门口:"骚娘们,看看老子敲不敲你两丁更①!"

"五爪辣"把房门关得只剩下一条缝:"你敢!你敢!你自己屁股坐到哪边去了?跌了跤子又来赖我哟!"

伸手不打笑脸人。每当女人和他撒娇卖乖时,他的巴掌即便举起来,也是落不下去的,心里还会感到一种轻松。

但这晚上黎满庚却轻松不了。刚才女人无意中重复了县委工作组女组长的一句话:屁股坐到哪边去了!哪边去了?难道自己的屁股真的坐到地、富、反、坏、右、资产阶级一边去了?自己支持

---

① 屈起食指、中指敲人脑瓜。

干妹子胡玉音卖了几年米豆腐,就是包庇、纵容了资本主义?玉音她赚钱盖起了一栋新楼屋,全镇第一号,就算搞了剥削,成了暴发户?摆米豆腐摊子摆成了新富农?还有秦书田的成分,从右派分子改成坏分子,自己的确在群众大会上宣布过。自己办事欠严肃。但并没办过什么正式的手续。依女组长的讲法,坏分子难道比右派分子真要好一点,罪减一等?在自己看来,都是一箩蛇。花蛇黑蛇都是蛇。还有,派秦书田的义务工,叫他到山坡、岩壁、圩场上刷过几条大标语,就算是对阶级敌人的重用?难道自己真的犯了这许多条律?

第二天天黑时分,"五爪辣"正好提着潲桶到猪栏里喂猪去了,黎满庚正从公社开完批斗会回来,在屋门口洗脚,就见胡玉音慌慌张张地走了来,把一包用旧油纸布包着的东西交给他,说是一千五百块钱,请干哥代为保管一下,手头紧时,可以从里头抽几张花花。胡玉音失魂落魄的,头发都有些散乱,穿了一身青布大褂,模样儿也不似平常那么娇媚,连坐都没有坐,就慌慌忙忙地走了,好像生怕被人发现行踪似的。黎满庚晓得这款子进不得银行,就依乡下古老的习惯,立即把这油布包藏进了楼上的一块老青砖缝缝里,连数都没有数一下。在品德、钱财问题上,一向是干妹信得过干哥,干哥也信得过干妹。至于这种藏钱的法子,在镇上也不是什么秘密,一般人家都是这样。即便小偷进了屋,不把四面砖墙拆除,是难得找到金银财宝的。倒是要提防虫蛀鼠咬。

这事,本来可以不让"五爪辣"晓得。黎满庚从楼上沾了一身灰尘下来时,却被"五爪辣"发觉了。"五爪辣"追问了他好久,他都没开口。"五爪辣"越问越疑心,哭了,抽抽咽咽数落着自己进这楼门七八年了,生下了四个妹儿,男人家还在防贼一样地提防着她……哭得黎满庚都心软了,觉得女人抱怨得也是,既是在一个屋里住着,就没有讲不得的事。连自己的婆娘都信不得了,还去信哪个?

可是他错了。都已经上床睡下了,当他打"枕头官司"似的把"绝密"透露给"五爪辣"听时,"五爪辣"竟像身上装了弹簧似的,一下子蹦下了床:

"好哇!这屋里要发灾倒灶啦!白虎星找上门来啦!没心肝的,打炮子的,我这样待你,你的魂还是叫那妖精摄去了哇!啊,啊,啊——"

"五爪辣"竟然嚎啕大哭起来,天晓得为什么一下子中了魔似的,撒开了泼。

"好好生生的,你嚎什么丧?你有屁放不得,不自重的贱娘儿们!"

黎满庚也光火了,爬起来大声呵斥。

"好好生生!还好好生生!我都戴了绿帽子、当乌龟婆啦!看我明天不去找着那个骚婊子拼了这条性命!""五爪辣"披头散发,身上只穿了点筋吊吊的里衣里裤,拍着大腿又哭又骂。

"你到底闭嘴不闭嘴?混账东西!和你打个商量,这天就塌下来啦,死人倒灶啦!"黎满庚鼓眼暴睛,气都出不赢。但他强压下心头的怒火,怕吵闹开去,叫隔壁邻居听了去,不好收场。

"你和我讲清楚,你和胡玉音那骚货究竟是什么关系?她是你老婆,还是我是你老婆?你们眉里眼里,翘唇翘嘴狗公狗婆样的,我都瞎了这些年的眼睛,早看不下去啦!"

"老子打扁你这臭嘴巴!混账东西!我清清白白一个人,由着你来满口粪渣渣地胡天乱骂!"

"你打!你打!我给你生了四个女娃,你早就想休了我啦!我不如人家新鲜白嫩啦!家花没得野花香啦!你打!我送把你打!你把我打死算啦!你好去找新鲜货,吃新鲜食啦!"

"五爪辣"边骂,边一头撞在黎满庚的胸口上,使他身子贴到了墙上。"五爪辣"的蛮力气又足,黎满庚推了几下都推不开,气得浑身发颤,眼睛出火。

"天杀的!给野老婆藏起赃款来啦!这个家还要不要啦?昨天晚上开大会,工作组女组长在戏台上是怎么讲的,你要把我们一屋娘娘崽崽都拖下水,跟着你背时鬼、打炮子的去坐黑屋?你今天不把一千五百块钱赃款交出来,我这条不抵钱的性命就送在你手上算啦!……天杀的,打炮子的,你的野老婆把你的心都挖走啦!她的骑马布你都可以用来围脖子啦!我要去工作组告发,我要去工作组告发,叫他们派民兵来搜查!"

啪的一巴掌下来,"五爪辣"被击倒在地。黎满庚失去了理智,巴掌下得多重啊,"五爪辣"就和倒下一节湿木头似的,倒在了墙角落。黎满庚怕她再爬起来撒野,寻死寻活,又用一只膝盖跪在她身上：

"你还要不要泼？深更半夜的还骂不骂大街？是你厉害还是老子厉害？老子真的一拳就收了你这条性命，反正我也不想活啦！"

说着，黎满庚愤不欲生地挥拳就朝自己的头上一击。

"五爪辣"躺在地上，嘴角流血，鼻头青肿。但她到底被吓坏了，被镇住了。

这时，四个妹儿全都号哭着，从隔壁屋里"妈妈呀——爸爸呀——"地跑过来了。

娃儿们的哭叫，仿佛是医治他们疯狂症的仙丹妙药。黎满庚立即放开了自己的女人。"五爪辣"也立即爬了起来，慌里慌忙乱抓了件衣服把身子捂住。人是有羞耻心的，在自己的女儿面前赤身裸体，成何体统。

街巷上猫嚎狗叫，四邻都惊动了，都来劝架了。他们站在屋外头敲的敲窗子，打的打门，喊的喊"支书"，叫的叫"嫂子"。

邻居们好说歹说，婆婆妈妈地劝慰了一番后，暴风雨总算停歇了，过去了。关好门，重新上床睡觉。"五爪辣"不理男人，面朝着墙壁。"五爪辣"不号哭了，黎满庚却低声抽泣了起来：

"老天爷……这日子怎么过得下去呀！人人都红眼睛啦！牙齿咬出血啦……不铁硬了心肠，昧了天良，就做不得人啦……苦命的女人……我从前没有对你做过亏心事，我是凭了一个人的良心……人就是人,不是牛马畜生……日后,日后连我自己,都不晓得保不保得住哇……在这世上,不你踩我,我踩你,就混不下去啦……"

男子的哭声,草木皆惊。黎满庚活了三十几岁,第一次这么伤心落泪。他把"五爪辣"都吓着了。但"五爪辣"心里还憋着气。她听了一会儿,男人却越哭越伤心。她忍不住翻身坐起,正话反讲,半怨半劝了起来。男人再丑,还是自己的男人:

"怎么啦,你把我打到了地下,像你们常对五类分子讲的,再踏上一只脚,还不解恨?没良心的!我再丑,再贱,也是你的女人,给你当牛当马,生了六胎,眼面前四个妹儿……你就真的下得手,一巴掌把我打下地,打得我眼发黑……还膝盖跪在我胸口上……呜呜呜……我好命苦!娘呀,我好命苦!……"

"五爪辣"本来想劝慰一下男人,没想到越劝越委屈,越觉得自己可怜,就呜呜呜地也低声抽泣了起来。她还狠狠地在男人的肩膀上掐了一把,又掐一把:

"你良心叫狗吃了……我也是气头子上,乱骂了几句……呜呜呜,你就一点都不疼我……呜呜呜,你不疼我,我还疼你这个没良心的……呜呜呜,女人的嘴巴是抹桌布,你又不是不晓得,骂是骂,疼是疼……呜呜呜……你就是不看重我这丑婆娘,也该看在四个乖乖妹儿的分上……呜呜呜!"

黎满庚的心软了,化了。他泪流满面,一把搂住了自己的女人。是的,这女人,四个妹儿,这个家,才是他的,他的!他八年来辛辛苦苦,跟自己的女人喜鹊做窝样的,柴柴棍棍,一根根,一枝枝,都是用嘴衔来的……

他搂住了"五爪辣"。"五爪辣"的心也软了,化了。她忽然翻身起来,双膝跪在男人面前,把男人的双手,按在自己的胸口上:

"满庚,满庚,你听我一句话……你是当支书的,你懂政策,也懂这场运动,叫什么你死我活……我们不能死,我们要活……纸包不住火……那笔款子,你收留不得……你记得土改的时候,有的人替地主财老倌藏了金银,被打得死去活来,还戴上了狗腿子帽子……你把它交出去,交给工作组……反正你不交,到时候人家也会揭发……反正,反正,不是我们害了她……我们没有害过她。她要怪只有怪自己。新社会,要富大家富,要穷大家穷,不兴私人发家,她偏偏自己寻好路,要发家……"

黎满庚又一把紧紧抱住了自己的女人。他心里仍在哭泣。他仿佛在跟原先的那个黎满庚告别。原先的那个黎满庚,是过不了"你死我活"这一关的。

六 老谷主任

县委组织部和县粮食局下来一件公文:鉴于芙蓉镇粮站主任谷燕山丧失阶级立场,盗卖国库粮食,情节严重,性质恶劣,令其即日起停职反省,交代问题。公文是县委工作组来粮站召开全体职工大会宣布的。谷燕山本人没有出席。真是晴天霹雳,迅雷不及掩耳啊。谷燕山被勒令"上楼",在自己的宿舍里画地为牢,失去了行动自由。工作组派了两个运动骨干在他门口日夜看守,说是防止他畏罪自杀。他起初简直不相信自己的耳朵,不相信自己的眼睛,不相信这听到、看到的一切,以为自己在做一场荒唐的、不可思议的梦。假的,假的!这一切都是在演戏、演电影……编戏、编电影的人没有上过火线,没有下过乡,一看就是假的。有一回他看一部战斗故事片,指导员站在敌人的阵地前面,振臂高呼:"同志们,为了祖国和人民,为了全世界千千万万受苦受难的阶级弟兄,冲啊——!"天啊,战场上,哪有时间来这样一番演说?这不是给敌人当活靶子?一看就是假的,好笑又好气。可是,谷燕山这回碰到的"停职反省、交代问题"的指令,却是实实在在,半点不假的。自己不聋不瞎,也没有做梦。于是,这个以好脾气、老好人而在芙蓉镇上享有声誉的"北方大兵",从混混沌沌中清醒了过来,他暴怒了,他拍桌、打椅、捶墙壁。他大声叫喊,怒吼:

"工作组!你们算什么东西!算什么东西!你们假报材料,欺骗了县委!李国香,你好个娘养的,真下得手,真撕得开脸皮!你当了我的面,一口一声老革命、老同志,你背地里却搞突然袭击……突然袭击是战场上的战术,我们打小日本、打老蒋的时候用过,你们,你们却用来对付自己的同志……我们钻地道、挨枪子儿的时候,你们还毛黄屎臭,毛黄屎臭!血流成河,尸骨成山,打出了这个天下,你们却胡批乱斗,不让人过安生日子,不让人活命……"

谷燕山拉门,踢门,门从外边上了锁,大约是因为他态度恶劣。两个运动骨干不理他,一人抱一枝"三八枪"在抽烟,扯谈。这"三八枪"说不定还是老谷和战友们从日本鬼子手里缴获的呢,如今却被人用来看守老谷自己。

"把门狗!把门狗!开门!开开门!我来教你们放枪,教你们瞄准……你们凭什么把我锁在这屋里?这算什么牢房?要坐牢就到县里坐去,我不坐你们这号私牢!"

没有人理会他,没有给他戴上铐子就算客气的。斗争是无情的,来不得半点"人情味"、"人性论"这些资产阶级的玩意儿。不知过了多久,他疲乏了,他声音嘶哑,喉咙干得出烟。他喝了一杯冰凉的水,眼皮像灌了铅,就顺着门背跌坐在地板上,不知不觉睡了一觉。到了半夜,他被冻了醒来,昏天黑地的,伸手不见五指。他摸到床边去,扯了床棉毯披在身上。他在楼板上踱过来,踱过去,像一位被困或是被俘的将领……这时他仿佛头脑清醒了些,开始冷静下来思考白天发生的事情。他立即就有些后悔,感到羞愧:一个共产党员,一个战士出身的人,受了一点委屈,背了一点冤枉,就摇墙捶门,对着整条青石板街大喊大叫,像个老娘们耍泼似的,成何体统!谷燕山呀,谷燕山,你参加革命二十几年了,入党也二十几年了,还经不起这点子考验?你以为和平时期就总是风和日暖、晴空万里,没有乌云翻滚、暴雨倾盆?你复员到地方工作时才是个排长,芝麻大的官……他脑子里冒出些平日隐蔽得很深的念头来,是些平日想想都怕犯罪的念头啊。你还是华北野战军出来的哪,可人家彭德怀元帅,彭副总司令,用老戏里的话讲算一品当朝,开国元勋,五九年在庐山开会,都为了替老百姓讲话,反对大炼钢铁,吃公共食堂,被罢了官,上缴了元帅服,当了右倾机会主义分子……天底下的人哪个不晓得他受了委屈,背了冤枉,批他斗他是昧了良心,违了民意。后来我们国家过了三年苦日子,不再搞全民炼钢煮铁,不再发射牛皮卫星,不再吃公共食堂,还不是采纳了他的建议……可是如今的运动算什么?苦日子刚过完,百姓刚喘过一口气,生产、生活刚恢复了一点元气,就又来算三年困难时期的账,算困难时期政策放宽的账,算"右倾翻案"的账!真是过河拆桥,翻脸不认人……彭元帅啊,彭老总,比起你来,谷燕山算什么?小小一个镇粮站的站长,一个普通"北方大兵",而且不过被宣布停职反省,交代问题。又没有真的抓你去坐牢,脚镣手铐地去坐牢……哈哈哈,共产党员去坐共产党的牢,天底下真会有这等怪事!胡说八道,胡思乱想……当然,谷燕山也明白,自己的思想出轨了,走火了,很危险,很危险。搭帮这思想是装在脑壳里,捣腾在心里。要是这"思想"真的是根辫子,或是长出个尾巴来,被人揪住了,那就倒霉了,真的要去坐牢了。

谷燕山情绪时好时坏,思想反反复复。对这场落到他身上来的斗争,他想来想去还是不通。彭老总是为民请命,仗义执言,面折廷争。他谷燕山什么时候想过朝政、议过朝政?他够得上吗?十万八千里哪。他忠诚老实,从来都是党叫干啥就干啥。他不过是个五岭山脉腹地的芙蓉镇上的老好人,和事佬,普通得不能再普通，小得不能再小……唉唉，怎么回事嘛，难道今天这革命斗争，已经需要在内部爆发，开始自己斗自己，自己打自己，自己动手来把自己的战士消灭？动不动就"你死我活"，多么地可怕，不近人情。那么，是自己真的做了什么对不起革命、对不起党的事吗？啊，"盗卖国库粮食"，"盗卖国库粮食"，或许就是指他两年多来，每圩从打米厂批卖了六十斤碎米谷头给"芙蓉姐子"做米豆腐生意……你看，你看，自己也真混，这样一件全镇人人都晓得的事，摆明摆白的，他却花了三天时间去苦思苦想。

对上了这个码单，他心里有些轻松，觉得问题并不像工作组宣布的、县里下的公文里讲的那么严重。这些年来，镇上的一些单位和个人，谁不在粮站打米厂买过碎米谷头子啊，喂猪喂鸭，养鸡养兔。当然啰，批碎米谷头子给胡玉音做米豆腐卖，或许真的是他办事欠妥……碰鬼，这个念头是怎么来的？讲良心话，自己虽然对妇女没有什么邪念，一镇的人也都晓得自己是个正派的人，可是，自己是有些喜欢那个胡玉音，喜欢看看她的笑脸，特别是那双黑白分明的大眼睛，喜欢听听她讲话的声音。一坐上她那米豆腐摊子，自己就觉得舒服、亲切。漂亮温柔的女人总是讨人喜欢啊，男人喜欢，女人也喜欢啊。难道这也算是罪过？自己这辈子不能享受女人的温存，难道就连在心里留下一片温存的小天地都不许可吗？既不存在什么道德问题，也不影响胡玉音的婚姻家庭，他才决定帮这"芙蓉姐子"一把。难道碎米谷头子变成了米豆腐卖，就是从量变到质变，铸成了大错？

渐渐地,他心平气静了些。他晓得自己一月两月脱不了"反省","下"不了"楼",撒尿拉屎都会被人监视着。这日子却是难熬、难过啊。原先,他每天早晨起来,都要挥动竹枝扫把,打扫粮站门口这一段青石板街,跟赶早出工的社员们笑一笑,把某个背书包去上学的娃娃搂一搂,抱一抱。每天傍黑,他习惯沿着青石板街走一走,散散心,在某个铺子门口站一站,聊一聊。或是硬被某个老表拖进铺里去喝杯红薯烧酒,嚼着油炸花生米,摆上一回说古论今的龙门阵⋯⋯可如今,这些生活的癖好、乐趣都没有了。他和本镇街坊们是近在咫尺,远在天涯!

谷燕山被宣布"停职反省"后的第五天,李国香组长"上楼"来找他做了一次"政策攻心"的谈话。

"老谷呀,这几天精神有点紧张吧?唉,你一个老同志,本来我们只有尊敬、请教的份儿,想不到问题的性质这么严重,县委可能要当作这次运动的一个典型来抓啦!"李国香仍是那么一口清晰悦耳的腔调。每当听她讲话,谷燕山就想,这副金嗓子多可惜,没有用到正经地方啊,为什么不到县广播站去当广播员?

谷燕山只是冷漠地朝李国香点了点头。他对这个女组长有着一种复杂的看法,既有点鄙视她,又有点佩服她,还有点可怜她。可是偏偏这么一个女人,如今代表县委,一下子就掌握了全镇人的命运,其中也包括了自己的命运⋯⋯人家能耐大啊,上级看得起啊,大会小会聊家闲、数家珍似的,一口一个马列主义,一口一个阶级斗争,"四清""四不清"。讲三两个钟头,水都不消喝一口,嗽都不会咳一声,就像是从一所专门背诵革命词句的高等学府里训练出来的。

"怎么样?这些天来都有些什么想法?我看,再是重大的问题,只要向组织上交代清楚了,总是不难解决的。同时,从我个人来讲,是愿意你早点洗个温水澡,早点'下楼',和全镇革命群众一起投入当前这场重新教育党员、干部,重新组织阶级队伍的伟大运动。"李国香为了表示自己的诚意,打动这个"北方大兵",又特别加了一句:"你看,我只想和你个别谈谈,都没有叫别的工作组员参加。起码,我对你,算是没有什么个人成见的吧!"

谷燕山还是没有为她的诚心所动,只是抬起眼睛来瞟了她一眼,那眼神仿佛在说:你爱怎么讲你就怎么讲,反正我是什么都不会跟你讲。

李国香仿佛摸准了他的对抗情绪,决定抛点材料刺他一下,看他会不会跳起来。于是从口袋里拿出那本记得密密麻麻的小本本,不紧不慢地一页页翻着,然后在某一页上停住,换成一种生硬的、公事公办的口气说:

"谷燕山,这里有一笔账,一个数字,你可以听听!经工作组内查外调核实,自一九六一年下半年以来,在两年零九个月的时间里,也就是说,芙蓉镇五天一圩,一月六圩,总共一百九十八圩,你每圩卖给本镇女摊贩、新生资产阶级分子胡玉音六十斤大米,做成米豆腐当商品,一共是一万一千八百八十斤大米。这是不是事实?"

"一万多斤!"果然,谷燕山一听这个数字,就陡地站了起来。这个数字,对他真是个晴天霹雳,他可从没有这么想过、这么算过啊!

"数目不小吧?嗯!"李国香眼里透出了冷笑。又仿佛是在欣赏着:看看,才轻轻刺了这么一下,不就跳起来了,有什么难对付的。

"可那是碎米谷头子,不是什么国库里的大米。"谷燕山再也沉不住气,受不了冤枉似的大声申辩着。

"碎米谷头也好,大米也好,粮站主任,你私人拿得出一万斤?你什么时候种过水稻?不是国库里的又是哪里的?你向县粮食局汇过报?谁给了你这么大的权利?"李国香仍旧坐着一动没动,嘴里却在放出连珠炮。

"碎米谷头就是碎米谷头,大米就是大米。我按公家的价格批卖给她,也批卖给街上的单位和个人,都有账可查,没有得过一分钱的私利。"

"这么干净?没有得过一分钱,这我们或许相信。可是你一个单身男人有单身男人的收益……"李国香不动声色,启发地说。她盯着谷燕山,心里感到一阵快意,就像一个猎户见着一只莽撞的山羊落进了自己设置的吊网里。"难道这种事,还用得着工作组来提醒你?"

"什么单身男人的收入?"

"米豆腐姐子是芙蓉镇上的西施,有一身白白嫩嫩的好皮肉!"

"亏你还是个女同志,这话讲得出口!"

"你不要装腔拿势了。天下哪只猫不吃咸鱼?你现在交代还不晚。你们两个的关系,是从哪一年开始的?做这号生意,她是有种的,她母亲不是当过妓女?"

"我和她有关系?"谷燕山急得眼睛都鼓了出来,摊开双手朝后退了两步。

"嗯?"李国香侧起脸庞,现出一点儿风骚女人特有的媚态,故作惊讶地反问了一声。

"李组长!我和她能有什么关系?我能么?我能么?"谷燕山额头上爬着几条蚯蚓似的青筋,他已经被逼得没有退路了,身后就是墙角。"李国香!你这个娘儿们!把你的工作组员叫了来,我脱、脱了裤子给你们看看……哎呀,该死,我怎么乱说这些……"

"谷燕山!你耍什么流氓!"李国香桌子一拍站了起来,她仿佛再也没有耐心,不能忍受了,睁大两只丹凤三角眼,竖起一双柳叶吊梢眉,满脸盛怒。"你在我面前耍什么流氓!好个老单身公!要脱裤子,我召开全镇大会,叫你当着群众的面脱!在工作组面前耍流氓,你太自不量力!"

"我、我、我是一时急得,叫你逼、逼得没法……这话,我算没说……"谷燕山毕竟是个老实厚道人,斗争经验不丰富,一旦被人抓住了把柄,态度很快就软了下来。他双手捂着脸块,"我别的错误犯过,就是这个错误犯不起,我、我有男人的病……"

"讲实话,这还差不多。"李国香听这个男人在自己面前讲出了隐私,不胜惊讶,又觉得新鲜。她感到一种略带羞涩的喜悦,觉得自己是个强者,终于从精神上压倒了这个男性公民,"老谷,坐下来,我们都坐下来。不要沉不住气嘛。我一直没有对你发过什么脾气嘛。你犯了错误,怎么还能耍态度呢?我们工作组按党的政策办事,对干部要惩前毖后,治病救人;除非对那种对抗运动的死硬分子,我们才给予无情打击……"

说着,李国香示范似的仍旧回到书桌边坐下来。谷燕山也回到原来的椅子上坐下。他感到四肢无力,一股凄楚、悲痛的寒意,袭上了他的心头。

这时门口的两个运动骨干在探头探脑,李国香朝门口挥了挥手,示意他们缩回去。

"老谷,我们还是话讲回来,在工作组面前,你什么事情都可以讲清楚,我可以直接在县委面前替你负责。"李国香又恢复了那一口聊家闲似的清晰悦耳的腔调,继续施行攻心战术,决定扩大缺口,趁热打铁,把这个芙蓉镇群众心目中的领袖人物彻底击败。"你的问题还远不止这些哪,可能比我们想象的要严重得多哪!就算你和胡玉音不是奸夫奸妇的关系,但这经济上、思想上的联系,总是存在的吧。你用国家的一万斤碎米,就算是你讲的碎米,支持她弃农经商,大搞资本主义,成了芙蓉镇地方的头号暴发户。这个女人不简单哪。胡玉音和黎满庚是什么关系?干哥干妹哪,黎满庚总没有你的那种所谓男子病了吧?要晓得,胡玉音是金玉其外,是个没有生育的女人。

黎满庚作为她的政治靠山,长期庇护她在芙蓉镇上牟取暴利。再讲,黎满庚和秦书田什么关系?秦书田和胡玉音什么关系?胡玉音和官僚地主出身的镇税务所长是什么关系?我们查了一下,税务所每圩只收胡玉音一块钱的营业税,而胡玉音每月的营业额都在三百元以上。这是什么问题?所以你们这一小帮子人,实际上长期以来党内党外,气味相投,互相利用,互相勾结,抱成一团,左右了芙蓉镇的政治经济,实际上是一个小集团⋯⋯"

讲到这里,李国香有意停了一停。

谷燕山额上汗珠如豆:"镇上有什么小集团!有什么小集团!这是血口喷人,这是要置人于死地⋯⋯"

"怎么?害怕了!你们是一个社会存在。"李国香抬高了音调,变得声色俱厉,"当然啰,只要你们一个一个认识得好,交代得清楚,也可以考虑不划作小集团。冰冻三尺,非一日之寒啦!去年,镇上就有革命群众向县公安局告了你们的状⋯⋯不做小集团处理,工作组可以尽力向县委反映⋯⋯但主要看你们这些人的态度老不老实。胡玉音就不老实,她畏罪潜逃了。可我们抓住了她丈夫黎桂桂问罪。⋯⋯老谷,你不是镇上有名的大好人、和事佬吗,一镇的人望哪,就带个头吧。还是敬酒好吃哪,把这么多人牵扯了进去,身家性命,可不是好玩的⋯⋯"

真是苦口婆心,仁至义尽。

"天呀!我以脑袋作保!镇上没有什么小集团⋯⋯"

谷燕山仿佛一下子老了十岁,浑身都叫冷汗浸透了。

七　年纪轻轻的寡妇

胡玉音在秀州一个远房叔伯家里住了两个月，想躲过了风头再回芙蓉镇。"风头子上避一避"，这原也是平头百姓们对付某些灾难经常采用的一种消极办法。岂知"跑了和尚跑不了庙"，人世间的有些灾难躲避得了吗？何况如今天下一统，五湖四海一个政策，不管千里万里，天边地角，一个电话或一封电报就可以把你押送回来。

两个月来，胡玉音日思夜想着的是芙蓉镇上的那座"庙"。她只收到过男人黎桂桂的一封信，信上讲了些宽慰她的话，说眼下镇上的运动轰轰烈烈，全大队的五类分子都集中在镇上训话，游行示威时把他们押在队伍的前面。原来镇上主事的头头都不见露面了，由工作组掌管一切。官僚地主出身的税务所长被揪了出来批斗。民兵还抄了好些户人的家，他的杀猪刀也被收缴上去了。收上去也好，那是件凶器……听讲这次运动，还要重新划分阶级成分。信的末尾是叫她一定在外多住些日子，也千万不要回信。

看看这个不中用的男人，自己家里的事，除了那把杀猪屠刀，一句实在的话都没有，一切都靠胡玉音自己来猜测。比方讲镇上的管事头头都不露面了，是不是指老谷主任、满庚哥他们？抄了好些户人的家……都是哪几户人家？是不是也抄了自己的新楼屋？要重新划阶级成分，会不会给自己划个什么成分？男人呀，男人，总是太粗心了,太粗心,连封信都写不清。男人后来再没有给她来信。桂桂是被抓起来了?胡玉音越想越猜,越心惊肉跳。她像一只因屋里来了客人而被关进笼子里的母鸡,预感到了有大祸临头。但这"大祸"将是什么样的,她没有听人讲过,也没有亲眼见过。是不是和五类分子那些人渣、垃圾一样,一身穿得邋里邋遢,脸块黑得像鬼,小学生一碰见他们就打石子、扔泥团,圩镇上一有什么运动、斗争,就先拿他们示众,任凭革命群众骂、啐、打……

天啊,假若"大祸"要使自己也沦落成这一流的人,那怎么活得下去啊!不会的,不会的。自己又没有做过坏事,讲过反话,骂过干部。自己倒是觉得老谷主任、满庚哥他们是自己一屋人,父老兄弟。圩镇上一个卖米豆腐的女人,能对新社会有什么仇、记什么恨呢,新社会对她胡玉音有哪样不好!解放后没有了强盗拐子,男人家也不赌钱打牌,宿娼讨小,晚上睡得了落心觉,新社会才好哪。要不是新社会,像自己这样一个人家,自己这么一副长相,早就给拐骗到大口岸上哪座窑子里去了哪!……不,不,五类分子才坏哪,他们是黑心黑肺黑骨头,是些人渣、垃圾,自己怎么也跟他们牵扯不到一起去。

这时,她寄居的秀州县城,也在纷纷传说,工作队就要下来了,像搞土改那样的运动就要铺开了。的确已经有人来远房叔伯家里问过:"这位嫂子是哪里人啦?家里是什么阶级?住了多少日子啦?有没有公社、大队的证明?"她知趣、识相,她还要自爱自重,不能再死皮赖脸地在叔伯家里挨日子,连累人。"躲脱不是祸,是祸躲不脱。"她决定违背男人的劝告,回到芙蓉镇上去。也真是,原先怎么就没想到,越是这种时刻,越应该和男人在一起呀!就是头顶上落刀子,也要和男人一起去挨刀子呀!就是进坟地,也要和男人共一个洞眼。玉音哪,玉音!你太坏了!整整两个月,把男人丢在一边不管,你太狠心了⋯⋯赶快,赶快,赶快⋯⋯

从大清早,走到天擦黑。一路上,她嘴里都在叨念着"赶快赶快",就像心里有面小鼓在敲着节拍。她随身只背了个工作干部背的那种黄挎包,里头装了几件换洗衣服,一只手电筒。她在路上只打了两次点心,一次吃的是蛋炒饭,一次吃的还是两碗米豆腐。米豆腐的碱水放得重了点,颜色太黄。还不如自己卖的米豆腐纯白、嫩软,油水作料也没有自己给顾客配的齐全。围着白围裙的服务员就像在把吃食施舍给过路的人一样⋯⋯哼,哪个上自己的米豆腐摊子上去,不是有讲有笑,亲亲热热的,吃罢喝足,放碗起身,也会喊一声:"姐子,走了,下一圩会。""好走,莫在路上耍野了,叫你堂客站在屋门口眼巴巴地望⋯⋯"

天黑时分,胡玉音走到了芙蓉镇镇口。"哪个?"突然,从黑墙角里闯出一个背枪的人问。这人胡玉音认得,是打米厂的小后生。原先胡玉音去米厂买碎米谷头子,这后生崽总是一身白糠灰,没完没了地缠着她:"姐子,做个介绍吧,单身公的日子好难熬呀!""做个哪样的?""就和姐子样白净好看、大眉大眼的。""呸!坏东西,我给你做个瓜子脸,梅花脚①!""我就喜欢姐子的水蛇腰,胸前鼓得高!""滚开点!谁和你牛马手脚⋯⋯我要喊你们老谷主任了!""姐

---

① 指狗。

子,你真狠心!""滚滚滚,爷娘死早了,少了教头的!"……对了,如今搞运动,大约镇上的风头子还没有过去,所以晚上都站了哨。连这种流里流气的后生崽,都出息了,背上枪了。

"啊,是你呀,自己回来了?"打米厂的后生家也认出她来,但声音又冷又硬,就像鞭子在夜空里抽打了一声那样。接着,后生子没再理会她,背着枪走到一边去了。要在平常,早又说开了不三不四的话、牛马畜生样地动手动脚了呢。

她心里不由地一紧:"自己回来了?"什么话?难道自己不回来,就要派人去捉回来吗?她几乎是奔跑着走进青石板街的。街两边一家家铺面的木板上,到处刷着、贴着一些大标语。写的是些什么,她看不大清楚。她在自己的老铺子门口被青石阶沿绊了一下,差点跌了一跤。门上还是挂着那把旧铜锁,男人不在家。但铜锁是熟悉的,还是爹妈开客栈时留下来的东西。她略微喘了一口气。但隔壁的新楼屋呢?新楼屋门口怎么贴满了白纸条?还有两条是交叉贴着的。这么讲来,这新楼屋不但被查抄过,还被封过门。天呀,这算哪样回事呀?她慌里慌张地从挎包里摸出手电筒,照在红漆大门上。大门上横钉着一块白底黑字木牌:"芙蓉镇阶级斗争现场展览会"。怎么?自己的新楼屋被公家征用了,办了展览会?桂桂的信里连一个字都没有提……桂桂,桂桂!你这个不中用的男人,黑天黑地野到哪里去了?你还有心事野,你女人回来了,你都不来接,而是门上四两铁。

但她马上明白了过来,找桂桂不中用,这个死男人屁话都讲句不出。当机立断,她要先去找谷燕山主任。老谷是南下干部,为人忠厚,秉事公正,又肯帮助人。在镇上就只他是个老革命,威信高,讲话作得了数……她觉得自己走在青石板街上,一点声音都没有,脚下轻飘飘,身子好像随时要离开地面飞起来一样。她走到镇粮站大门口,大门已关,一扇小门还开着。那守门的老倌子见了她,竟后退了一步,就跟见了鬼一样……这又是怎么了?过去街上的人,特别是那些男人们,见了自己总是眼䁖䁖、笑眯眯的,恨不得把双眼睛都贴到自己身上来……"伯伯,请问老谷主任在不在?"她不管守门老倌子把自己当鬼还是当人,反正要找的是老谷主任。"胡家女子,你还来找老谷?"老倌子回转头去看了看围墙里头,又探出脑壳看了看街上,左近没人,才压低了沙哑的嗓门说:"你不要找老谷了,他被连累进大案子里头去了,你也有份。讲是他盗卖了一万斤国库大米,发展资本主义……他早就白日黑夜地被人看守起来了,想寻短路都找不到一根裤带绳……这个可怜人……"

胡玉音的心都抽紧了……啊啊,老谷,老谷都被人看守起来了……这是她怎么也料想不到的。在她的心目中,在镇上,老谷就代表新社会,代表政府,代表共产党……可如今,他都被人看起来了。这个老好人还会做什么坏事?这个天下就是他们这些人流血流汗打出来的,难道他还会反这个天下?

胡玉音退回到青石板街上。她抬眼看见了老谷住的那二层楼上尽西头那间屋子,还亮着灯光。她眼睛一眨不眨地看着。老谷是坐在灯下写检讨,还是在想法子如何骗过看守他的人,要寻自尽?不能,不能!老谷啊,你要想宽些,准定是有人搞错了,搞反了。人家冤枉不了你,芙蓉镇上的人都会为你给县里、省里出保票,上名帖。你的为人,镇上大人小孩哪个不清楚,你只做过好事,没有做过坏事……有一刻,胡玉音都忘记了自己的恐怖、灾祸,倒是在为老谷的遭遇愤愤不平。

啊啊……想起来了,三个多月前,工作组女组长李国香来她的新楼屋,坐在楼上那间摆满了新木器的房子里,给她算过一笔账,讲她两年零九个月,卖米豆腐赚了六千多块钱,也提到有人为她提供了一万斤大米做原料……看看,老谷如今被看守,肯定就是因了这个……啊啊,一人犯法一人当,米豆腐是自己卖的,钱是自己赚的,怎么要怪罪到老谷头上?卖米豆腐的款子,还有一笔存放在满庚哥的手里呢。

去找满庚哥。满庚哥大约是个如今还在镇上管事的人。满庚哥早就认了自己做干妹子。胡玉音还有靠山哪,在镇上还找得着人哪。满庚哥比自己的嫡亲哥哥还亲哪……胡玉音转身就走,就走。她哪里是在走,是在奔,在跑。她思绪有些混乱,却又还有点清晰。她脚下轻飘飘的,走路没有一点声响,整个身子都像要离开地面飘飞起来一样……啊啊,满庚哥,满庚哥,当初你娶不了我……你是党里的人,娶不了我这样的女人……可你在芙蓉河边的码头岩板上,抱过我,亲过我。你抱得好紧呀,身上骨头都痛。你起过誓,今生今世,你都要护着我,护着我……满庚哥,满庚哥,河边的码头没改地方,那块青岩板也还在……你还会护着我,护着我……满庚哥,满庚哥,你要救救妹妹,救救我……

她不晓得怎样过的渡,不晓得怎样爬的坡……她敲响了黎满庚支书家的门。这条门她进得少,但她熟悉、亲切。有的地方只要去过一次,就总是记得,一生一世都会记得。

开门的是满庚哥那又高又大的女人"五爪辣"。"五爪辣"见了她,吓得倒退了一步,就像见了鬼一样。过去镇上的妹子、嫂子,碰到自己总要多看两眼,有羡慕,有嫉妒。女人就是爱嫉妒、吃醋。可如今怎么啦,怎么镇上的男人女人,老的少的,见了自己就和见了鬼、见了不吉利的东西一样。

"满庚哥在屋吗?"胡玉音问。她不管满庚的女人是一副什么脸相,她要找的是那个曾经爱过她、对她起过誓的人。

"请你不要再来找他了!你差点害了他,他差点害了一屋人……一屋娘崽差点跟着他背黑锅……如今上级送他到县里反省、学习去了,背着铺盖去的……告诉你了吧,你交把他的那一千五百块钱赃款,被人揭发了,他上缴给县里工作组去了……"

"啊啊……男人,男人……我的天啊,男人,没有良心的男人……"

就像一声炸雷,把胡玉音的耳朵震聋了,脑壳震晕了。她身子在晃荡着,她站不稳了。

"男人?你的男人贼大胆,放出口风要暗杀工作组女组长,如今到坟岗背去了!"

说着,"五爪辣"像赶叫花子似的,咣当一声关紧了大门。她家的大门好厚好重。

胡玉音就要倒下去了,倒下去了……不能倒下,要倒也不能倒在人家的大门口,真的像个下贱的叫花子那样倒在人家的大门口……她没有倒下去,居然没有倒下去!她自己都有些吃惊,哪来的这股力气……她脚下轻飘飘的,又走起来了,脚下没有一点声响,整个身子又像要飘飞起来一样……

桂桂,你在哪里?刚才"五爪辣"讲你想暗杀工作组女组长,你不会,不会……你胆子那样小,在路上碰到条松毛狗、弯角牛,你都会吓得躲到一边去的……不会,不会。桂桂,天底下,你是最后的一个亲人了……可你不在铺子里等着我,而是在门上挂了把老铜锁。你跑到坟岗背去做什么?做什么……傻子,自古以来,那是镇上埋人的地方,大白天人都不敢去,你黑天黑地地跑去做什么?你胆子又小,坟岗背那地方岂是随便去得的!

她迷迷糊糊……但还是有一线闪电似的亮光射进她黑浪翻涌的脑子里……啊啊,桂桂,好桂桂,难道、难道你……桂桂,桂桂,你不会的,不会的!你还没有等着我回来见一面哪……

她大喊大叫了起来,在坑坑洼洼的泥路上跑,如飞地奔跑,居然也没有跌倒……看看,真傻,还哭,还喊,还空着急呢,桂桂不是来了?来了,来了……是桂桂!桂桂啊,桂桂哥……

桂桂才二十二岁,胡玉音才满十八岁。是镇上一个老屠户做的媒。桂桂头次和自己见面,瘦高瘦长的,清清秀秀,脸块红得和猴子屁股一样,恨不得躲到门背后去呢……爸妈说,这回好,小屠户,杀生为业……开始时也是傻,总是在心里拿他和满庚哥去相比,而且总是桂桂比不赢。玉音一想就有气,觉得心酸、委屈,就不理睬桂桂。见了面就低脑壳,噘嘴巴,心里骂人家"不要脸"。可是桂桂是个实在人,不声不气,每天来铺里挑水啊,劈柴啊,扫地啊,上屋顶翻瓦检漏啊,下芙蓉河去洗客栈里的蚊帐、被子啊。每天都来做一阵,又快又好,做完就走。爸妈过意不去留他吃饭,他总是不肯,嘴巴都不肯打湿……便是邻居们都讲,老胡记客栈前世修得好啊,白白地捡了一个厚道的崽娃啰。又讲玉音妹子有福分啊,招这么个新郎公上门,只怕今后家务事都不消她沾手,比娘边做女还贵气哟……怪哩,玉音越不喜欢这个桂桂,爸妈和街坊们却越夸他、疼他。他呢,也好像憋了一股子劲,要做出个样子给玉音看似的。后来,这个勤快得一刻都闲不住手脚的人,就连玉音的衣服、鞋袜都偷偷地拿了去洗。你洗,你洗!勤快就洗一世,玉音反正装做没看见,不理你……

她和黎桂桂不战不和,怕有整整半年那么久。鬼打起,慢慢地,不知不觉,玉音觉得桂桂长相好看,人秀气,性子平和,懂礼。看着顺眼,顺心了。日久见人心嘛。这一来,只要偶尔哪天桂桂没到胡记客栈来,玉音就坐立不安,十次八次地要站到铺子门口去打望……惹得爸妈好欢喜,街坊邻居都挤眉挤眼地笑。笑什么?在玉音心里,桂桂已经把满庚哥比下去了……而且满庚哥已经成家了,讨了个和他一样武高武大、打得死老虎的悍妇。桂桂为什么比他不赢?桂桂才是自己的,自己的老公,自己的男人……桂桂有哪样不好？脚勤手快,文文静静,连哼都很少哼一声。她和桂桂成亲时多排场、多风光啊,县里歌舞团的一群天仙般的妹儿们都来唱戏,当伴娘,唱了整整一晚的《喜歌堂》。后来镇上的一些上了岁数的姑嫂们都讲,芙蓉镇方圆百里,再大的财主家收亲嫁女,都没有像玉音和桂桂的亲事办得风光、排场……

风呼呼,草向两边分,树朝两边倒,胡玉音在没命地奔跑……

黎桂桂就在她身边,陪伴着她,和她讲着话……"桂桂,还记得吗？成亲的那晚上,歌舞团那些天仙般的人儿把我们两个推进洞房里,就都走了。我们两个都累了。唱了一晚的歌,好累啊。你这个蠢子,还在脸红,还在低着脑壳,连看都不敢看我一眼。你上床,连衣服都不敢脱。我好气又好笑。你那样怕丑,倒像个新娘子哩……你当我就不怕丑？你这个傻子却像比我还怕丑。我忽然觉得,你不像我男人,倒像我弟弟。(唉唉,那时一提起'男人'两个字就脸臊心跳。)我想,你这样脾气的人,今后大约不会骂我,不会凶我打我,会在我面前服服帖帖……一夜晚,我们都和衣睡着,谁都没挨谁。想起来都好笑呢。第二天早晨,你天不亮就起去了,挑水,做饭,把吵闹了一夜的堂屋、铺门口打扫得连一片瓜子皮、花生壳都见不到。我都不晓得。我还在睡懒觉。桂桂啊,我还在做女呢,我还有点撒娇呢。过去是在爷娘边撒娇,今后是在你身边撒娇呢……

"是的,桂桂,我就想在你身边撒娇呢……可是你这个傻子,当了新郎公,比我还怕丑哩。还记得吗？成亲的第二天的晚上,镇上来了幻灯队。那时我们镇上还没有电影,却一个月要看次把幻灯,对不对？解放前我们镇上只演过影子戏、花灯。我还记得,幻灯片放的是《小二黑结婚》。片子上那一对青年男女长得真好看。他们为了自由对象,晚上在树林子里会面,还被村公所的坏人捆起来送到区政府去呢。看着,看着,我的身子就紧紧挨着你。你看,那才叫封建呢,父母要包办,媒婆要说亲,村干部随便捆人。啊啊,还是我们生在新社会里好,没有封建,男的女的坐在一起,没有人来捆。那天场子上真黑,天上星子都没有一颗。我记得你看着看着,就把手搂在我的腰上了。但你马上又怕烫似的要缩回手去,可叫我把你捉住了,还轻轻拍了你一下。搂着就搂着,我是你的女人,你是我的男人,又不是哪里来的野老公……你也就再没有松开我……

"桂桂,桂桂！我们在一起,事事都合得来。因为你总是依着我,顺着我,听我的。你还讲我是你的司令官、女皇上哩。你都打了些什么蠢比方？看了几出老戏、新戏,就乱打比方。我也对你好,没有使过性子。那些年,我们脸都没有红过……可是我们也有烦心事,成亲六七年了,还没有生崽娃……桂桂！我们多么想要一个崽娃啊！没有崽娃,我们两个再好再亲,也总是心里不满足,不落实,觉得不长久啊。崽娃才是我们树上结出的果子,身上掉下的肉啊。崽娃才能使我们永生永世在一起,不分离……为了这事,我常常背着你哭,你常常背着我唉声叹气。彼此的心情,其实都晓得,却又都装做没看见……也就是为了这事,我们后来才轻轻吵过几句,可隔壁邻居都没有听见。其实你也没有怪我。是我自己怪自己……后来我都有点迷信了。我想,大约是我们两个傻子厮亲厮敬,相好得过了头,把'子路'都好断了……也该像别的人家那样,吵吵架,骂一骂……唉唉,桂桂呀,桂桂!你怎么不讲话?你总是皱着副眉头,有什么不高兴的?你是怪我不该卖米豆腐,不该起了那栋发灾的新楼屋?为这事,我们争了嘴,我还用筷子头戳了你一下,因为你竟想贱价卖掉它……"

胡玉音在黑夜里奔跑着。她神志狂乱,思绪迷离。世界是昏昏糊糊的,她也是昏昏糊糊的。她都记不起回来的路上她坐没坐渡船,谁给她摆的渡。她跑啊,跑啊。她仿佛在追赶着前面的什么人。前面的那个人跑得真快,黎桂桂跑得真快,她怎么也追不到他的跟前去了。"桂桂!没良心的,你等等我!等等我!"她大喊大叫了起来,"我还有话和你讲,我的话还只讲了一小半,顶顶要紧的事都还没有和你打商量……"

她身后,仿佛有人在追赶她,脚步响咚咚的,不晓得是鬼,还是人。她顾不上回过头去看,她追上自己的男人要紧。听人讲鬼走路是没有脚步声的,那就大约是人。他们还来追赶什么?胡玉音什么都没有了,什么都没有了!只剩下四两命。难道四两命都不放过,还要拿去批,拿去斗,拿去捆?我要和桂桂在一起,和桂桂在一起……你们就是捉到了我,捆住了我的手脚,我也会用牙齿咬断麻索、棕绳……

她终于爬上了坟岗背。人家讲这里是一个鬼的世界,她一点都不怕。从古至今,镇上的子孙们在这里堆了上千座坟。好鬼、冤鬼,长寿的、短命的,恶的、善的,男的、女的,上天堂、下地狱的,都看中了这块风水宝地,都在这里找到了三尺黄土安息。

"桂桂!你在哪里?你在哪——里——"

月黑风高,伸手不见五指。上千个土包包啊,分不清哪是旧坟,哪是新坟。

"桂——桂!你在哪里?你答应我呀——,你的女人找你来了呀!——"

胡玉音凄楚地叫喊着,声音拖得长长的,又尖又细。这声音使世界上的一切呼叫都黯然失色,就像黑暗里的绿色磷火,一闪一闪地在荒坟野地里飘忽……胡玉音一脚高,一脚低,在坟地里乱窜。她一路上都没有跌倒过,在这里却是跌了一跤又一跤。跌得她都在坟坑里爬不起来了。仿佛永生永世就要睡在这坟坑里了……

"芙蓉姐子!你不要喊了,不要找了,桂桂兄弟他不会答应你了!"

不晓得过了多久,有人在坟坑里拉起了她。

"你是哪个?你是哪个?"

"我是哪个?你……都听不出来?"

"你是人还是鬼?"

"怎么讲呢?有时是鬼,有时是人!"

"你、你……"

"我是秦书田,秦癫子呀!"

"你这个五类分子!快滚开!莫挨我,快滚开!"

"我是为了你好,不怀半点歹意……芙蓉姐子,你千万千万,要想开些,要爱惜你自己,日子还长着呢……"

"我不要你跑到这地方来怜惜我……昏天黑地的,你是坏分子,右派……"

"姐子……黎桂桂被划成了新富农,你就是……"

"你造谣!哪个是新富农?"

"我不哄你……"

"哈哈哈!我就是富农婆!卖米豆腐的富农婆!你这个坏人,你是想吓我,吓我?"

"不是吓你,我讲的是真话,铁板上钉钉子,一点都不假。"

"不假?"

"乌龟不笑鳖,都在泥里歇。都是一样落难,一样造孽。"

"天杀的……富农婆……姓秦的,都是你,都是你!我招亲的那晚上,你和那一大班妖精来反封建,坐喜歌堂……败了我的彩头,喜歌堂,发灾堂,害人堂……呜呜呜,呜呜呜,你何苦收集那些歌?何苦反封建?你害了自己一世还不够,还害了桂桂,还害了我……"

  蜡烛点火绿又青,烛火下面烛泪淋,
  蜡烛灭时干了泪,妹妹哭时哑了声。

  蜡烛点火绿又青,陪伴妹妹唱几声,
  唱起苦情心打颤,眼里插针泪水深……

秦癫子真是个癫子,竟坐在坟堆上唱起他当年改编的大毒草《女歌堂》里的曲子来了。

第三章 街巷深处
（一九六九年）

一 新风恶俗

"四清"运动结束后，芙蓉镇从一个"资本主义的黑窝子"变成为一座"社会主义的战斗堡垒"。深刻的变化首先从窄窄的青石板街的"街容"上体现出来。街两边的铺面原先是一色的发黑的木板，现在离地两米以下，一律用石灰水刷成白色，加上朱红边框。每隔两个铺面就是一条仿宋体标语："兴无灭资"、"农业学大寨"、"保卫'四清'成果"、"革命加拚命，拚命干革命"。街头街尾则是几个"万岁"，遥相呼应。每家门口，都贴着同一种规格、同一号字体的对联："走大寨道路"，"举大寨红旗"。所以整条青石板街，成了白底红字的标语街、对联街，做到了家家户户整齐划一。原先每逢天气晴和，街铺上空就互搭长竹竿，晾晒衣衫裙被，红红绿绿，纷纷扬扬如万国旗，亦算本镇一点风光，如今整肃街容，予以取缔。逢年过节，或是上级领导来视察，兄弟社队来取经，均由各家自备彩旗一面,斜插在各自临街的阁楼上,无风时低垂,有风时飘扬,造成一种运动胜利、成果丰硕的气氛。还有个规定,镇上人家一律不得养狗、养猫、养鸡、养兔、养蜂,叫做"五不养",以保持街容整洁、安全,但每户可以养三只母鸡。对于养这三只母鸡的用途则没有明确规定,大约既可以当作"鸡屁股银行"换几个盐油钱,又好使上级干部下乡在镇上人家吃派饭时有两个荷包蛋。街上严禁设摊贩卖,摊贩改商从农,杜绝小本经营。

　　以上是街容的革命化。更深刻的是人和人的关系的政治化。镇上制定了"治安保卫制度",来客登记,外出请假,晚上基干民兵查夜。并在街头、街中、街尾三处,设有三个"检举揭发箱",任何人都可以朝里边投入检举揭发材料,街坊邻居互相揭发可以不署名,并保护揭发人。知情不报者,与坏人同罪。检举有功者,记入"居民档案",并给予一定的精神和物质奖励。"检举揭发箱"由专人定期开锁上锁。确立了检举揭发制度后,效果是十分显著的,每天天一落黑,家家铺面都及早关上大门,上床睡觉,节省灯油,全镇肃静。就是大白天,街坊邻居们也不再互相串门,免得祸从口出,被人检举,惹出是非倒霉。原先街坊们喜欢互赠吃食,讲究人缘、人情,如今批判了资产阶级人性论、人情味,只好互相竖起了觉悟的耳朵,睁大了雪亮的眼睛,警惕着左邻右舍的风吹草动。原先是"我为人人,人人为我"。如今是"人人防我,我防人人"。

　　再者,如今镇上阶级阵线分明。经过无数次背靠背、面对面的大会、中会、小会和各种形式的政治排队,大家都懂得了:雇农的地位优于贫农,贫农的地位优于下中农,下中农的地位优于中农,中农的地位优于富裕中农,依此类推,三等九级。街坊邻居吵嘴,都要先估量一下对方的阶级高下,自己的成分优劣。只有十多岁的娃娃们不知利害,不肯就范。但经过几回鼻青额肿的教训后,才不再做超越父母社会级别的轻举妄为。小小年纪就晓得叹气:"唉,背霉!生在一个富裕中农家里,一开口人家就讲我爷老倌搞资本主义,想向地主富农看齐!""你还不知足?你看看那些地富子女,从小就是狗崽子,缩得像乌龟脑壳!""祖宗作恶,子孙报应,活该!""唉,我爷老倌是个贫下中农就好了,这回参军就准有我哥的份儿!""你晓得?贫下中农里头也还有蛮多差别呢,政治历史清不清白,社会关系掺没掺杂,五服三代经不经得起查……"

至于"干部历史真相大白",就更是兴味无穷了。运动中工作组曾有个规定,就是每个干部都要向党组织和本单位革命群众交心,"过社会主义关"。比方原来大家对镇税务所所长都比较尊敬,是位打过游击的老同志。但他在交心时,讲出了自己出生在官僚地主家庭,参加游击队前和家里的一个使女通奸过,参加革命后再没有犯过类似的错误……天啊,税务所长原来是个这样的坏家伙,老实巴交的样子,玩女人是个老里手!下回他要催个什么税,老子先骂他个狗血喷头!比如镇供销社主任就在诉苦大会上啼啼哭哭,自己虽然出身贫苦,祖祖辈辈做长工,当牛马,但翻身忘本,解放初讨了个资本家的小姐做老婆,没保住穷苦人的本色,家庭和社会关系都复杂化,又已经矮子上楼梯样的生了五个娃娃,想离婚都离不脱……啊呀,供销社主任也不是个好东西,资本家的女婿,还管我们镇上的商店哩!下回若还吵架,就指着鼻子骂他资本家的代理人、狗腿子!再比如镇信用社会计,在一次交心会上讲到自己虽然是个城市贫民出身,但解放前被抓过壮丁,当过三年伪兵。于是镇上的人们就给他起了个野名:伪兵会计……如此等等。镇上有人编了个歌谣唱:"干部交心剥画皮,没有几个好东西,活农民管死地主,活地主管我和你!"

芙蓉镇的圩期也有变化,从五天圩改成了星期圩,逢礼拜天,便利本镇及附近厂矿职工安排生活。至于这礼拜天是怎么来的,合不合乎革命化的要求,因镇上过去只信佛经而不知有《圣经》,因而无人深究。倒是有人认为,礼拜天全世界都通用,采用这一圩期,有利于今后世界大同。镇上专门成立了一个圩场治安委员会,由"四清"入党、并担任了本镇大队党支书的王秋赦兼主任。圩场治安委员会以卖米豆腐发家的新富农分子胡玉音为黑典型,进行宣传教育,严密注视着资本主义的风吹草动。圩场治安委员会下拥有十位佩黄袖章的治安员,负责打击投机倒把,查缴私人高价出售的农副产品、山货水产,没收国家规定不准上市的一、二、三类统购统销物资。这一来,圩场治安委员会的办公室里,每一圩都要堆放着些查缴、没收来的物品,如鲜菇、活鱼、石蛙、兽肉之类。这类东西又不能上交国库,去增加国民经济总收入。开初时确也烂掉、臭掉一些,颇为浪费。后来渐渐地悟出了一个办法:凡查缴、没收上来的违禁物资,一律做劣质次品削价处理。这一来一举三得:避免了浪费;圩场治安委员会有了一点经济收入做活动经费;每位佩黄袖章的成员在一圩奔走争吵之后,分点时鲜山货、水产改善生活。过去当乡丁还有点草鞋钱呢。当然王秋赦主任也没有忘记,每圩都从收缴上来的物资中送些到公社食堂去,给李国香书记改善生活。后来圩场管理委员会更名为"民兵小分队",威信就更加高,权力就更加大。资本主义的浮头鱼们,贩卖山货、水产的小生产者们,见了民兵小分队就和老鼠见了猫一样,恨不得化作土行孙钻入地缝缝里去躲过"对资产阶级的全面专政"。但民兵小分队的队员们有时黄袖章并不佩在手臂上,而是装在口袋里搞微服私访,一当拿着了赃物,才把黄袖章拿出来在你眼前一晃:哈哈,狐狸再狡猾逃不过猎人的眼睛,资本主义再隐蔽逃不出小分队的手掌心!"违禁物品"被查缴、没收后,物主一般不敢吭声,一顽抗就扣人,打电话通知你所在的生产队派民兵来接回……久而久之,有些觉悟不高、思想落后的山里人,就背地里喊出了一个外号:"公养土匪",真是脑后长了反骨呢。

芙蓉镇上还有一项小小的革命化措施值得一提,就是罚铁帽右派秦书田和新富农寡婆胡玉音每天清早,在革命群众起床之前,打扫一次青石板街。

然而历史是严峻的。历史并不是个任人打扮的小姑娘。当代的中国历史常有神来之笔出奇制胜,有时甚至开点当代风云人物的玩笑呢。

芙蓉镇被列为全县乡镇革命化的典型,李国香则成为"活学活用政治标兵"。不久,因革命需要年轻有为的女闯将,她被提拔担任了县委常委兼公社书记。为了巩固"四清"成果,她大部分时间仍住在芙蓉镇供销社的高围墙里。

可是没出半年,她在县常委、公社书记的靠背椅上屁股还没有坐热,一场更为迅猛的大运动,洪水一般铺天泼地而来。李国香惊惶不安了几天,但立即就站到了这场新的大运动的前列,领导运动主动积极。首先在芙蓉镇抓出了税务所长等几个"小邓拓",把"小邓拓"和五类分子们串在一起,绕着全镇大队进行了好几次"牛鬼蛇神大游斗"。但她还是没有把本公社、本镇运动的舵把稳,还是有人跳出来捣乱、造反,糊她的大字报。她查出了供销社主任、信用社会计是"黑后台",就又立即组织王秋赦这些革命干部、群众反击了过去,抓出了好几个"假左派,真右派"。你死我活、如火如荼的阶级大搏斗啊,谁稍事犹豫,谁心慈手软,谁就活该被打翻在地,被踏上一万只脚。可是,在全国上上下下大串联、煽风点火的红卫兵小将,就像天兵天将似的突然出现在芙蓉镇上。真是无法无天啊,仗着中央首长支持他们,踢开党委闹革命,把小小的芙蓉镇也闹了个天翻地覆。口号是"右派不臭,左派不香"。他们竟然对李国香进行了一次突击搜查。不搜则已,一搜叫小将们傻了眼,红了脸。没有结过婚的女书记的床上竟有几件男子汉用的不可言传的东西。小将们接着怒气填膺,把一双破鞋挂在李国香颈脖上,游街示众!

那天随同李国香一起挂了黑牌游街的,有全镇的黑五类。当镇上的五类分子们发现李国香也加入了他们牛鬼蛇神的队伍时,那一颗颗低垂着的花岗岩脑壳,那一双双盯着脚下青石板的贼溜溜的眼睛,鬼晓得是在想些什么,呈现出一些什么样的表情。只有铁帽右派秦书田回过头来望了李国香一眼。四目相视,立即碰出了火星子来。秦书田射过来的目光里含有嘲弄、讥讽的针刺;李国香回击过去的目光是寒光闪闪的利剑。只有两秒钟,秦书田就把目光缩回去了,转过身子继续朝前走了。真正的阶级敌人、右派分子退却了,因为红卫兵的铜头牛皮带已经呼啸了过来。李国香好伤心啊,颈脖上除了黑牌子还吊了一双破鞋……

"红卫兵小将、战友、同志!肯定是闹误会了。"她一次又一次地找红卫兵们申辩、解释,"我怎么会和他们五类分子、牛鬼蛇神搞到一起?我从来就没有当过右派。一九五七年,我在县商业局搞专案抓右派。五九年,我参加县委反右倾。六四、六五两年,我是工作组组长,揪五类分子,抓新富农,斗老右派……我从参加革命工作起,就是个左派,真正的左派!所以小将、战友、同志们,你们抓我,肯定是闹误会了,是新左派抓了老左派……"

"哈哈!她妈的,破鞋!不要脸!你还有口讲什么左派?我们批斗反革命修正主义分子,是新左派抓了你老左派?恶毒诬蔑,疯狂反扑!"

红卫兵莽莽撞撞,头脑膨胀,一口北方腔,用牛皮带抽得李国香这个自封的"真正的左派"有口难言,一时无从申辩。

那是什么样的年月？一切真善美和假恶丑、是与非、红与黑全都颠颠倒倒光怪陆离的年月，牛肝猪肺、狼心狗肚一锅煎炒、蒸熬的年月。正义含垢忍辱、苟且偷生，派性应运而生、风火狂阔。

这时芙蓉河上正在架设着一座石拱大桥，芙蓉镇快要通汽车了。五类分子、牛鬼蛇神都被押到拱桥工地上去出义务工，抬片石，筛沙子。工地上供一顿中饭。李国香死也不肯和新富农婆胡玉音共一个铁筛筛沙子，更不肯和老右派秦书田共一根扁担抬片石。她宁可咬着牙齿搞单干，背片石上脚手架。她时时刻刻注意着自己的身份，即便在坏人堆里，黑鬼群中，自己也是个上等人。总有一天会澄清自己的政治分野、左右派别。

中饭按规定每人三两，这是牛鬼蛇神的定量。太阳大，劳动强度大，汗水流得多，三两米加一勺子辣椒茄子或是煮南瓜怎么够？下午干活又不能偷懒，黑鬼们纷纷要求加饭。只有胡玉音历来食量小，三两米尽够了。李国香则因过去很少参加体力劳动，如今是饭量跟着劳动量猛增，吃下三两米还觉得肚子饿得慌。监督他们劳动的红卫兵小将，想出了一个惩治这些社会渣滓的办法：加饭是可以，但必须从食堂工棚门口到食堂窗口，大约十五米的距离，跳一段"黑鬼舞"，并把"黑鬼舞"的基本动作、姿态要领讲解了一遍。

"秦书田！划右派前你当过州立中学的音体教员，又做过歌舞团的编导。现在，由你来给你的同类们做一次示范。"

秦书田这铁帽右派得到小将们的命令，立即站到了工棚门口。对于这一类的表演，他从来不迟疑，还显出一种既叫人嬉笑又令人讨厌的积极主动。他把"黑鬼舞"的基本动作、要领重新问了一遍，又在心里默想了一回，便看也不看大家一眼，跳了起来。但见他：一手举着饭钵，一手举着筷子，双手交叉来回晃动，张开双膝半蹲下身子，两脚一左一右地向前跳跃，嘴里则合着手足动作的节拍，喊着："牛鬼蛇神加钵饭，牛鬼蛇神加钵饭，牛鬼蛇神加钵饭……"

这可把红卫兵小将们乐坏了，拍着巴掌大声叫好。围观的社员们也忍不住哈哈大笑。"秦癫子，再来一次！""秦癫子，你每天跳三次，就算改造好了，给你摘帽！"

五类分子们却叫秦癫子的"舞蹈"吓傻了。有的脸色发青，像刚从坟地里爬出来的；有的则低下头转过身子，生怕被小将们或是革命群众点了名，像秦癫子那样地去跳"黑鬼舞"。但谁都没有张皇失措，更没有哭。这些家伙是茅坑里的石头，又硬又臭，早已经适应惯了各式各样的侮辱了。他们哪里还晓得人间尚有"羞耻"二字！

食堂大师傅没有笑，而是看呆了。啊啊，"文化大革命"，有红宝书、语录歌、"老三篇"天天读、破"四旧"、打菩萨、倒庙宇、抄家搜查，还有这种"黑鬼舞"……这就是新文化？这就是新思想，新风俗，新习惯？大师傅大约是心肠还没有铁硬，思想还没有"非常无产阶级化"，他在往秦书田的钵子里头扒饭时，双手在发抖，眼里有泪花。

这天，李国香的肚子实在太饿了。她等红卫兵小将和革命群众笑闹的高潮过去后，就端了空饭钵径直朝窗口走去。她就像要以此举动来表示自己和真正的右派、黑五类们相区别似的。可是

红卫兵小将们偏偏不放过她,偏偏要把她归入牛鬼蛇神的行列:

"站住!你哪里去?"

"你这破鞋!向后——转,目标门口,正步走!"

一个女红卫兵手里呼呼地挥转着一根宽皮带,在后边逼住了她。她怕挨打,赶快退到了门边,脸上挤出了几丝丝笑容:"小将、战友、同志!我、我饱了,不加饭了!"

"鬼跟你是'同志','战友'!饱了?你饱了?你刚才为什么那样威风?你向谁示威?向谁挑战?你以为你比旁的牛鬼蛇神高贵?现在,不管你加不加饭,我们都要勒令你,从这门口,向那窗口,学秦右派的样,跳一段'黑鬼舞'给大家看看!"

"对!就要她这'战友'跳!就要她这'战友'跳!"

"你看她瓜子脸,水蛇腰,手长脚长,身段苗条,是个跳舞的料子!"

"她不跳就叫她爬,爬一段也可以!"

红卫兵小将们叫闹了起来。不知为什么,这些外地来的小闯将,这些好玩恶作剧的"飞天蜈蚣",特别看不起这个女人,也特别憎恨这个女人。

"小将、战友、同志们,我实在不会跳,我从来没有跳过舞……你们不要发火,不要用皮带抽,我爬,我爬,爬到那窗口下……"

李国香含着辛酸的泪水,爬了下去,手脚并用,像一条狗。

连续地向左转,事物走向了自己的反面。以整人为乐事者,后来自己也被整。佛家叫"因果报应","循环转替"。

一九六八年底县革命委员会成立时,李国香的政治派属问题终于搞清楚了,恢复了她一贯就是革命左派的身份,被结合为县革委常委、公社革委会主任。她原是不应当有什么怨言、牢骚的。她自己不就在历次政治运动的动员会上指出过:在运动初期,广大群众刚刚发动起来的时候,是难免有点过火行动的,问题在于如何控制、引导。不能去吹冷风,泼冷水。何况这是场"史无前例"的"无产阶级文化大革命",更是难免出现"左派打左派、好人打好人"之类的小小偏差呢。

二 "传经佳话"

奇特的年代才有的奇特的事。但这些事的确在神州大地、天南海北发生过,而且是那样的庄严、神圣、肃穆。新的时代里降生的读者们一定会觉得不可思议,视为异端邪说。然而这正是我们国家的一页伤心史里的支流末节。

芙蓉镇大队党支部书记王秋赦参加地、县农业参观团,迢迢千里从北方取经回来,这在偏僻的五岭山脉腹地里真是算得一件石破天惊的大事。听说参观团从县里出发到地区所在地集中时,坐的是扎了红绸、插了彩旗的专车,一路上都是鞭炮锣鼓相送。从地区所在地的火车站出发时更是举行了隆重的欢送仪式。来去都是坐的专列。什么叫专车、专列？山镇居民们没有出过远门，只好又去询问铁帽右派秦书田。铁帽右派喝劳动人民血汗读了那么多书，见了那么多世面，好像什么都懂。他有责任、有义务回答大家的问题。他说，专车一般是指专供首长单独乘坐的小卧车，也泛指重要会议包乘的大轿车。过去讲看老爷看轿子，轿子有爵位品级，从龙凤御驾到一品当朝，到七品县官，都有讲究。如今看首长看车子，也分三等九级。县一级领导坐的是黄布篷篷的吉普车。"听听这家伙，茅坑里的石头又臭又硬！问他个事，他就以讲授知识为名，总是不忘攻击社会主义！"有人大声斥责，及时指出。"不懂的，你们又爱问。我一讲，又是诬蔑加攻击。唉唉，今后还是你们不懂的莫问，我懂的莫讲，免得祸从口出……"秦书田苦着眉眼，做出一副可怜巴巴的相。"那专列呢？哪样的车叫专列？"还是有人问。秦书田只好又回答，专列是火车，一列客车十一节车厢本来可以坐一千多旅客。为了保证像林副统帅这些伟人的行动方便和安全，这种编成专列的火车只坐首长和工作人员、医务人员、警卫人员。可以在火车上办公、开会、食宿。车站道口、交通枢纽、桥梁隧洞，都为它开绿灯。来往车辆都要让路、回避……后来把某些重要参观团、会议代表包乘的列车，也称为专列。所以这一回，本镇大队支书王秋赦去北方取农业真经，坐上了专车、专列，就不是一般的规格，享受到了省革委头头一级的待遇呢。

芙蓉镇上的居民们还听说，王秋赦支书在地区一下火车，就面对着前来欢迎参观团取经归来的革命群众，面对着鼓乐鞭炮彩旗，手拿袖珍红宝书,举平头顶不停地晃动着。他这动作,大家一看就晓得是从电影里向副统帅学下来的。他嘴里还琅琅有声、合着节拍地喊着:"红太阳,万岁!红太阳,万岁!红太阳,万万岁!……"据说县革委派了专车到火车站去迎接。他坐上吉普车后,在一百多里的归途中,嘴里也一直呼喊着"万岁,万万岁"。吉普车开进县革委会,主任、副主任来接见,握手,他口里轻轻呼喊的也是"万岁,万万岁"。在县革委吃过中饭,吉普车一直把他送到芙蓉镇,口里也没离"万岁,万万岁"。只是他的声音已经沙哑了,伤了风。

冬天的日头短。天黑时分,吊脚楼里灯火通明。本镇大队的干部、社员们,有来请安道乏的,有来汇报情况、请示工作的,也有纯粹是来凑凑热闹、看个究竟的。人们走了一批又来一批。还有户人家因女儿等着大队推荐招工,把一大缸新烤的红薯烧酒和几样下酒菜都贡献了出来,摆在吊脚楼火塘边上的八仙桌上,给王支书接风洗尘。王支书也兴致极高,忘掉了旅途劳顿,凡本镇干部、贫下中农来看望他的,他一定让陪他喝上一小杯红薯酒。至于中农、富裕中农,他就只笑着点点头,算打个招呼。于是,够得上喝红薯烧酒资格的人们,就纷纷举起酒杯,借花献佛,热烈庆贺王支书北方取经胜利归来:

"王支书!听讲你老人家坐了专车又坐专列,还吃了专灶,上下几千里,来去一个月,只差没坐飞机了!"

"是啊,是啊,这回只差没有坐飞机。不过,听讲坐飞机不安全,怕三个轮子放不下。如今领导人都兴坐专车、专列……"

"你老人家这回出远门,见了大世面,取经得宝,可要给我们传达传达!"

"人家是农业的红旗,全国都要学习,经验一套又一套。我学习回来,当然要给大家传经送宝,把我们芙蓉镇也办成一个典型!"

"一朝一法。从前唐僧骑匹白马,到西天取经,只带了孙悟空、猪悟能、沙悟净三个徒弟,经了九九八十一难……如今我们王支书去北方取经,是机械化开路,而且成千上万的人都去,五湖四海的人都去……"

"什么?什么?你老伯喝了红薯烧酒讲酒话,怎么拿唐僧上西天取经来打比,那是封建迷信,我们这是农业革命!你这话要叫上级听去了,嘿嘿……"

"王支书,天下那么大,我们芙蓉镇地方只怕算片小指甲……"

"天下大,我们芙蓉镇也不小,而且很重要。这回全县去取经的人里,就只三个大队一级的领导……"

对于这些热情的问候、赞誉,王秋赦笑眯眯地品着红薯酒,嚼着香喷喷的油炸花生米,沙哑着喉咙一一予以回答。

"王支书,听讲从全国各地,每天都有上万人到那地方去参观学习?"这时,有个青皮后生插进来问。

"对啊,天南海北,云南、新疆、西藏的少数民族,都去学习。学校、礼堂、招待所都住得满满登登的。光那招待所,就恐怕有我们芙蓉镇青石板街这样长。"王秋赦回答。

"那,他们还用不用化肥?"青皮后生又问。

"全国的典型,头面红旗,国家当然会保证供应。"王秋赦不晓得这青皮后生问话的用意,"话讲回来,人家主要依靠自力更生……"

"我算了一下,每天一万人参观、取经、学习,就算每人只住一晚,每人屙一次屎、撒两泡尿,一万人每天要留下多少人粪尿?那大队才八九百亩土地,只怕肥过了头,会清风倒伏,不结谷子只长苗,哪里还要什么化学肥料!"

青皮后生的话,引得吊脚楼里的人都哈哈大笑。

王支书正要正言厉色,把这出身虽好但思想不正的青皮后生狠狠教训一顿,却见大队秘书黎满庚进楼来了。依黎满庚的错误,"四清"运动中工作组本要开除他的党籍,后因他主动交出了替新富农婆胡玉音窝藏的一千五百元赃款,认错、认罪态度较好,才受到了宽大处理,保留了党籍,降为大队秘书。

"黎秘书!怎么这时刻才来?被你婆娘拖得脱不开身?你再不来,我就要打发人去请啦!"王秋赦满面红光,并不起身,拿腔拿调地说。他指了指旁边的一张凳子,倒了一杯红薯酒:"我到北方去了个把月,镇里没有出过什么事吧?"

黎满庚如今成了王秋赦的下级。可他从前是十分看不起王秋赦这吊脚楼主的。所以这位置一上一下的变动,他总感到不舒服、不适应。但他又不能不当干部。他已经不是十多年前的那个头脑单纯的复员军人了,而是个有家有室的人。他向王支书简单汇报了一下本镇大队近一月来的工作,比如各生产队举行"天天读"的情况啦,有多少社员能背诵"老三篇"了啦,村头路口,又刷写下了多少条"最高指示"啦,画下了多少幅光辉形象啦,等等。

"可是,我看镇里群众的思想有些乱啊。"王秋赦严肃地看了黎满庚一眼,"突出政治不够!刚才就有人在这里把我到北方取经,比作唐僧去西天取经,气人不气人?还有人讲全国的农业红旗不需要买化学肥料,每天一万多人参观学习,拉下的屎尿就会把苞谷、麦子肥倒,好笑不好笑?这话虽然都是从贫下中农的嘴巴里讲出来的,但有没有五类分子、阶级敌人在背后煽阴风?这是阶级斗争的新动向!我们不斗阶级敌人,阶级敌人可在斗我们。"

王秋赦讲一句,黎满庚点一下头。陪坐在他们身边的人则有的跟着点头,有的则挤眉眨眼暗自发笑。

"支书老王,你这回取了什么宝贵经验回来?"黎满庚毕竟听不惯王秋赦的这本阶级斗争歌诀,便岔开话题问。

"什么经?丰富得很,够我们这些人几辈子受用。其中有一项,是大家从没听过、见过的!我要不是这回去开了眼界,硬是做梦都想不出呢!"王秋赦又呷了一口红薯酒说。

"呵呵,王支书,快讲把大家听听!"黎满庚陪着端了端酒杯,嚼了两粒花生米。

"叫'三忠于'、'四无限',整整一套仪式!"说着,王秋赦站起身来,双目炯炯,兴致勃勃,右手从口袋里拿出了一本红宝书,紧贴着放到胸口上,仿佛立时进入到了一个神圣的境界,连他头上都仿佛显出了一圈圣灵的光环。"人家的经验千条万条,突出政治是第一条,一早一晚都要举行仪式,叫做'早请示'、'晚汇报'。火车上、汽车站、机关、学校都在搞……"

王秋赦的话,立即把满屋的人都吸引住了。这真是山里人见所未见,闻所未闻。

"你这本真经,安排什么时候给干部群众贯彻、传达?"黎满庚也兴致颇高地问。

"革命不等人,传达不过夜!我看这回也不搞'先党内后党外'、'先干部后群众'那老一套了。"王秋赦沙着喉咙,当机立断地对黎满庚布置开了工作,"老黎,你去大队部放广播,立即在圩场坪里开大会,社员群众都要带红宝书,五类分子和他们的家属不准参加!"

"你路上辛苦了,又刚喝了酒,是不是改天……"黎满庚迟疑着没有动身。

"黎秘书!政治大于一切,先于一切!传达不过夜。通知每个人都带红宝书!"王秋赦眼睛直瞪着黎满庚,威严地重复着自己的命令。

一个多钟头后,圩场坪古老的戏台上,悬挂着雪白通亮的煤气灯。戏台下是一片黑压压的人头,一片星星点点的火光。那是社员群众在吸着烟斗、纸烟,或是"喇叭筒"。近些年来,山里人也习惯了闻风而动,不分白日黑夜,召之即来,参加各种紧急、重要的群众大会,举行各种热烈欢呼、衷心拥护某篇"两报一刊"社论发表、某项"最新指示"下达的庆祝游行……王秋赦支书在几位大队干部的随同下,登上戏台,在两排长条凳上一一就座。这是大队一级规格的主席台。黎满庚秘书则站在煤气灯下,一个一个生产队地喊着队长们的名字,清点参加大会的队别人数。直到路途最远的一个生产队的人马都进了场,黎秘书才宣布大会开始,由地、县农业参观团成员、大队党支部王秋赦书记给贫下中农、革命群众传经授宝。

在一派热烈的掌声中,王秋赦气度庄重地站到了台前,矜持地朝大家招了招手,点了点头。直等巴掌声停歇下来后,他才以沙哑的声音,开口说话:

"贫下中农同志们,革命的同志们!听了广播通知,大家来开大会,你们都带了红宝书来没有?"

出语不凡,台下立即响起了一片摸索口袋的窸窣声。接着有很多人响亮地回答:"带了!带了!""我们还是大语录本!""强烈要求大队给每个社员发本袖珍本!"

"好!现在,带了红宝书的,都请举起来!"王秋赦目光扫视着整个会场。社员们纷纷把红宝书举过了头顶。"好!这就是红海洋!今后,我们要养成习惯,无论出工收工,大会小会,红宝书都要随身带!这叫做身不离红宝书,心不离红太阳!唱歌要唱语录歌,读书要读红宝书!"

王支书的几句开场白,一下子使得整个会场鸦雀无声,呈现出一种庄严肃穆的气氛。

"这次,我光荣地参加了地、县农业参观团,到北方取经,上下几千里,来回个多月。人家是全国的红旗,农业的样板。五湖四海、国内国外都去学习。人家的宝贵经验一套又一套,千条又万条。比方记政治工分,办政治夜校。比方贫下中农管学校、管供销、管卫生、管文化、管体育,取消自留地,取消集市贸易等等。千条万条,突出政治第一条！阶级斗争是根本,'老三篇'天天读是关键,忠于领袖是标准。这些经验里头,最最重要的一项,是六个字：'三忠于'、'四无限'。什么叫做'三忠于'、'四无限'？我们芙蓉镇是个大山里的深沟沟,大家都没有听过,更没有见过。我这回取了经回来,可以讲给大家听,做给大家看,大家都要学。学会了都要照着做,要搞'早请示'、'晚汇报'。"

社员们越听越新鲜,也越听越觉得神奇。王秋赦讲到这里,停了一停。他回过头去看了一眼戏台的正墙上空无一物,便十分气愤地责问黎满庚："怎么搞的？台上为什么不挂光辉形象？快去取一幅光辉形象来！小学校里就有,越快越好！当秘书的人,这种大事都不预先准备好！"

黎满庚晓得事关重大,立即纵身跳下戏台,奔往小学校去了。王秋赦则继续沙哑着嗓音,详详细细地给大家讲解着"三忠于"、"四无限"的内容,讲解着"早请示"、"晚汇报"的仪式程序。不一会儿,黎满庚就一头汗、一身灰、气喘吁吁地双手举着一幅光辉形象回来了。因为现场等着急用,又临时找不到浆糊、图钉,王秋赦就命黎满庚双手举着光辉形象,规规矩矩、恭恭敬敬地在戏台中央站定。

"现在,请同志们都手捧红宝书,面向红太阳,统统站起来！"王秋赦大声宣布。整个会场的人立即依他所言，站了起来。

王秋赦接着做开了示范的姿态、动作，但见他立正站好，挺胸抬头，双目平视，看着远方，左手下垂，右手则手臂半屈，握着红宝书紧贴在胸口上，然后侧身四十五度，斜对着光辉形象，嘴里朗诵道：

"首先，敬祝我们最最敬爱的伟大领袖、伟大导师、伟大统帅、伟大舵手，我们心中最红最红的红太阳，万寿无疆！万寿无疆！万寿无疆！敬祝林副统帅身体健康！永远健康！永远健康！"

当王秋赦朗诵到"万寿无疆、万寿无疆"、"永远健康、永远健康"时，他手里的红宝书便举平头顶，打着节拍似的来回晃动，来回晃动。……王秋赦在向群众传授了这套崇拜仪式之后，真是豪情澎湃，激动万分，喉咙嘶哑，热泪盈眶。他觉得自己无比高大，无比自豪，无比有力量。他就像个千年修炼、一朝得道的圣徒，沉湎在自己的无与伦比的幸福、喜悦里。这时刻，你就是叫他过刀山，下火海，抛头颅，洒热血，他都会在所不辞……接着他还发表了热情的讲演，号召贫下中农、革命群众、干部立即行动起来，家家户户做忠字牌，设宝书台。每个生产队都要搞"早请示""晚汇报"，为把芙蓉镇大队办成红彤彤、亮堂堂的革命化大学校而努力……这回可是苦了黎满庚，他举着光辉形象，手痛了，腿酸了，可一动都不敢动：忠不忠，看行动。

芙蓉镇大队支书王秋赦从北方取回的这本真经，不几天就由公社革筹小组汇报给了县革筹领导小组。县革筹负责人政治嗅觉十分灵敏，懂得这是"无产阶级文化大革命"中涌现出来的最新事物,谁要置之不理谁该倒大霉、受大罪。于是立即由县革筹做出决定,把王秋赦提拔为全县活学活用标兵,首先请到县革筹机关来讲用、传授"早请示""晚汇报"仪式。接着又派出吉普专车一辆,配上三用机,到全县各条战线和各区、社去讲用,去传经授宝。王秋赦一跃而成为全县妇孺皆知、有口皆碑的人物……但这时,他头脑膨胀,忘乎所以,加上文化水平、政治阅历有限,估错了形势,他竟在各地讲用时,鹦鹉学舌地声讨走资派,连汤带水地批判开了业已靠边站了的原县委书记杨民高和原公社书记李国香……这一着棋,在吊脚楼主后来的政治生涯中造成了恶果。此是后话。

写到这里,笔者要申明一句:中国大地上出现的这场现代迷信的洪水,是历史的产物,几千年封建愚昧的变态、变种。不能简单地归责于某一位革命领袖。不要超越特定的历史环境去大兴魏晋之风,高谈阔论。需要的是深入细致的、冷静客观的研究,找出病根,以图根治。至于现代迷信的各种形式究竟始于何年何月,何州何府,倒不一定去做烦琐考证。芙蓉镇大队吊脚楼主王秋赦表演出来的一鳞半爪,权且留作质疑。

三 醉眼看世情

"北方大兵"谷燕山,如今成了芙蓉镇有名的"醉汉"。皆因那一年,为了查实他盗卖一万斤国库粮食的犯罪动机,也是为了证实他和新富农分子胡玉音是否长期私通鬼混,工作组经请示有关部门同意,在县人民医院对他进行了一次体格检查。这无异于受了一次刑罚。多少年来,老谷渴想成家立室,品尝天伦乐趣,都没有付出这个代价。这回是身不由己,劫数难逃。在一间雪白的屋子里,一间好像满世界的阳光都聚集在一起的、亮得眼睛都睁不开的屋子里,命令他赤身裸体,"暴露在光天化日之下"。由着一大群穿着白大褂、戴着大口罩的人们(后来他听说还有卫校实习的男女学生),挨着个儿来低着头看看,摸摸,捏捏,然后交换着眼色(各种各样的眼色啊)……他就像一匹被阉掉了的公马似的一动不动地躺在那里,浑身起着鸡皮疙瘩,冒着冷汗,打着冷颤。他像失去了知觉似的闭上眼睛,脑子里是一片冷寂的空白……平津战役时在天津附近,他被傅作义的部下射中了,大腿上流着血,棉裤都浸透了,他以为自己要死了,要与这行将胜利、解放的土地告别了,他脑壳里也是一片冷寂的空白……和这次一样。那一次他被战友救活了,没有死。在一个老大娘家养了四十几天伤,就又重返了部队。这一次当然也不会死……这次又是被谁的子弹射中的?谁的子弹?又是一个什么样的战场?反修防修,灭资兴无,党不变修,国不变色,千百万人头不落地。所以人人都要过关,人人都要从灵魂到肉体,进行一次由上而下、由表及里的检查。这样的战场,比过去拿枪打敌人要深广、复杂,也玄妙得多啦……不知过了多久,一个男护士朝他走来,叫他到外间去穿上衣服。门敞开着。他听见那些白大褂们在做着科学结论:"此人已丧失男性功能"。有个稚嫩的声音在轻声问(大约是个奶气未尽的卫校实习生):"他是不是阴阳人？有时变成女的,有时变成男的？"白大褂们就像听到了一句妙不可言的喜剧台词似的哈哈大笑了起来。笑声震得玻璃门窗都在沙沙作响。谷燕山真恨不得老天爷立即发生一次强级地震,把这些笑声连同自己都一起毁灭。

工作组呈报县委,鉴于谷燕山严重丧失阶级立场,长期助长乡镇资本主义势力,情节恶劣,影响极坏,建议开除他的党籍、干籍,清洗回老家劳动。但县委的一些老同志念及他是个南下干部,在这之前没有犯过别的错误,这次虽然认错态度不好,检讨不深刻,但还是要给出路,才决定给予党内严重警告、降薪一级处分,以观后效。

不久后,上级给芙蓉镇粮站派来了一个新的"一把手"。谷燕山虽然未被宣布免职,但实际上还是没有"下楼"。好在他本来就在楼上住着,早习惯了,也没有自杀。

无官一身轻。第二年就来了雨急风狂、浊浪滔天的"文化大革命"。谷燕山百事不探,借酒浇愁,逍遥于运动之外。他经常喝得半醉半醒,给镇上的小娃娃们讲故事,也尽是些"酒话"。什么青梅煮酒论英雄,关公杯酒斩华雄啦；花和尚醉打山门,拿吃剩的狗肉往小和尚嘴巴上涂啦；武松醉卧景阳冈,碰上了白额大虫啦；吴用智取生辰纲是在酒里放了蒙汗药啦；宋江喝醉了酒在浔阳楼题反诗啦,等等。古代的英雄传奇,大都离不开一个酒字,所以他讲也讲不完,娃娃们听也听不厌,也没有揭发他"贩卖封、资、修的黑货"。

这年冬天,谷燕山听说大队秘书黎满庚的女人"五爪辣"烤出了一坛子点得燃火的苞谷烧酒,又养了一条十几斤重的黑狗,就在一个大雪纷飞的晚上,来到黎满庚家,一手交出六十块钱,要买下这坛子酒和这条黑狗,当夜就在黎家来个开怀痛饮,尽醉方休。而且由他做东,请黎满庚作陪。黎满庚近些年来也是倒霉,在吊脚楼主王秋赦手下当一名秘书,跑脚办事,听话受气。于是两人立即动手,用一个旧麻袋把黑狗装了,抬到芙蓉河边的浅水滩里,按入水中,将黑狗活活淹死。然后提回屋来,将生石灰撒在黑狗身上揉搓煺毛,不一会儿,黑狗就变成一条白白胖胖的肉狗了。立即架锅生火,把狗肉剁成三指大一块,先用茶油煎炒,再配上五香炖烂……

雪天打狗,历来为五岭山区人家一件美事,大人小孩无不雀跃鼓舞。正好这晚上黎满庚女人"五爪辣"又带着四个妹儿回娘家去了,任凭两条汉子胡喝一气,无人劝阻。谷燕山和黎满庚面对面地紧吃慢喝,来了豪兴。一个说,大兵哥,今晚上一定把你老酒桶灌醉;一个说,小老表,今晚上非敲烂你的酒坛子不可。开始他们用酒碗,嫌不过瘾,就换茶杯,又不过瘾,干脆换成饭碗。

"干!娘的干!老子这大半辈子还从来没有真醉过。自己也不晓得自己的酒量究竟有多大!"老谷举着酒碗,和黎满庚碰了碰碗,就一仰脖子咕嘟咕嘟喝干了底。

"喝起,对,喝起!我黎满庚这十多年,一步棋走错,就步步走错……都是为了一个女人,最毒妇人心……喝起!这坛子烧酒算老子请客!"黎满庚喝干了酒,把空碗重重地朝桌上一蹾。

"女人?女人也分几姓几等。应该讲,天底下最心好的是女人,最歹毒的也是女人……你不要狗腿三斤,牛腿三斤,鸡把子也是三斤!来,筛酒,筛酒!"谷燕山把空碗伸了过去。

其时,两人都还只半醉半醒。黎满庚觉得自己差点就乱说三千了,连忙收了口。谷燕山则望着他,心里暗自好笑,这小子空口讲大话,搞浮夸。他明明已经收过了六十块钱,却夸口"这坛子烧酒算老子请客"!龟儿子,如今是谷大爷请你的客,谷大爷才是你老子!

他们一人一碗,相劝相敬,又互不相让地喝了下去。渐渐地,两人都觉得身子轻飘了起来,却又浑身都是力气,兴致极高,信心极大,仿佛整个世界都被他们踩到了脚下,被他们占有了似的。他们开始举起筷子,夹起肥狗肉朝对方的嘴巴里塞:

"老谷!我的大兵哥,这一块,你他妈的就是人肉,都、都要给我他妈的吃、吃下去!"

"满庚!我的小老表!如今有的人,心肠比铁硬,手脚比老虎爪子还狠!他们是吃得下人肉啊!……可、可是上级,上级就看得起这号人,器重这号人……人无良心,卵无骨头……这就叫革命?叫斗争?"

"革命革命,六亲不认!斗争斗争,横下一条心……"

"哈哈哈,妙妙妙!干杯,干杯!"

两人越喝越对路,越喝越来劲。

"满庚!你讲讲,李国香那婆娘,算不算个好货?一个饮食店小经理,摇身一变,变成了工作组组长,把我们一个好端端的芙蓉镇,搞得猫弹狗跳,人畜不宁!又摇、摇身一变,当上了县常委、公社书记……真不懂她身上的哪块肉,那样子吃香……搭帮红卫兵无法无天,在她颈脖上挂了破鞋,游街示众……"

谷燕山酒力攻心,怒气冲天,站起身子晃了几晃,一边叫骂,一边拳头重重地擂着桌子。桌子上的杯盘碗筷都震得跳起碎步舞来。

黎满庚把嘴里的狗骨头呸的一声朝地下一吐,哈哈哈大笑起来:

"那女人……不会跳'黑鬼舞',却会学狗爬……哈哈哈,她样子倒不难看,就是手头辣,想得到,讲得出,也做得出……当初,我当区政府的民政干事,他舅佬当区委书记硬要保媒,要把这骚货做把我……我那时真傻……要不,她今、今天,不就、不就困在我底下!我今、今天,最低限度也混、混到个公社一级……"

"你、你堂堂一个汉子不要泄气,骚娘儿们爬到男人头上拉屎撒尿,历朝历代都不多,你们大队秦癫子就和我讲、讲过,汉朝有个吕雉,唐朝有个武则天,清朝有个西太后……老弟,讲、讲句真心话,秦癫子这右派分子,不像别的五类分子那样可厌、可恶……"

"老谷,你一个老革命,南下干部,还和我讲这号话?你大兵哥真是大会小会,左批右批,都没有怕过场合……为了秦癫子,我可没少检讨啊！悔过书，指头大一个的字，写了一回又一回，不深刻。工作组就差点没喊我跪瓦碴、砖头……我他妈的今后管他妈的，也只好心狠点，手辣点，管他妈的五类分子变猪变狗，是死是活……要紧的是我自己，我的'五爪辣'、女娃们不要死，要活……"

"满庚，人还是要讲点良心。芙蓉镇上，如、如今只有一个年轻寡婆最造孽，你都会看不出来么？你的眼睛都叫你'五爪辣'的裤裆，给兜起来了么？"

酒醉心清。酒醉心迷。谷燕山眼睛红红的，不知是叫苞谷烧酒灌的，还是叫泪水辣的。

听老谷提到胡玉音，黎满庚眼睛发呆，表情冷漠，好一会儿没有吭声……"干妹子！不不，如今她是富农婆，我早和她划清了界限……苦命的女人……我傻！我好傻！哈哈哈……"黎满庚忽然大笑了起来，笑了几声，忽又双手巴掌把脸孔一抹，脸上的笑容就抹掉了，变成了一副呆傻、麻木的表情。"我傻，我傻……那时我年轻，太年轻，把世上的事情看得过于认真……没有和她成亲，党里头不准，其实……只要……"

"其实什么？你讲话口里不要含根狗骨头！"谷燕山睁圆眼睛盯着他，有点咄咄逼人。

"其实，其实，我和你大兵哥讲句真心话，我一想起她，心里就疼……"

"你还心疼她？我看你老弟也是昧了天良，落井下石……你、你为了保自己过关，心也够狠、手也够辣的啦！人家把你当作亲兄弟,一千五百块钱交你保管,你却上缴工作组,成了她转移投机倒把的赃款,窝藏资本主义的罪证……兄妹好比同林鸟,大难来时各自飞!"

"老谷!老谷!我求求你……你住口!"黎满庚忽然捶着胸口,眼泪双流,哭了起来,"你老哥的话,句句像刀子……我也是没办法,没有办法哇!在敌人面前,我姓黎的可以咬着牙齿,不怕死,不背叛……可是在党组织面前,在县委工作组面前,你叫我怎么办?怎么办?我怕被开除党籍呀!妈呀,我要跟着党,做党员……"

"哈哈哈!黎满庚!我今天晚上,花六十块钱,买了这坛酒、这条狗,还有就是你的这句话!"谷燕山听前任大队支书越哭越伤心,反倒乐了,笑了,大喊大叫:"看来,你的心还没有全黑、全硬!芙蓉镇上的人,也不是个个都心肠铁硬!"

"……你老哥还是原先的那个'北方大兵',一镇的人望,生了个蛮横相,有一颗菩萨心……"

"你老弟总算还通人性!哈哈哈,还通人性……"

两人哭的哭,笑的笑,一直胡闹到五更鸡叫。

他们都同时拿碗到坛子里去舀酒时,酒坛子已经干了底。两人酒碗一丢,这才东倒西歪地齐声哈哈大笑了起来:

"你他妈的酒坛子我留把明天再来打!"

"你他妈的醉得和关公爷一样了!带上这腿生狗肉,明天晚上到你楼上再喝!"

"满庚!生狗肉留着,留着……我、我还要赶回镇上去,赶回粮站楼上去。我还没有'下楼'……老子就在楼上住着,管它'下楼'不'下楼'!"

雪,落着,静静地落着。仿佛大地太污浊不堪了,腌臢垃圾四处都堆着撒着,大雪才赶来把这一切都遮上、盖上,藏污纳垢……一道昏黄的电筒光,照着一行歪歪斜斜的脚印,朝青石板街走去。好在公路大桥已通,五更天气不消喊人摆渡。

谷燕山回到镇上,叫老北风一吹,酒力朝头上涌。他已经醉得晕天倒地了。他站在街心,忽然叫骂开来:

"你听着!婊子养的!泼妇!骚货!你、你把镇子搞成什么样子了,搞成什么样子了?街上连鸡、鸭、狗都不见了!大人、娃儿都哑了口,不敢吱声了!婊子养的!泼妇!骚货!你有胆子就和老子站到街上来,老子和你拼了!……"

青石板街两边的居民们都被他闹醒了,都晓得"北方大兵"在骂哪个。天寒地冻的,没有人起来观看,也没有人起来劝阻。只有镇供销社的职工、家属感到遗憾,李国香回县革委开会去了,不曾听得这一顿好骂。

在这个风雪交加的黎明,谷燕山竟不能自制,时而在街头,时而在街尾,时而回到街心,叫骂不已。后来,他大约是骂疲了,烂醉如泥地倒在供销社门口的街沿上。他在雪地里呕了一地的狗肉和酒。不知从哪里跑来两条狗,在他身边的雪地里舔吃着他呕吐出来的食物,呱哒,呱哒……他打着鼾,在睡梦里晃着手:

"……王支书,李主任,不要吵!呱哒,呱哒,你们只顾自己吃,自己喝,老、老子可是醉了,要睡了……呱哒,呱哒,你们只管自己吃,自己喝,……"

谷燕山没有冻死,甚至奇迹似的也没有冻病。天还没有大亮,青石板街两边的铺门还没有打开,他就被人送回粮站楼上的宿舍里去了。谁送的?不晓得。

四　凤和鸡

王秋赦在全县各地巡回讲用,传授"早请示"、"晚汇报"的款式程序,大受欢迎。所到之处,无不是鞭炮锣鼓接送。精神变物质,物质变精神,日日都有酒宴,他生平没有见过如此众多的鸡鸭鱼肉。油光水滑,食精腻肥,他算真正品尝到了活学活用、活鸡活鱼的甜头。俗话讲,"鸡吃叫,鱼吃跳"呢。传经授宝时,他也紧跟大批判运动,声讨、控诉全县最大的当权派杨民高及其本公社书记李国香的反革命修正主义罪行。当时李国香正在"靠边站",接受革命群众的教育、批判。吊脚楼主的翻脸不认人,使女书记恨得直咬牙巴骨,恨自己瞎了眼,蒙了心,栽培了一个坏坯。"活该!搬起石头砸自己的脚!"李国香自怨自艾,"是你把他当根子,介绍他入党,提拔他当大队支书,还打算进一步把他培养成国家干部,甚至对这个比自己年纪大不了几岁的单身男人,有过亲密的意念……可是,一番苦心喂了狗!他不独忘恩负义,还恩将仇报,过河拆桥,乘人之危到处去控诉舅舅和自己……王秋赦,真是一条蛇,一条刚要进洞的秋蛇……"

当时,在一些靠边站、受审查的干部们中间,流传着这样一支歌谣:"背时的凤凰走运的鸡,凤凰脱毛不如鸡。有朝一日毛复起,凤还是凤来鸡还是鸡。"这支歌谣,李国香经常念在口头,默在心头,给了她信念和勇气。大约只过了不到一年,李国香果然就应验了这首歌谣。县革委会成立时,杨民高被结合为县革委第一副主任,她则当上了女常委,并仍兼任公社革委主任。凤凰身上的美丽羽毛又丰满了,恢复了山中百鸟之王的身份。

王秋赦呢,对不起,脚杆上的泥巴还没有洗干净,没有能升格成为吃国家粮、拿国家钱、坐国家车子的专职讲用人员。跑红了一两年,一花引来百花香,全县社社队队、角角落落都普及了"早请示"、"晚汇报"的"三忠于"活动,而且涌现了一批新的活学活用标兵,人家念诵"誓词"时普通话不杂本地腔,挥动红宝书的姿态比他优美,还会做语录操,跳忠字舞。相比之下,他这在全县最早传授崇拜仪式的标兵,就自惭形秽,完成了历史使命。因而在一般革命群众、干部眼里,他也不似先时那样稀有、宝贵了。不久,上级号召"三结合"领导班子里的群众代表要实行"三不脱离",回原单位抓革命、促生产。他也就回到了芙蓉镇,担任本镇大队革委主任一职。这一来他就又成了李国香同志的下级。凤还是凤来鸡还是鸡。

人是怕吃后悔药的。这是生活的苦果。一年前李国香曾经为栽培了吊脚楼主而悔恨,一年后吊脚楼主因在一些公开场合揭批过李国香而痛悔。这都怨得了谁啊,大运动风风雨雨,反反复复,使得臣民百姓紧跟形势翻政治烧饼……有时王秋赦真恨不得要咬掉自己的舌头!多少次自己掌自己的嘴:"蠢东西!混蛋!小人得志!狗肉上不得大台盘!是谁把你当根子,是谁把你送进了党,是谁放你到北方去取经参观?人家养条狗还会摇尾巴,你却咬主人,咬恩人……"王秋赦苦思苦想,渐渐地明白了过来,今后若想在政治上进步,生活上提高,还是要接近李国香,依靠杨民高。就像是宝塔,一级压一级,一级管一级。他不是木脑壳,虽是吃后悔药可悲,但总比那些花岗岩脑壳至死不悔改的好得多。

且说李国香主任在芙蓉镇供销社门市部楼上,有一个安静的住处。一进两间,外间办公、会客,一张办公桌,一张藤靠椅,几张骨牌凳。墙上挂着领袖像,贴着红底金字语录,"老三篇"全文。还有宝书柜,忠字台,一架电话机。整个房间以红色为主,显示出主人的身份和气度。至于里间卧室,不便描述。我们不是天真好奇的红卫兵,连一个三十几岁单身女人的隐私也去搜查,于心何忍。这房间一到下午六点后,楼下的门市部一关门,供销社职工回了后院家属宿舍,就僻静得鬼都打死人。

王秋赦开始一次又一次地到这"主任住所"来汇报、请示工作,而且总要先在门口停一下,抹抹头发,清清喉咙,战战兢兢。李国香却一直不愿私下接待他,所以他一直没有能进得门。他也没有气馁,相信只要自己心诚,总有一天会感动女主任。是座碉堡也会攻破么。

"李主任,李书记……"这天,他又轻轻敲了敲门板。"谁呀?"李国香不知在里头和谁笑嘻嘻的。"我、我……王秋赦……"他喉咙有些发干,声音有些打结。"什么事呀?"李国香和悦的声音一下子就变得又冷又硬。"我有点子事……""有事以后再讲。我这里正研究材料,不得空!"

王秋赦霉气地回到吊脚楼,真是茶饭无心。好在他大小仍是个大队的"一把手",来找他请示汇报工作的队干部,来向他反映各种情况的社员,还是一天到晚都有;上传下达的"最新指示"、"重要文件"也多,所以他的日子颇不寂寞。过了几天的一个下午,他着意地修整打扮一番,他先去镇理发店理了发,刮了胡子修了面。在白衬衣外头罩了件"涤卡",裤子也是刚洗过头水的,鞋子则是那双四季不换的工农牌猪皮鞋。一直挨到镇上人家都吃晚饭了,窗口上闪出了灯光,他才朝供销社楼上走去。这回他下了决心,不跟李主任碰上头,把当讲的话都讲讲,他就不回吊脚楼了。

鬼晓得为什么,当他从供销社高围墙的侧门进去时,心口怦怦跳,就像要做什么见不得人的事情似的,蹑手蹑脚。幸好,他没有碰上任何人。他在"主任住所"门口站了站,才抬手敲了敲门:

"李主任,李书记……"

"谁呀?请进来!"屋里的声音十分和悦。

王秋赦推门进屋。李国香正坐在圆桌旁享用着一只清焖鸡。

"你?什么事?你最近来过好几次吧,是不是?有话就讲吧。"

今下午客人多,像从旱灾区来的,把三壶开水都喝干了。"

李国香只看了他一眼,就又把注意力集中到清焖鸡上去了。可是这一眼,给王秋赦的印象很深,觉得女主任是居高临下望了望他,眼神里充满了冷笑、讥讽,而又不失她作为一位领导者对待下级那种满不在乎的落落气度。

"李主任,我、我想向领导上做个思想汇报,检讨……"关键时刻,王秋赦的舌头有点不争气,打结巴。

"思想汇报?检讨?你一个全县有名的标兵,到处讲用,表现很好嘛!"李国香略显惊讶地又看了王秋赦一眼,积怨立即像一股胡椒水袭上了心头,忍不住挖苦说,"王支书,你也不要太客气,太抬举我了。俗话讲,强龙斗不过地头蛇。只怕我这当公社干部的,想巴结你们还巴结不上哪!我头上这顶小小的乌纱帽,还拿在你这些人手里,随时喊摘就摘哪!"

"李主任,李书记……你就是不笑我,骂我,我都没脸见人……特别是没脸来见你……我是个混蛋,得意了几天,就忘记了恩人……"王秋赦的脑壳垂下来,像一穗熟透了的谷子。他自己弓着身子找了张骨牌凳坐下,双膝并拢,双手放在膝盖上,坐得规规正正。

"那你怎么还来见我?这样不自爱、自重?"李国香这时仿佛产生了一点好奇心,边斜着脸子咬鸡腿,边饶有兴味地问。作为领导人,她习惯于人家在她面前低三下四。

"我、我……文化低,水平浅,看不清大好形势……只晓得跟着喊口号,是只丑八哥,学舌都学不像……"王秋赦不知深浅地试试探探,留神观看着女主任脸上的表情。

"你有话就讲吧。我一贯主张言者无罪,半吞半吐倒霉。"李国香又看了他一眼。女主任忽然发觉王秋赦今晚上的长相、衣着都颇不刺目,不那么叫人讨嫌。

"我向你当主任的认罪,我是个坏坯!忘恩负义的坏坯!我对不起你主任,对不起县里杨书记……是你和杨书记拉扯着我,才入党,当支书,像个人……可我,可我,也跟人学舌,在讲用会上牙黄口臭批过杨书记和你,我是跟形势……如今我天天都吃后悔药……我真恨不得自己捆了自己,来听凭你领导处置……"王秋赦就像一眼缺了口子的池塘,清水浊水哗哗流。提起旧事,辛酸的热泪扑扑掉,落在楼板上滴答响。"……我亏了你主任的苦心栽培……我对不起上级。我这一跤子跌得太重……我如今只想着向你和杨书记悔过,请罪……我真该在你面前掌自己一千回嘴……"

李国香听着听着,先是蹙了一会儿眉头,接着闷下脸来。王秋赦的哭泣痛悔,仿佛触动了她心灵深处的某根孤独、寂寞的神经,唤醒了几丝丝温热的柔情……她的脸色有些沮丧,用帕子抹了抹双手上的油腻,身子跌坐在藤围椅里,一副软塌无力的样子。她神思有些恍惚……但只恍惚了几秒钟,就又坐直了身子,扬了扬眉头,仍以冷漠、鄙夷的目光盯住了王秋赦:

"都过去了!过去就过去了。是你记性好,有些什么事,我都记不得了……我才不在乎呢。人家骂几声,批几句,对我是教育、帮助。你倒是这么一提再提,又是认错啦,又是检讨啦,我可没要你这样做……你吃不吃什么后悔药,我也不感兴趣……"

"李主任,我是诚心诚意的……我晓得,你最是心软,肯饶人……"王秋赦留神到女主任仍然打着官腔,拒他于千里之外,心里扑通扑通,捏了两手冷汗,感到一种痛苦的失望。但他不能到此为止,知难而退。一定要讲出点有吸引力的东西来,使女主任意识到自己也还有点使用的价值……这时刻他倒是头脑十分冷静。他想起前些时听人讲过,大队秘书黎满庚和"四清"下台干部谷燕山深更半夜打狗肉平伙,两人喝得烂醉,讲了不少反动话,"北方大兵"还在雪地里骂了大街……对了,就先呈上这个"情况"。反正这年月,你不告人家,人家还告你呢。

"李主任,我想趁便向你反映点本镇的新动向……"

"新动向?什么新动向?"

果然,李国香一听,就侧过身子转过脸,眼睛都闪闪发亮。

"秦书田这些五类分子,最近大不老实啊。"话宜曲不宜直,王秋赦有意绕了个弯子汇报说,"大队勒令他们每天早请罪,晚悔过,他们竟比贫下中农还到得迟!如今全大队百分之八十的人都参加做忠字操、跳忠字舞了。就是一些老倌子、老太婆顽固,不肯做操、跳舞。他们宁肯对着光辉形象打拱作揖……"

"你不要东拉西扯。五类分子是些死老虎、死蛇。问题在一些活老虎、活蛇。"李国香眯缝起眼睛,凝视着王秋赦。这冰冷的目光使得王秋赦心里打着哆嗦,直发冷。李国香忽然来了兴趣,决定放出一点诱饵,逗引一下这条"秋蛇":"作为一个革命干部,眼睛不能光盯着定了性、戴了帽的,更重要的是要盯住那些没有定性、戴帽,混在群众里头的……镇上原先的几个人物,谷燕山他们都有些什么新活动,嗯?"

王秋赦不由地心里一紧,要是女主任已经掌握了谷燕山、黎满庚打狗肉平伙的材料,自己再汇报,岂不是一个屁钱都不值?他咬了咬牙,还是硬着头皮把自己了解的"北方大兵"和前任支书那晚上的有关言论,添油加醋地披露了出来。还提出黎满庚继续担任大队秘书不合适。

"王支书!你和我坐到这圆桌边上来,陪我也喝杯酒!"出乎王秋赦的意外,李国香对他呈告的情报大感兴趣,立时就对他客气了许多,并转身从柜子里拿出一瓶酒,两只玻璃杯,一碟油炸花生米。"莫以为只你们男人才有海量,来来,我们比一比,看看谁的脸块先变色!"

对于这个"突变",王秋赦真有点眼花缭乱,受宠若惊。他立即从李国香手里接过了酒瓶,哗剥哗剥地筛满两只玻璃杯,才侧着身子在圆桌边坐下,恭敬地、眼睛一眨不眨地看着女主任。

"来!我们干了这一杯!"李国香十分懂行地把杯子端得高过眉头,从杯底看了王秋赦一眼。吊脚楼主也举起杯,从杯底回了女主任一眼。接着两只玻璃杯一碰,各自痛快地干了。

"给你这只鸡腿。你牙齿好,把它咬干净!"为了表示信赖和亲热,李国香把一只自己咬了一半的鸡腿夹给王秋赦。王秋赦欠欠身子,双手接了过来。

"队上、镇上还有些什么动静、苗头?"女主任边满意地欣赏王秋赦有滋有味地咬着那鸡骨头的馋相,边问。

"镇上是庙小妖风大啊。特别是近几年来搞大民主,就鲤鱼、鳙鱼、跳虾都浮了头……你主任没听讲,抓'小邓拓'那年被开除回家的税务所长,如今正在省里、地区告状,要求给他平反。"王秋赦放低了声音,眼睛不由得瞟了瞟房门。

"这是一。官僚地主出身、'四清'下台的原税务所长闹翻案。"李国香脸色沉静,扳开了手指头。

"青石板街又成立了一个造反兵团,立山头……听说供销社主任暗里抻的头……他们还想请谷燕山出马当顾问,但谷燕山醉醉糊糊的,不感兴趣。"

"这是二。新情况,造反兵团,主谋是供销社主任,谷燕山醉生梦死,倒是不感兴趣。"

李国香已经拿出那个贴身的笔记本,记起来了。

"粮站打米厂的小伙计……"

"怎么?"

"偷了信用社会计的老婆!"

"呸呸!放你娘的屁!谁要你汇报这个!"

李国香身子朝后一躲,竟也绯红了脸,头发也有些散乱。

"不不,是信用社会计的老婆无意中对米厂的小伙计讲,她老公准备到县里去告你主任的黑状……"

"啊啊,这是三。新情况,新情况。"李国香不动声色,"你看看,一个领导干部,不走群众路线,不多几根眼线、耳线,就难以应付局面……你还掌握了一些什么动向,都讲出来,领导上好统筹解决。"

"暂时就是这些。"王秋赦这时舌头不打结了,喝酒夹菜的举止,也不再那样战战兢兢、奴颜婢膝了。仿佛已经在女主任面前占了一席之地。

"王秋赦!"女主任忽然面含春威,眉横冷黛,厉声喝道。

"李主任……"王秋赦浑身一震,腿肚子发抖,站了起来,"我、我……"一时,他在女主任面前又显得畏首畏尾。

"坐下,坐下。你不错,你不错……"李国香离开藤椅,在王秋赦身边踱来踱去,仿佛在考虑着重要决策,"我要一个一个来收拾……你们大队的基干民兵多少枪?"

"一个武装排。"王秋赦摸不着头脑,又感到事关重大。

"这个排是不是你控制着?"李国香又问。

"还消讲?我是大队支书!"王秋赦胸口一拍。

"好!不能让坏人夺了去。今后没有我的命令,谁也不准动!"

"我拿我的脑壳作保,我只对你主任负责,听你主任指挥!"

"坐下,坐下。我们还没有必要这样紧张嘛。"李国香的双手按在王秋赦肩膀上。王秋赦顺从地坐下。他一时有点心猿意马,感觉到了女主任的双手十分的温软细滑。"权在我们手里,我们就要用文斗。只有手里无权的人,才想着要武斗。我这意思,你懂吗?动刀动枪,是万不得已的下策……还有个黎满庚,我们要把他拉住,稳住他,还是要他在你手下当大队秘书。今天革命的一个核心任务,就是要防止谷燕山他们复辟,重新在镇上掌权,搞阶级调和,推行唯生产力论、人性论、人情味那一套……我这意思,你懂吗?"

王秋赦对女主任的见地、胆识,真要佩服得五体投地了。他脑壳点动得像啄木鸟。

李国香回到圆桌对面的藤围椅上坐下。她双手扶着藤围椅边,眼睛一眨不眨地望着吊脚楼主,仿佛有了几分醉意:"我们实话实说,王支书,对你的悔改、交心,我很满意。我们既往不咎吧。俗话讲,一个篱笆三个桩,一个好汉三个帮。我不是好汉,但我手下需要几个得力的人。我还要考验考验你……我不是跟你许愿,只要你经得起考验,我可以在适当时候,对县革委杨主任他们提出,看看能不能让你当个脱产的公社革委会副主任……"

真是一声春雷!王秋赦心都颤抖了起来。妈呀,再不能错过这个机遇,错过这个决定他后半生命运的天赐良缘了。为了表示自己的决心,他不由得站起身子,扑通一声就跪倒在女主任的身前:

"李主任,李主任!我、我今后就是你死心塌地的……哪怕人家讲我是一条……我就是你忠实的……"

李国香起初吃了一惊,接着是一脸既感动又得意的笑容,声音里难免带着点陶醉的娇滴:"起来,起来!没的恶心。你一个干部,骨头哪能这么不硬,叫人家看了……"

王秋赦没有起来,只是仰起了脸块。他的脸块叫泪水染得像

只花猫一样。女主任心里一热,忍不住俯下身子,抚了抚他的头发:

"起来,啊,起来。一个大男人……新理了发?一股香胰子气。你的脸块好热……我要休息了。今晚上有点醉了。日子还长着呢,你请回……"

王秋赦站起身子,睁着痴迷的眼睛,依依不舍地看着女主任,像在盼着某种暗示或某项指令。

五 扫街人秘闻

秦书田和胡玉音两个五类分子,每天清早罚扫青石板街,已经有两三个年头了。两人都起得很早。他们一般都是从街心朝两头扫,一人扫一半。也有时从两头朝街心扫,到街心会面。好在青石板街街面不宽,又总共才三百来米长。一年三百六十五天,闰年三百六十六天,当镇上的人们还在做着梦、睡着宝贵的"天光觉"时,他们已经挥动竹枝扫把,在默默地扫着、默默地扫着了。好像春天、夏天、秋天、冬天,都是在他们的竹枝扫帚下,一个接一个地被扫走了,又被扫来了。

秦书田扫街还讲究一点姿态步伐,大约跟他当年当过歌舞剧团的编导有关系。他将扫帚整得和人一般高,腰杆挺得笔直的,右手在上,左手在下,握着扫帚就和舞蹈演员在台上握着片船桨一样,一摆一摆地挥洒自如;两脚则是脚尖落地,一前一后地移动着,也像在舞台上合着音乐节拍滑行一般。由于动作轻捷协调,他总是扫得又快又好,汗都少出。而且每天都要帮着胡玉音扫上一长截。胡玉音则每天早晨都是累出一身汗,看着秦癫子挥动扫帚的姿态感到羡慕。这本是一件女人要强过男人的活路。

说起秦癫子这些年来的表演,也是够充分的了,令人可鄙又可笑。在"四清"运动时,他是本镇大队五类分子里被斗得最狠的一个。之后,改组后的大队党支部征得工作组的同意,继续由他担任五类分子的小头目。这叫以毒攻毒。只是在他的"右派"一词前边还加上"铁帽"二字,意思是形容这顶帽子是不朽的,注定要戴进棺材里去。千万年以后发掘出来做文物,让历史学家去考证,研究撰写二十世纪中下叶中国乡村阶级斗争的学术论文。好在秦癫子没有成过家,没有后人。要不,他的这笔政治遗产还要世代相传呢。就是秦癫子自己也懂得:运动就要有对象,斗争就要有敌人。每村每镇,不保留几只死老虎、活靶子,今后一次次的群众运动,阶级斗争,怎么来发动,拿谁来开刀?每次上级发号召抓阶级斗争,基层干部们就开上几次大会,把五类分子往台上一揪,又揭又批又斗,然后向上级汇报,运动中批斗了多少个(次)阶级敌人,配合吃忆苦餐,忆苦思甜,教育了群众,提高了觉悟等等。有些五类分子死光了的生产队,就让他们的子女接位,继续他们的反动老子没有完成的职责。要不,你叫基层干部、贫下中农怎么来理解整个社会主义历史时期,始终存在着阶级、阶级矛盾和阶级斗争?不理解,又怎么来抓这一头等重大的历史使命？在广大的乡村,基层干部们都拿工分不拿薪金,谈不到什么"走资派"、"资产阶级代理人"。基层干部、社员群众只能从五类分子及其子女身上,来看待、认识阶级和阶级斗争的历史延续性,来年年唱、月月讲、天天念。要不然,这关系到"党和国家前途命运"的百年大计、万年大计,又怎么讲？谁又讲清楚过？老天爷！诚然,土地改革后在广大乡镇进行的历次运动中,也曾经重新划分过阶级成分。可是生产资料公有了,不存在私有制人剥削人的问题了,就以伸缩性极大的政治态度为依据。但仍然存在着遗产的继承问题,即各个阶级的子孙世袭上辈祖先的阶级成分问题……唉唉,子孙的问题就留给子孙去考究吧。如果祖先把下辈的问题都解决了,子孙们岂不会成为头脑简单、无所作为的白痴？危言耸听,不可思议。我们还是言归正传,来看看铁帽右派秦癫子这些年来的各色表演吧。

一九六七年,正是红色竞赛、"左派"争斗的鼎盛时期,不知从哪里刮来一股风,五类分子的家门口,都必须用泥巴塑一尊狗像,以示跟一般革命群众之家相区别,便于群众专政。就跟当时某些大城市的红五类子女佩红袖章当红卫兵,父母有一般历史问题的子女佩黄袖章当"红外围",黑八类子女佩白符号当"狗崽子"一样。本镇大队共有二十二个五类分子,必须塑二十二尊狗像。这是一项义务工,没有工分补贴,自然就又派到了能写会画的铁帽右派秦癫子头上。秦癫子领下任务后,就从泥田里挖上了一担担黏泥巴,一户五类分子家门口堆一担。这简直是一项艺术性劳动。每天都有许多人围观、评议、指点。他兢兢业业,加班加点。不出一月,二十二户五类分子家门口,就塑起了二十二尊泥像。有男有女,有高有矮,有胖有瘦。每尊泥像下边还标出每个黑鬼的名号职称,并多少具备一点那分子的外貌特征。这一时成了本镇大队的一大奇闻。大人小孩自动组织起鉴赏、评比。一致认为,以秦癫子自己屋门口的狗像塑得最为生动,最像他本人形状。

"癫子老表!你家伙自私自利,把工夫都花到捏你自己的狗像上!"

"嘿嘿,不是自私自利……最高指示讲,生活是文学艺术的唯一源泉……当然是我自己最熟悉我自己啰,也就捏得最像啰。"

但秦癫子的"艺术性劳动"有个重要的遗漏,竟忘了在老胡记客栈门口替年轻的富农寡妇胡玉音塑一尊泥像。这一"阴谋"过了好长一段时间才被人发觉,立即对他组织了一次批斗,审问他为什么要包庇胡玉音,和胡玉音到底有些什么勾结。他后颈窝一拍,连忙低头认罪,原来他只是记下了本镇大队五类分子的老人数,而忘记了"四清"中新划的富农。他嘴巴答应以实际行动悔过,却又拖了好些时日。不久上级就传下精神来,对敌斗争要讲质量和政策,对五类分子要从思想上批深批透,批倒批臭,而不要流于形式。因此,老胡记客栈门口才一直没有出现泥像。胡玉音对秦书田自是十分感激。据说秦书田挨批斗那晚上,她躲在屋里哭肿了眼睛。秦大哥是在代她受过啊,救了她一命啊。要不,她见到自己门口的泥像被小娃娃们扯起裤子尿尿,真会寻短见的。

虽说上级文件上要求不搞形式主义，但每次五类分子游街示众，黑牌子还是要挂，高帽子也是要戴。芙蓉镇地方小，又是省边地界，遥远偏僻。听讲人家北京地方开斗争大会，还给批斗对象挂黑牌，插高标，五花大绑呢。有些批斗对象还是大干部、老革命呢。北京是什么地方，芙蓉镇又是什么地方，算老几？半边屋壁那么大的地图上，都找不到火柴头大的一粒黑点呢。不用说，本镇大队二十三个五类分子的黑牌子，又是出自秦癫子的高手。为了表现一下他大公无私的德行，他自己的黑牌子特意做得大一点。他在每块黑牌上都写明每个五类分子的"职称"，"职称"下边才是姓名，并一律用朱笔打上个"✕"，表示罪该万死，应当每游街示众一次就枪毙一回。他这回又耍了花招，"新富农分子胡玉音"的黑牌没打红叉叉。好在人多眼杂眼也花，他的这一"阴谋"竟也一直没有被革命群众雪亮的眼睛所发现，蒙混过了关。摆小摊卖米豆腐出身的新富农分子胡玉音，每回游街示众时都眼含泪花，对他的这番苦心感恩不尽。同是运动落难人啊。在这个冷漠的世界上，她还是感受到了一点儿春天般的温暖。

镇上的人们说，秦癫子十多年来被斗油了，斗滑了，是个老运动员。每逢民兵来喊他去开批斗会，他就和去出工一样，脸不发白心不发颤，处之泰然。牵他去挂牌游街，他也是熟门熟路，而且总是走在全大队五类分子的最前头，俨然就是个持有委任状的黑头目。"秦书田！""有！""铁帽右派！""在！""秦癫子！""到！"总是呼者声色俱厉，答者响亮简洁。"一批两打、清理阶级队伍"运动开始时,全公社召开万人大会进行动员。各大队的五类分子也被带到大会会场示众,一串一串的就像圩场上卖的青蛙一般。示众之后,他们被勒令停靠在会场四周的墙角上接受政策教育。可是后来大会散了,人都走光了,芙蓉镇大队的二十三名五类分子却被丢弃在墙角,被押解他们来的民兵忘记了。严肃的阶级斗争场合出现了一点儿不严肃。可是当初宣布大会纪律时有一条:没有各大队党支书的命令,各地的五类分子一律不准乱说乱动,否则以破坏大会论处。这可怎么好?难道真要在这墙角待到牛年马月?后来还是秦癫子想出了一个办法,他叫同类们站成一行,喊开了口令:"立正!向左看齐!向前看!报数,稍息!"紧接着,他煞有介事地来了个向后转,走出两步,双脚跟一碰,立正站定,向着空空如也的会场,右手巴掌齐眉行了个礼,声音响亮地请示说:"报告李书记!王支书!芙蓉镇大队二十三名五类分子,今天前来万人大会接受批判教育完毕,请准许他们各自回到生产队去管制劳动,悔过自新!"他请示完毕,稍候一刻,仿佛聆听到了谁的什么指示、答复似的,才又说:"是!奉上级指示,老实服法,队伍解散!"这样,他算手续完备,把大家放回来了。

大清早,雾气蒙蒙。芙蓉镇青石板街上,狗不叫,鸡不啼,人和六畜都还在睡呢,秦书田就拖着竹枝扫帚去喊胡玉音。彼此都是每天早起见到的第一个人。他们总要站在老胡记客栈门口,互相望一眼,笑一笑。

"大哥,你起得真早。回回都是你来喊门……"

"玉音,你比我小着十把岁,哪有不贪睡的。"

"看样子你是晚上睡不大好啰?"

"我?唉,从前搞脑力劳动,就犯有失眠的毛病。"

"晚上睡不着,你怎么过?"

"我就哼唱《喜歌堂》里的歌……"

提起《喜歌堂》,他们就都住了口。《喜歌堂》,这给他们带来苦难、不幸的发灾歌……渐渐地,他们每天早晨的相聚,成了可怜的生活里的不可缺少的一课。偶尔某天早晨,谁要是没有来扫街,心里就会慌得厉害,像缺了什么一大块……就会默默地一人把整条街扫完,然后再去打听、探望。直到第二天早晨又碰到一起,互相看一眼,笑一笑,才心安理得。

这天早晨,有雾。他们从街心扫起,背靠背地各自朝街口扫去。真是万籁俱寂,街道上只响着他们的竹枝扫把刮在青石板上的沙沙沙,沙沙沙……秦书田扫到供销社门市部拐角的地方,身子靠在墙上歇了一歇,忽然听得供销社小巷围墙那边的侧门吱呀一声开了,他忍不住侧出半边脸块去看了看,但见一个身坯粗大的黑影,从侧门闪了出来,还反手把门带严。"小偷!"秦书田吓了一跳。但是不对,那人两手空空,身上也不鼓鼓囊囊,哪有这样的小偷?他心里好生奇怪,眼睁睁地看着那黑影顺着墙根走远了。他晓得供销社的职工们都是住在后院宿舍里,楼上只有女主任李国香住着。这溜走的人背影有些眼熟。这是什么好事呢?他没有吱声,也不敢吱声。这天中午,他还特意到供销社门口去转了转,也没有听见供销社里的人讲丢失了什么东西。

过了几天。早晨没有雾。秦书田和胡玉音又从街心分手,各自朝街口扫去。他扫到供销社围墙的拐角处,又身子靠在墙上歇了歇。这回,他不等围墙的侧门吱呀响,就从墙角侧出半边脸块去盯着。不一会儿,侧门吱呀一声响,一个身坯粗大的黑影又从门里闪了出来,反手关了门,匆匆地顺着小巷墙根走了。秦书田这可看清楚了,暗暗吃了一惊,是他!天呀,天天钻进这围墙里去做什么?事关重大,秦书田不敢声张。但他毕竟是"人还在,心不死",就拖着扫帚跑到另一头去,把胡玉音叫到一个僻静的角落,对着年轻寡妇的耳朵,透出了这个"绝密"。讲后又有些怕,一再叮嘱:"千万千万不能告诉第三个人。这号事,街坊邻居都管不了,我们只能当睁眼瞎。何况,我们又是这种身份……""是他?""是他。""那一个呢?""是她。""他,她,他,鬼晓得你指的是哪个他,她。"胡玉音却很开心似的,脸盘有点微微泛红:"鬼!你对着人家耳朵讲话,满口的胡子也不刮刮,戳得人家的脸巴子生痛!""啊,啊啊,我的胡子……一定刮干净,天天都刮!"他们脸块对着脸块,眼睛对着眼睛,第一次挨得这么近。

又是一天清早,秦书田想出了一个鬼主意。他和胡玉音在街心会齐了,把这鬼主意说了。胡玉音只笑了笑,说了声"由便你"。他们头一回犯例违禁,没有先扫街,而是用铲子从生产队的牛栏门口刮来了一堆稀家伙,放在供销社小巷围墙侧门的门口,开门第一脚就会踩着的地方。然后,两人躲到门市部拐弯的墙角,露出半边脸子去盯守着。真讨嫌,这早晨又有雾。他们的身子不觉地偎依在一起,都没有留意。等了好一会儿,他们听到了门市部楼上有脚步声,下楼来了。秦书田个头高,半蹲下身子。胡玉音把腮帮靠在他的肩膀上,朝同一个方向看着。他们都很兴奋,也很紧张,仿佛都感觉到了彼此心房跳动的声音。胡玉音的半边身子都探出了墙角,秦书田站起身子伸出手臂把她搂了回来,再也没有松开,还越搂越紧,真坏!胡玉音狠狠地拍了两下,才拍开。小巷侧门吱呀一声开了,那黑影闪将出来,肯定是头一脚就踩在那稀家伙上边了,砰咚一声响,就像倒木头似的,跌翻在青石板上。那人肯定是脑壳被重重地撞了一下,倒在石板上哼着哎哟,好一刻都没见爬起来。"活该!活该!天杀的活该!"胡玉音竟像个小女孩似的拍着双手,格格地轻轻笑了起来。秦书田连忙捂住她的嘴巴,捉住她的手,瞪了她一眼。秦书田的手热乎乎的,不觉的有一股暖流传到了胡玉音的身上,心上。

两个扫街人继续躲在墙角观看,见那人哼哼哟哟,爬了几下都没有爬起来,看来是跌着什么地方了。秦书田起初吓了一跳,跟着心里一动,觉得这倒是个"立功赎罪"的机会,便又附在胡玉音的耳朵上"如此这般"地说了说。不过他的腮帮已经刮得光光溜溜了,再没有用胡子戳得人家的脸巴子生痛。胡玉音听了他的话,就推开他的双手,转身到街口扫街去了。

秦书田轻手轻脚地走回街心,然后一步一步地扫来。忽然,他发现了什么似的,拖着个竹枝扫把,大步朝供销社围墙跑来,一迭连声地问:"那是哪个?那是哪个?"

他来到巷子围墙下,故作吃惊地轻声叫道:"王支书呀!怎么走路不小心跌倒在这里呀?快起来!快起来!"

"你们两个五类分子扫的好街!门口的牛粪滑倒人……"王秋赦坐了一屁股的稀家伙,浑身臭不可闻。他恨恨地骂着,又不敢高声。

"我请罪,我请罪。来来,王支书,我、我扶你老人家起来。"秦书田用手去托了托王秋赦那卡在阴沟里的一只脚。

"哎哟喂!痛死我了!这只脚扭歪筋了!"王秋赦痛得满头冷汗。

秦书田连忙放开脚,不怕脏和臭,双手托住王秋赦的屁股,把他扶坐在门槛上。

"怎么搞?王支书,回家去?还是送你老人家去卫生院?"秦书田关切地问。

"家里去!家里去!这回你秦癫子表现好点,把我背回去。哎哟,日后有你的好处。哎哟……"王秋赦疼痛难忍,又不敢大声呼喊,怕惊动了街坊。

秦书田躬下身子,把王秋赦背起就走。他觉得吊脚楼主身体强壮得像头公牛,都是这几年活学活用油水厚了啊,难怪要夜夜打栏出来寻野食,吃露水草。

"王支书!你老人家今天起得太早,运气不好,怕是碰到了倒路鬼啊!"

"少讲屁话!你走快点,叫人家看见了,五类分子背党支书,影响不大好……回头,回头你还要给我上山去寻两服跌打损伤的草药!"

伤筋动骨一百天。吊脚楼主在床上整整躺了两个多月。幸亏有大队合作医疗的赤脚医生送医上门,并照顾他的起居生活。李国香因工作忙,暂时抽不出时间来看望。她离开了镇供销社楼上的"蹲点办",回到县革委坐班去了。

秦书田和胡玉音照旧每天天不亮起床,把青石板街打扫得干干净净。开初,他们两人都很高兴。每天早晨拖着竹枝扫帚在老胡记客栈门口一碰面,就你看着我,我看着你,脸发热,心发慌。通过定计捉弄王秋赦,他们一天比一天地亲近了。简直有点谁也不愿意离开谁似的了。他们心里都压抑着一种难以言状的痛苦,一种磨人的情感啊……有一天天落黑时,秦书田竟给她送来了一件浅底隐花的确良衬衫,玻璃纸袋装着,一根红丝带扎着……天啊,她都吓慌了。从没见过这种料子的衣服。自己成了这号人还配穿吗?穿得出吗?秦书田走后,她把衬衫从玻璃纸袋里取出来,料子细滑得就和绸子一样。她没舍得穿。她把衣服紧紧地搂在胸口,捂在被窝里哭了整整一夜。她像捧着一颗热烈的心,她有了一种犯罪的感觉。她决定第二天乘人不备时去上一次坟,去桂桂的坟头上烧点纸,把心事和桂桂讲讲,打打商量。桂桂生前总是依着她,顺着她,娇她,疼她。桂桂的魂,也会保佑她,谅解宽恕她,她盼着桂桂晚上给她托个梦……第二天大清早,秦书田来敲门,约她去扫街时,她三下两下就把花的确良衬衫穿上了,当里衣,贴心又贴肉。可是她连衣领子都塞了进去,叫人看不出。

他们默默地扫着青石板街……本来都好好的,秦书田却突然手里的扫把一丢,张开双臂,胆大包天,紧紧搂住了她!"你疯了?天呀,秦大哥,你疯了?书田哥……"胡玉音颤着声音,眼里噙满了泪花……她抽泣着,让秦书田搂抱爱抚了好一会儿,才把他推开了,推开了。她好狠心,但不能不推开呀。天,这算哪样一回事呀?都当了反革命,沦为人下人,难道还能谈恋爱,还可以有人的正常感情?不行,不行,不行……她好恨,她好恨呀,恨自己心里还有一把火没有熄灭!为什么还不熄灭?为什么不变成一个木头人,一个石头人?你这磨难人的鬼火!生活把什么都夺走了,剥去了,生活已经把她像个麻风病患者似的从正常人的圈子里开除出来了,入了另册,却单单剩下了这把鬼火。整整一早晨,她都一边扫街一边哭。

出了这件事后,连着好几天早晨,他们都只顾各自默默地扫着街,谁都不理睬谁。他们心里都很痛苦。他们却渴望着过上一个"人"的生活。秦书田倒是跟往常一样,每天清早照例到老胡记客栈门口来默默地守候着,直到胡玉音起了床,开了门,他才默默地转身离去……时间,像一位生活的医生,它能使心灵的伤口愈合,使绝望的痛楚消减,使某些不可抵御的感情沉寂、默然。尽管这种沉寂、默然是暂时的,表面的。大约过了半个来月,秦书田仿佛冷静了下来。胡玉音就对他笑了,又叫开了"秦大哥"。而且那笑容里,那声音里,比原先多出了一种浓情蜜意。从此,他们仿佛达成了一种默契,不再提那要把人引入火坑的罪恶。反倒彼此都觉得坦然、亲近。生活又回到了旧的轨迹。他们就像这青石板街上的两台扫街机,不晓得自己为什么活着,为什么还能活着。但这种局面没有维持多久。不久,胡玉音害了伤风,发着高烧,睡在床上说胡话。难为秦书田每天早起一人服两人的劳役,挥着竹枝扫把从街头扫到街尾。而后又发挥自己的一点可怜的医药知识,上山采来药草,料理"同犯"吃喝。山镇上的人们早就不大关心这两个人物了,因此谁都没有注意。胡玉音病得每天只能歪在床上就着秦书田的双手吃喝汤药。每天,胡玉音都要含着眼泪、颤着声音喊几声"书田哥……"

贵人有贵命,贱人有贱命。过了十来天,胡玉音的病好了,又天天早起扫街了。一天早晨五点钟左右,秦书田又去叫醒了胡玉音,两人又来到了街心。可是这时电闪雷鸣,狂风大作。马上就有倾盆大雨了。今年春上的雨水真多。他们仍在机械地打扫着街道。不同的是,如今他们是肩并着肩地扫了,一边一个。暴雨说来就来,黑糊糊的天空就像一只满是砂眼的锅底,把箭杆一般的雨柱雨丝筛落了下来。

胡玉音忽然拉了秦书田就走,就跑!跑回老胡记客栈,两个人都成了落汤鸡。屋里还是一片漆黑。他们身上已经没有一根干

纱。他们都脱着各自的湿衣服。脱下来的衣服都拧得出水。胡玉音在黑地里冷得浑身打哆嗦,牙齿也打战战:

"书田哥……书田哥,你来扶我一下,我、我冻得就像结了冰凌……"

"哎呀,病刚刚好,又来冻着。我扶你到床上去睡,在被窝里暖和暖和……"

秦书田摸索着,真是黑得伸手不见五指。他双手接触到胡玉音时,两人都吓了一跳,他们都忘记了身上的衣服已经脱光了……

风雨如磐,浩大狂阔。雷公电母啊,不要震怒,不要咆哮……雨雾雨帘,把满世界都遮拦起来吧。人世间的这一对罪人,这一对政治黑鬼啊,他们生命的源流还没有枯竭,他们性灵的火花还没有熄灭,他们还会撞击出感情的闪电,他们还会散发出生命的光热。爱情的枯树遇上风雨还会萌生出新枝嫩叶,还会绽放瘦弱的花朵,结出酸涩的苦果……

六 "你是聪明的姐"

胡玉音对于自己能够活下来,能够熬下去,还居然会和秦书田相爱,常常感到惊奇。每次挨斗挨打、游街示众后,她被押回老胡记客栈,就觉得自己活够了,只剩下一丝丝气没断了。有时连颈脖上的黑牌子都不爱取下来,就昏昏糊糊地和衣睡去。可是第二天一早醒来,简直不敢相信似的睁开眼睛:奇怪,还活着?为什么还不死啊!她伸手摸摸自己的胸口,胸口里边还在扑通、扑通地跳着。这就是说,她还应当起来,还应当去扫街……

她自艾自怜,曾经打算选下一个好点的日子死去,初一,或是十五。是的,死是自己的最后一件紧要事,一定要选个好点的日子。而且要死个好样子。不能用索子上吊,不能在胸口上戳剪刀,不能去买老鼠药吃。那样会死得凶,会破相。最好是投水。人家会打捞上来,会放得规规整整,干干净净。就像睡着了一样摆在块门板上,头发都不大乱。就只脸盘白得像张纸,而且有点发青,有点肿。胡玉音曾经是个观音菩萨跟前的玉女一般的人儿,死了,也应当是个玉女。变了鬼,都不会难看、吓人。

因之,她曾经好几次走到玉叶溪的白石桥上,望着溪水发呆。白石桥有三四丈高,溪水绿得像匹缎子。溪水两岸是湿漉漉的岩壁,岩壁上爬满了虎耳草、凤尾巴、藤萝花。若从岩岸边上看下去,水上水下,一倒一顺,有两座白石桥,四堵岩壁。人站在桥上,水里的倒影清楚得连脸上的酒窝都看得见。桥高,岸陡,水深。所以历朝历代,都有苦命女子到这桥上来寻自尽。久而久之,镇上居民就给这白石桥另取了个名字:孤女桥。每一次,胡玉音来到孤女桥上,低头一见自己落进水里的影子,就伤心,就哭:玉音啊,玉音,这就是你吗?你是个坏女人?你害过人?在镇上,你有什么生死对头?没有啊,没有!玉音在镇上蚂蚁子都怕踩得,脸都很少和人红,讲话都没有起过高腔,小娃儿都没有欺负过一个。你为人并不势利、刻薄,吝啬钱财,当初还周济过不少人……那又是为哪样啊?你不害人,不恨人,不势利,没有生死对头,人家还要整你、恨你、斗你?把你当作世界上最下作、最卑贱的女人?使你走路都抬不起头,人前人后扬不起脸,连笑都要先看看四周围……你是作了什么孽啊,要落得这样苦命,得到这样的报应!这个世道对自己太不公道,太无良心!每每想到这里,她就哭啊,哭啊,感到委屈,感到不平,就有了气!"我偏不死!我偏不死!我为什么要死?我犯了哪样法,哪样罪?我为什么活不得?"她站在孤女桥上,几次都没有跳下去。她就是不该一眼就看清了水里的那个自己……

她还曾经用别的法子作践过自己。有一回她三天三晚水米不沾牙。可是每天早晨起来都梳头、洗脸,每晚上都洗澡、换衣。第四天早上,她去扫街,晕倒在青石板街上。是秦书田把她背回老胡记客栈来,像劝亲人一样地劝她,像哄妹儿一样地哄她,打了一碗蛋花汤喂她。秦书田一边喂她一边哭。她还从没见过秦书田哭。这个铁帽右派无论是跪砖头挨批斗,挂黑牌游街,都是笑眯眯的,就和去走亲家、坐酒席一样。他乐天,不知愁苦。可如今,秦书田为了她,反倒哭了,使胡玉音冷却了的心,感到了一点点人世的温存。她从小就心软。她对人家心软,对自己也心软。原先桂桂在世、日子好过的时候,她最怕看得、最怕听得人家屋里的伤心事。秦书田,秦癫子……早就在护着她了。有段时间,她恨秦癫子。仿佛自己的不幸,就是秦癫子带来的。就是那年她成亲,秦癫子却带着歌舞团的妖精们来唱《喜歌堂》,反封建,开坏了她新婚的彩头……如今,秦书田大约就是要来悔补自己的过失。但过失是这样重大,即便是死三回,生三回,也找补不回来。其实,秦书田也是物伤其类啊,惺惺惜惺惺,造孽人怜惜造孽人。在胡玉音的病床边,秦书田还轻轻地哼《喜歌堂》里的《铜钱歌》给她听:"正月好唱《铜钱歌》,铜钱有几多?一个铜钱四个角,两个铜钱几个角?快快算,快快说,你是聪明的姐,她唱哩《铜钱歌》……"秦书田三个铜钱、四个铜钱地唱下去,一直唱到十个铜钱打止。"你是聪明的姐、聪明的姐啊",每唱到这一句,秦癫子就眼里含着泪花,忧伤地看着胡玉音。什么意思?"你是聪明的姐"啊,为什么要作践自己?为什么不活下去?世界不只是一个芙蓉镇。世界很大,天长日久啊。而且世界的存在也不能只靠搞运动,专门搞斗争。天底下还有许许多多别的事情。聪明的姐啊,聪明的姐,你是聪明的姐啊!……

古老的民歌,一声声呼唤着,叮咛着。生命的歌。也许正是这古老的从小就会唱、爱唱的歌,唤醒了胡玉音对生的渴望。她开始留心秦书田这个人。当了五类分子,做了人下人,还总是那么快活、积极。好像他的黑鬼世界里就不存在着凄苦、凌辱、惨痛一样。游街示众他总是俨然走在前头。接受批斗总是不等人吆喝、挥动拳脚,扑通一声先跪下,低垂下脑壳。人家打他的左边耳光,他就等着右边还有一下。本镇大队的革命群众和干部讲他不算死顽固,只是个老运动油子。开初胡玉音有些看不起他,以为他下作。但后来慢慢地亲身体会到秦书田的办法对头,可以少挨打,少吃苦。就是自己学不起。人家揪她的头发,刚一松手,她就忍不住伸开手指去理理梳梳。人家按下她的颈脖,弯腰九十度,她一直起腰,就要扯扯衣襟,扣好衣扣。人家罚她下跪,一允许她站起来,她立即就把双膝盖上的尘土拍拍干净。为了这习惯,她多挨了不少打,就是改不了。有人讲"这个新富农婆真顽固"。这时她就想着要早点死,叫人家骂不成,批不成,斗不成。

她所以还活着,还因为另一件事给了她强烈的刺激。就是那一回,外地来的那班无法无天似的男女红卫兵,讲着北方话或是操着长沙口音,把公社书记李国香也揪了出来,颈脖上挂着双破鞋游街!这算哪样回事啊,世界真是大,没听过、没见过的新奇事情真多。原来是你斗我,我斗你,斗人家,也斗自己……这天游街回来,不晓得为什么,她心里竟然感到快活。坏心眼,幸灾乐祸。她洗了脸,就去照镜子。镜子是妈妈留下来的。"四清"时只没收了新楼屋,改做了本镇的小招待所,而把老铺子留给她。她总怕有两三年没有照过镜子了。她发觉自己老多了,额角、眼角、嘴角都爬上了鱼尾细纹……但整个脸盘的大样子没变。头发还青黝,又厚又软。眼睛还又大又亮,两颊也还丰润。她自己都感到惊奇。她甚至有时神思狂乱地想:嗯,要是李国香去掉她的官帽子,自己去掉头上的富农帽子,来比比看!叫一百个男人闭着眼睛来摸、来挑,不怕不把那骚货、娼妇比下去……

有时候,她晚上睡得早,睡不着。天气燥热,她光着身子平躺在被盖上。她双手巴掌习惯地蒙住眼睛,像害羞似的,然后慢慢地往下抹,一直抹到胸脯上才停下来。胸脯还肉鼓鼓、高耸耸的,像两座小山峰。她真恨死自己了,简直还跟一个刚出嫁的大闺女一样……好可厌,她恨不能把它抹平。可是抹不平。哪里像个五类分子?五类分子一个个佝腰拱背,手脚像干柴棍,胸脯荒凉得像冬天的草地。就她和秦书田还像个人。这以后,她又恢复了照镜子的习惯。有时对着镜子自怨自艾,多半时候是对着镜子哭。哭什么?她哭心里还有一把火,没有熄。她唯愿这把火早些熄灭。

大雷雨的那个早上,那个漆黑的伸手不见五指的早上,她和秦书田身上都湿得不剩一根干纱,老天爷成全了他们的罪孽……人世间的事物,"第一"总是最可宝贵的。有了第一,就不愁第二。做得初一,就做得十五。镇上的人们的警惕性侧重于政治方面。阶级斗争真是无所不在,无孔不入。谁会想到罚两个"新五类分子"打扫青石板街,还会发生这类男女欢媾?他们被瞒过了,骗住了。也许是大环套小环一般的运动,走马灯一般的上台和下台,反复无定、朝是夕非的口号,使他们眼花缭乱,神经疲乏了。他们只觉得青石板街打扫得一天比一天干净,净洁得青石板发出暗光,娃娃们掉粒饭在上头都不会脏。还有秦书田和胡玉音两个五类分子出工非常积极,还抢队上的重活、脏活做。胡玉音脸蛋上的皱纹熨平了,泛出了一层芙蓉花瓣似的红润。她就像已经得到了准信,某月某日就会给她摘掉"新富农分子"的黑帽子一样。

铁帽右派和新富农寡妇,背着镇上的革命群众非法同居了。他们就像一对未经父老长者认可就偷情的年轻人,既时时感到胆战心惊,又觉得每分每秒都宝贵、甜蜜。只要在一起,他们就搂着,抱着,发疯似的亲着,吻着。长期压抑的感情一旦爆发,就表现为不可思议的狂热,表现为一种时间上的紧迫。好像随时都可能有一只巨手把他们分开,永生永世不得见面。他们是在抢时间。只有畸形的生活才有畸形的爱。他们明白这种胆大妄为是对他们的政治身份、社会等级的一次公然的挑战和反叛。晚上,他们从来不点灯。他们习惯,甚至喜欢在黑暗里生活。胡玉音总是枕着秦书田的手臂睡。有时睡梦里还叫着"桂桂,桂桂"。秦书田不会生气,还答应,仿佛他真的就是桂桂。桂桂还没有死,还在娇他、疼他的女人。桂桂的魂附在书田哥身上。书田哥常常哼《喜歌堂》给玉音听。一百零八支曲子,两百多首词,曲曲反封建。他曲曲都记得住,唱得出。胡玉音佩服他的好记性,好嗓音。

"玉音,你的嗓音才好哪。那一年,我带着演员们来搜集整理《喜歌堂》,你体态娴娜,声清如玉,我们真想把你招到歌舞团去当演员哪。可你,却是十八岁就招郎,就成亲……"

"都是命。怪就怪你们借人家的亲事,来演习节目、坏了彩头……我和桂桂命苦……"

"你又哭了?又哭。唉,都是我不好,总是爱提些老话,引得你来哭。"

"书田哥,不怪你。是我自己不好,我命大,命独。我不哭了,你再唱支《喜歌堂》来听……"

秦书田又唱了起来:

我姐生得像朵云,映着日头亮晶晶。

> 明日花轿过门去,天上狮子配麒麟。
> 红漆凳子配交椅,衡州花鼓配洋琴。
> 洞房端起交杯酒,酒里新人泪盈盈。
> 我姐生得像朵云,随风飘荡无定根……

胡玉音不觉地跟着唱,跟着和。他们都唱得很轻,铺外边不易听得见。他们有时唱的词不同,曲不同。胡玉音唱的是原曲原词,秦书田唱的是他自己改编过的词曲,大同小异。唱到不同处,他们只是互相推一推,看一眼,却又谁都不去更正谁。谁说他们只有苦难,没有幸福?他们也像世界上所有真诚相爱的人那样,在畅饮着人生最甜蜜的乳汁、最珍贵的琼浆。他们爱唱他们的歌:

> 天下有路一百条呦,能走的有九十九。
> 剩下一条绝命路呦,莫要选给我姐走。
> 生米煮成熟米饭,杉木板子已成舟!
> 嫁鸡随鸡,嫁狗随狗,嫁块门板背起走。
> 生成的"八字"铸成的命,清水浊水混着流。
> 陪姐流干眼窝泪,难解我姐忧和愁……

有罪的人过的日子,就像一根黑色长带,无休无止地向前延伸着。大约是春天过完了,夏天开始的时候,胡玉音开始觉得身子不舒服,心里经常作反,想吐,怕油腻,好吃酸东西。把去年冬下浸的酸萝卜、酸白菜帮子吃了又吃。开初她还没有觉得是怎么回事。后来无意中想到这是"巴了肚"、"坐了喜"的症候时,她都差点晕了过去。真是又惊又喜,想笑又想哭。原先盼了多少年都没有盼来的,都已经时过境迁、不存任何痴心妄想了,"喜"却悄然无声地姗姗来迟了,而且是在这种苟且偷生、好死不如赖活的年月里来了。为什么不早点来?要是在摆米豆腐摊子那年月就巴了肚,生了三个、四个娃娃,新楼屋就不会盖了。多了三四张小嘴巴要喂要填,她就是困难户了,能向政府要救济,要补助呢。有了后代,桂桂也就不会走了那条路。做父亲的,哪能不为了后代活着?……"八字"先生讲她"命里不主子","子"究竟来了,虽然来得迟,来得不是时候。是祸,是福?她诚惶诚恐。但她心甘情愿承担由此而产生的任何痛苦,甚至付出性命。为了不育,人们朝她身上泼过多少污水啊。就是自己,也总是把生育看作为一个女人头号紧要的事。自古以来就是"不孝有三,无后为大"啊。

　　胡玉音没有立即把自己"坐了喜"的信息告诉秦书田。这件事太重大了,必须是有了十足的把握、拿定了准信以后才告诉他。她对秦书田越来越温存,有事没事就要依偎着他。常常做点好的给他吃,哄他吃,而自己不舍得吃,就像招待一位立了功的英雄。女人就是这样痴心。同时,胡玉音还像在迎候着一个神圣的宗教节日的来临,清心净欲,不再和秦书田同居,使秦书田如堕五里雾中。她喜欢一个人单独住在老胡记客栈,安安静静地平躺在床上,什么东西也不盖,双手轻轻地、轻轻地在自己的腹部抚摩着,试探着,终于触摸着了小生命寄生的那个角落……她好高兴啊。她眼睛里溢满了幸福、欣慰的泪水。自从桂桂死后,她还从来没有这样兴奋过,觉得活着是多么地好,多么地有意思。真傻,从前却总是想到死,死。"你是聪明的姐",你算什么"聪明的姐"啊?

整整过了一个月,胡玉音对自己的身孕有了确信无疑的把握之后,也是她把这个甜蜜的秘密独自享用了一个月之后,才在一个清早,把自己"坐了喜"的事告诉了秦书田。秦书田如梦初醒,这才明白了玉音这段时间既对他亲密又和他疏远的原因。他扫把一扔,竟在当街就"天啊,天啊"地叫着,紧紧地抱住胡玉音,又是笑,又是哭。玉音连忙制止住了他的狂喜,哭笑也不看看是什么地方,什么场合。

"玉音,我们向大队、公社请罪,申请登记结婚吧!"秦书田把脸埋在玉音的胸前,像梦呓一样地说,"这本来是我想都不敢想的事情……"

"人家会不会准?或许,我们这是罪上加罪。"胡玉音平静地回答。她已经把什么都反复想过了,也就不怕了,心安理得了。

"我们也还是人。哪号文件上,哪条哪款,规定了五类分子不准结婚?"秦书田双手扶着她,颇有把握地说。

"准我们登记就好。就怕这年月,人都像红眼牛,发了疯似的,只是记仇记恨……管他呢。书田哥,不要为这事烦恼。不管人家怎么着,准不准,反正娃娃是我们的。我要,我就是要!"

胡玉音说着,一下子扑倒在秦书田怀里,浑身都在颤战,哭泣了起来。仿佛立即就会有人伸过了一双可怕的大手,从她怀里把那尚未出生的胎儿抢走似的。

自然,这早上的青石板街没有能好好清扫。也就是从这早上起,秦书田承担起了一个男子汉的义务,没再让胡玉音早起扫街。玉音又有点子"娇"了,也要睡睡"天光觉",像一般"坐了喜"、身子"出了脾气"的女人那样,将息一下子了。秦书田却是在有意无意地做给镇上的街坊们看看:胡玉音已经是秦某人的人了,她的那一份街道归秦某人打扫了。

七　人和鬼

　　王秋赦支书在镇供销社的高围墙下崴了脚,整整两个月出不得门。李国香主任来芙蓉镇检查工作时顺便进吊脚楼来看了看他,讲了几句好好休息、慢慢养伤、不要性急之类的公事公办的话。对他的肿得像小水桶一样粗的脚,只看了两眼,连摸都没有摸一下,毫无关切怜悯之情。"老子这脚是怎么崴的?是我大清早赶路不小心?"若是换了另一个女人,王秋赦说不定会破口大骂,斥责她寡情薄义,冷了血。俗话说"一夜夫妻百日恩",何况岂止一夜。什么丑话、丑事没讲没做?但对女上级,他倒觉得自己是受了一种"恩赐",上级看得起自己,无形中抬高了自己的身价呢。女上级来看他一次,就够意思的了,难道还要求堂堂正正一个县革委常委、公社主任,也和街坊婆娘们那样动不动就来酸鼻子、红眼睛?女上级不动声色,正好说明了她的气度和胆识。自己倒是应当跟着她操习操习,学点上下周旋、左右交游的本领呢。

那天,王秋赦正拄了一根拐棍,在吊脚楼前一跛一颠地走动,活活筋骨血脉,铁帽右派秦书田就走了来,双手捧着一纸"告罪书",朝他一鞠躬。他倚着拐杖站住了,接过"告罪书"一看,惊奇得圆圆的脸块像个老南瓜,嘴巴半天合不拢,眼睛直眨巴:

"什么?什么?你和富农寡婆胡玉音申请登记结婚?"

秦书田勾头俯脑,规规矩矩地回答:"是,王书记,是。"为了缓和气氛,又恭恭敬敬地问,"王书记的脚大好了?还要不要我进山去挖几棵牛膝、吊马墩?"

王秋赦的胖脸上眉头打了结,眼睛停止了眨巴,眯成两个小三角形。他对这个"铁帽右派"的看法颇为复杂。在那个倒霉的大清早,自己一屁股滑倒在稀牛屎上,是秦书田把他从小巷子里背回家,还算替他保了密,并编了一套话:大队支书早起到田里看禾苗,踩虚了脚,拐在涵洞里,因公负伤。大队因此给他记了工伤,报销医疗费用……但是对于胡玉音呢?对于这个至今还显得年轻的、不乏风韵的寡妇,王秋赦也曾经私下里有过一些非分之想。可是他和女主任的特殊关系在时时制约着他。世事的变化真大,生活就像万花筒。这么个妙可的女人,从一个不中用的屠户手里,竟然又落到了秦书田的黑爪爪里。

"你们,你们已经有了深浅了?"吊脚楼主以一种行家的眼光逼住秦书田,仿佛看穿了对方的阴私、隐情。

"这种事,自然是瞒不过王书记的眼睛的……"秦书田竟然厚颜无耻地笑了笑,讨好似的说。

"放屁！你们什么时候开始的,嗯？"

"也记不清楚了,我向上级坦白,我们每天早晨打扫青石板街,扫来扫去,她是个寡妇,我一直打单身,就互相都有了这个要求。"

"烂箩筐配坏扁担。都上手几次了？"

"不……不敢,不敢。上级没有批准,不敢。"

"死不老实！这号事你骗得过谁？何况那女人又没有生育,一身细皮嫩肉,还不喂了你这只老猫公？"

秦书田听到这里,微微红了红脸:"上级莫要取笑我们了。鸡配鸡,凤配凤……大队能不能给我们出张证明,放我们到公社去登记？"

王秋赦拄着拐棍,一跛一颠地走到一块青条石上坐下来,圆圆胖胖的脸块上眉头又打了结,眼睛又眯成两个小三角形。他看了看秦书田呈上的"告罪书",仿佛碰到了政策上的难题:"两个五类分子申请结婚……婚姻法里有没有这个规定？好像只讲到年满十八岁以上的有政治权利的公民……可是你们哪能算什么公民？你们是专政对象,社会渣滓！"

秦书田咬了咬嘴皮,脸上再没有讨好的笑意,十分难听地说:"王支书,我们、我们总还算是人呀！再坏再黑也是个人……就算不是人,算鸡公、鸡婆、雄鹅、雌鹅,也不能禁我们婚配呀！"

王秋赦听了哈哈大笑,眼泪水都笑了出来:"娘卖乖！秦癫子,我可没有把你们这些人当畜生,全中国都是一个政策……你不要讲得这样难听。这样吧,这回我老王算对你宽大宽大,把你的报告先在大队革委里头研究研究,再交公社去审批。不过先跟你打个招呼,中央下了文件,马上就要开展'一批两打'、清理阶级队伍运动了,批不批得下来,还难讲哪!"

秦书田诚惶诚恐,恳求着王秋赦:"王书记,我们的事,全仗你领导到公社开个口,讲句话……我们已经有了,有了……"

王秋赦瞪圆了眼睛,拐杖在地上顿了顿:"有了?你们有了什么了?"

秦书田低下了头。他决定把事情捅出来,迟捅不如早捅,让王秋赦们心里有个底:"我们有了那回事了……"

果然,王秋赦一听,就气愤地朝地上啐了一口:"两个死不老实的家伙!江山易改,本性难移。当了阶级敌人还偷鸡摸狗……滚回去吧!明天我叫人送副白纸对联给你,你自己去贴在老胡记客栈的门口!"

站在矮檐下,哪有不低头?生活是颠倒的,淫邪男女主宰着他们爱情的命运。第二天,大队部就派民兵送来了一副白纸对联,交给了秦书田。秦书田需要的正是这副对联。他喜上眉梢,获得了一线生机似的到老胡记客栈来找胡玉音。胡玉音正在灶门口烧火,一看白纸对联就伤心地哭泣了起来。

原来镇上贴白纸对联,是横扫"四旧"那年兴起的一种新风俗,是为了惩罚、警告街坊上那些越墙钻洞、偷鸡摸狗的男女,把他们的丑事公诸于众,使其在革命群众中臭不可闻而采取的一项革命化措施。

"玉音，你先莫哭，看看这对联上写的什么？对我们有利没有害呢！"秦书田边开导边把对联展开来，"大队干部的文墨浅，无形中就当众承认了我们的关系。你看上联是'两个狗男女'，下联是'一对黑夫妻'，横批是'鬼窝'。'一对黑夫妻'，管它红、白、黑，人窝、鬼窝，反正大队等于当众宣布了我们两个是'夫妻'，是不是？"

秦书田真是有他的鬼聪明。胡玉音停止了哭泣。是哪，书田哥是个有心计的人。

征得了胡玉音的同意，秦书田才舀了半勺米汤，把白纸对联端端正正地糊在铺门上。

老胡记客栈门口贴了一副白纸对联，这消息立即轰动了整个芙蓉镇。大人、小娃都来看热闹，论稀奇："'两个狗男女，一对黑夫妻'，这对子切题，合乎实际。""也是哟，一个三十出头的寡婆子，一个四十来岁的老单身，白天搭伙煮锅饭，晚上搭伙暖双脚！""他们成亲办不办酒席？""他们办了酒席，哪个又敢来吃？""唉，做人做到这一步，只怕是前世的报应！"

镇上的人们把这件事当作头条新闻，出工收工，茶余饭后，谈论了整整半个来月。只有仍然挂着个粮站副主任衔的谷燕山，屁股上吊着个酒葫芦，来铺门口看了两回对联，什么话也没有讲。

街坊邻居们的议论，倒是提醒了秦书田和胡玉音。在一个镇上人家都早早地关上了铺门的晚上，他们备下了两瓶葡萄酒，一桌十来样荤腥素菜，在各自的酒杯底下垫了一块红纸，像是也要履行一下手续仪式似的，喝个交杯酒。虽然公社还没有批下他们的"告罪书",但估计人家对他们这一等人的结合不会感什么兴趣。真要感兴趣,才是抬举了他们呢。反正生米煮成熟米饭,清水浊水混着流,大队干部和镇上街坊们都已经认可了。物以类聚,人以群分。黑鬼对黑鬼,又不碍着谁。因之胡玉音、秦书田两人的脸上也泛起了一点红光喜气⋯⋯他们正依古老的习俗,厮亲厮敬地喝了交杯酒,铺门外边就有人嗒嗒、嗒嗒地敲门。夫妻两个立时吓得魂不附体。胡玉音浑身打着哆嗦,秦书田赶忙把她搂着,好像能护着她似的⋯⋯嗒嗒、嗒嗒的敲门声仍在响着,却又听不见有人叫喊,秦书田才定了定神。他咬着胡玉音的耳朵说:"听听,这声音不同。若是民兵小分队来押我们,总是凶声恶气地大喊大叫,脚踢,枪托子顿,门板砰砰砰⋯⋯"胡玉音这才定了定神,点了点头。男人就是男人,遇事有主见,不慌乱。"我去开门?""嗯。"

秦书田壮着胆子去开了门,还是吃了一惊:原来是"北方大兵"谷燕山!他手上提着个纸盒盒,屁股上吊着酒葫芦。这真是太出乎意料了。秦书田赶忙迎了进来,闩好门。胡玉音脸色发白,颤着声音地请老谷入席。老谷也不客气,不分上首下首就坐下了:

"上午和下午,我都看见你们偷偷摸摸的,一会儿买鱼,一会儿称高价肉⋯⋯我就想,这喜酒,我还是要来讨一杯喝。如今镇上的人,都以为我是酒鬼,好酒贪杯⋯⋯我想,我想,你们大约也不会把我坦白、交代出去⋯⋯你们呢,依我看,也不是那种真牌号的五类分子⋯⋯成亲喜事,人生一世,顶多也只一两回⋯⋯"

黑夫妻两个听这一说,顿时热泪涟涟,双双在谷燕山面前跪了下去,磕着头。在这个动辄"你死我活"的世界上,还是有好人。人的同情心、慈善心,还是没有绝迹……

谷燕山没有谦让,带着几分酒意地笑着:"起来,起来,你们这是老礼数、老规矩。是不是要我保媒啊?这几年,我是醉眼看世人,越看越清醒。你们的媒人,其实是手里的竹扫把,街上的青石板……也好,今晚上嘛,我就来充个数,认了这个份儿!"

黑夫妻两个又要双双跪了下去,谷燕山连忙把他们拉住了,倒真像个主婚人似的安排他们都坐好了。

"我还带了份薄礼来。"谷燕山打开纸盒,从中取出四块布料来,还有一辆小汽车,一架小飞机,一个洋娃娃。"不要嫌弃。这些年来,镇上人家收亲嫁女,我都是送的这么一份礼……你们也不例外。我是恭贺你们早生贵子……既是成了夫妻,不管是红是黑,孽根孽种,总是要有后的。"

胡玉音心里一阵热浪翻涌,几乎要昏厥过去……但她还是镇住了自己。她又走到谷燕山面前,双膝跪了下去,抽泣着说:

"谷主任!你要单独受我一拜……你为了我,为了碎米谷头子,背了冤枉啊……是我连累了你,害苦了你……你一个南下老干部……若是干部们都像你,共产党都是你这一色的人,日子就太平……呜呜呜,谷主任,日后,你不嫌我黑,不嫌我贱,今生今世,做牛做马,都要报答你……"

谷燕山这时也落下泪来,却又强作欢颜:"起来,起来,欢欢喜喜的,又来讲那些事做什么?自己是好是歹,总是自己最明白……

来来,喝酒,喝酒!如今粮站里反正不要我管什么事,我今晚上就要好好喝几杯,尽个兴。"

秦书田立即重整杯盘。夫妻俩双双敬了满满一杯红葡萄酒。谷燕山一仰脖子喝下后,就从屁股后取下了自己的酒葫芦(秦书田、胡玉音这时好恨白天没有准备下一瓶白烧酒啊):

"你们这是红糖水。你们两口子喝了和睦甜亲。我可是要喝我的二锅头,过瘾,得劲!"

你劝我敬,一人一杯轮着转,三人都很激动。谷燕山喝得眼眨眉毛动,忽然提议道:"老秦!早听说你是因了个什么《喜歌堂》打成右派的,玉音也有好嗓子,你们两个今晚既是成亲,就唱上几曲来,庆贺庆贺,快乐快乐!"

恩人的要求,还有什么不答应的?夫妻两个不知是被酒灌醉了,还是被幸福灌醉了,红光满面地轻轻唱起一支节奏明快、曲调诙谐的《轿伕歌》来:

> 新娘子,哭什么?我们抬轿你坐着,
> 眼睛给你当灯笼,肩膀给你当凳坐。
> 四人八条腿,走路像穿梭。
> 拐个弯,上个坡,肩膀皮,层层脱。
> 你笑一笑,你乐一乐,
> 洞房要喝你一杯酒,路上先喊我一声哥……

生命的种子,无比顽强。五岭山区的花岗岩石脊上,常常不知要从哪儿飞来一粒几颗油茶籽那么大的树籽。这些树籽撒落进岩缝石隙里,几乎连指甲片那么一小块泥土都没有啊,只靠了岩石渗出的那一点儿潮气,就发胀了,冒芽了,长根了。那是什么样的根系?犹如龙须虎爪,穿山破石,深深插入岩缝,钻透石隙,含辛茹苦,艰难万分地去获取生命的养分。抽茎了,长叶了,铁骨青枝,傲然屹立。木质细密,坚硬如铁。看到这种树木的人,无不惊异这生命的奇迹。伐木人碰上它,常常使得油锯断齿,刀斧卷刃呢。

一个月后,秦书田、胡玉音被传到了公社。开初,他们以为是通知他们去办理婚姻登记手续。只是秦书田有些经验,多了个心眼,用一个粗布口袋装了两套换洗衣服。

"秦书田!你这个铁帽右派狗胆包天,干下了好事!"

秦书田和胡玉音刚进办公室,公社主任李国香就桌子一拍,厉声呵斥。大队支书王秋赦满脸盛怒地和女主任并排坐着。旁边还有个公社干部陪着,面前放着纸笔。

秦书田、胡玉音低下了头,垂手而立。秦书田不知头尾,只好连声说:"上级领导,我请罪,我认罪……"

"在管制劳动期间,目无国法,目无群众,公然与富农分子胡玉音非法同居,对无产阶级专政猖狂反扑……"女主任宣判似的继续说。原来昨天晚上,王秋赦来个别汇报、请示工作时,女主任才详细问起了他的脚扭伤的经过。王秋赦便把那一大早从供销社侧门出来,滑倒在一堆稀牛粪上,被早起扫街的铁帽右派发现并背回吊脚楼去的经过讲了一遍。还说秦书田近一段表现不错等等。"我早晓得你上当了!"女主任冷笑了一声骂道,"愚蠢的东西!供销社高围墙侧门的那条小巷子才多宽一点?平日从没有人牵牛从那巷子里过,牛拉屎远不拉、近不拉,偏偏拉在那门口?你那时经常到门市部楼上过夜……肯定被铁帽右派盯住了,才设下了这个圈套!你呀,力气如牛,头脑简单,少了一根阶级斗争的弦!"王秋赦当场被女主任数落得无地自容,恨不得把圆脑壳缩进衣领去。同时也暗暗叹服,这女上级就是比他高强。"阶级报复!明天我就派民兵捉住秦癫子吊半边猪!"王秋赦想到被右派分子算计,吃了两个多月的苦头,就睁大了三角眼,暴跳如雷。"要文斗,不能光想着去触及敌人的皮肉。"女主任倒是胸有成竹,平静地说,"他不是申请和胡玉音结婚,而且已经公然住在一起了?我们就先判他个服法犯法,非法同居!他去劳改个十年八年,还不是我们跟县里有关部门讲一句话?到了劳改队,看他五类分子还去守人家的高围墙、矮围墙!"于是,秦书田和胡玉音就被传到公社来了。

"秦书田!胡玉音!你们非法同居,是不是事实?"女主任继续厉声问。

秦书田抬起了头,辩解说:"上级领导,我有罪……我们向大队干部呈过请罪书,大队送了我们白纸对联,认可了我们是'黑夫妻'……我们原以为,她是寡妇,我是四十出头的老单身,同是五类分子,我们没有爬墙钻洞……公社领导会批准我们……"

"放屁!"王秋赦听秦书田话里有话,就拳头在桌上一擂,站了起来,"无耻下流的东西!你这个右派加流氓,反革命加恶棍的双料货！给老子跪下！给老子跪下！我今天才算看清了你的狼心狗肺！呸！跪下！你敢不跪下？"

胡玉音拉了拉秦书田。秦书田当右派十多年来，第一次直起腰骨，不肯跪下，甚至不肯低头。过去命令他下跪的是政治，今天喝叫他下跪的是淫欲。胡玉音仿佛也懂得了他的这层意思，胆子也就大了。王秋赦怒不可遏，晃着两只铁锤似的拳头，奔了过来。

"王秋赦！要打要杀，我也要讲一句话！"胡玉音这时挡了上去，眼睛直盯住吊脚楼主，面色坚定沉静。王秋赦面对着这双眼睛，一时呆住了。"我们认识有多少年了？我们面对面地这么站着，不是头一回了吧？可我从没有张扬过你的丑事……今后也不会张扬！我今天倒是想问问，男女关系，是在镇上摆白摆明、街坊父老都看见了、认可了、又早就向政府请求登记的犯了法，还是那些白天做报告、晚上开侧门的犯了法？"

"反了！翻天了！"一时，就连一向遇事不乱、老成持重的女主任，这时也实在没有耐性了，竟降下身份像个泼妇撒野似的骂道，"反动富农婆！摆地摊卖席子的娼妇！妖精！骚货！看我撕不撕你的嘴巴！看我撕不撕你的嘴巴！"

真不成体统。更谈不上什么斗争艺术，领导风度，政策水平。玷污了公社办公室的几尺土地。但李国香毕竟咬着牙镇住了自己，浑身战栗着，手指缝缝挤出了血，才没有亲自动手。她是个聪明人，林副统帅教导过她：政权就是镇压之权。她决定行使镇压之权：

"来几个民兵！拿铁丝来！把富农婆的衣服剥光,把她的两个奶子用铁丝穿起来！"

胡玉音发育正常的乳房,母性赖以哺育后代的器官,究竟被人用铁丝穿起来没有？读者不忍看,笔者不忍写。反正比这更为原始酷烈的刑罚,都确实曾经在二十世纪六十年代中下叶的中国大地上发生过。

遵照上级的战略部署,公社的"一批两打、清理阶级队伍"运动开始时,秦书田、胡玉音这对黑夫妻立时成了开展运动的活靶子,反革命犯罪典型。在芙蓉镇圩坪戏台上开了宣判大会。反动右派、现反分子秦书田被判处有期徒刑十年。反动富农婆胡玉音判处有期徒刑三年,因有身孕,监外执行。芙蓉镇上许多熟知他们案情的人,都偷偷躲在黑角落流泪,包括黎满庚和他女人"五爪辣"都流了泪。他们是立场不稳,爱憎不明,敌我不分。他们不懂得在和平时期,对秦书田这些手无寸铁的敌人的仁慈,就是对人民的残忍。他们不懂得若还秦书田、胡玉音们翻了天,复了辟,千百万革命的人头就会落地,就会血流成河,尸横遍野。秦书田就会重新登台指挥表演《喜歌堂》,把社会主义当作封建主义来反,红彤彤的江山就改变了颜色,变成紫色、蓝色、黄色、绿色。胡玉音就会重新五天一圩,在芙蓉镇上架起米豆腐摊子,一角钱一碗,剥削鱼肉人民的血汗,再去起新楼屋,当新地主、新富农。

秦书田、胡玉音被押在宣判台上,态度顽固,气焰嚣张,都没有哭。几年来,他们已经被斗油了,斗臭斗滑了,什么场合都经见过,成了死不改悔的顽固派,反革命修正主义路线的社会基础。秦书田不服罪,不肯低头。胡玉音则挺起腰身,已经耀武扬威地对着整个会场现出她的肚子来了。劣根孽种!审判员在宣读着判决书。公检法是一家,高度一元化,履行一个手续。民兵暂时没有能按下他们的狗头。

胡玉音、秦书田两人对面站着,眼睛对着眼睛,脸孔对着脸孔。他们没有讲话,也不可能让他们讲话。但他们反动的心相通,彼此的意思都明白:

"活下去,像牲口一样地活下去。"

"放心。芙蓉镇上多的还是好人。总会熬得下去的,为了我们的后人。"

第四章 今春民情
（一九七九年）

一 芙蓉河啊玉叶溪

时间也是一条河，一条流在人们记忆里的河，一条生命的河。似乎是涓涓细流，悄然无声，花花亮眼。然而你晓得它是怎么穿透岩缝渗出地面来的吗？多少座石壁阻它、压它、挤它？千回百转，不回头，不停息。悬崖最是无情，把它摔下深渊，粉身碎骨，化成迷蒙的雾。在幽深的谷底，它却重新结集，重整旗鼓，发出了反叛的吼叫，陡涨了汹涌的气势。浪涛的吼声明确地宣告，它是不可阻挡的。猕猴可以来饮水，麋鹿可以来洗澡，白鹤可以来梳妆，毒蛇可以来游弋，猛兽可以来斗殴。人们可以来走排放筏，可以筑起高山巨壁似的坝闸截堵它，可以把它化成水蒸气。这一切，都不能改变它汇流巨川大海的志向。

生活也是一条河，一条流着欢乐也流着痛苦的河，一条充满凶险而又兴味无穷的河。人人都在这条河上表演，文唱武打，红脸白脸,花头黑头。人人都显露出了自己的芳颜尊容,叫做"亮相"。夫人揭发首长。儿子检举老子。青梅竹马、至友亲朋成了生死对头。灵魂当了妓女。道德成了淫棍。人性论、人情味属于资产阶级。群众运动,运动群众。运动群众的人自己也被运动。地球在公转和自转,岂能不动？念念不忘你死我活。权力的天地只有拳头那么大,岂能人人都活？右派不臭,左派能香？史无前例、规模空前的"左"的竞走啊,"左"的赛跑。"右"就像无所不在的幽魂鬼怪,必须撒下天罗地网来擒拿。从穿衣吃饭,香水,发型,直到红唇皓齿,文件报告,无休无止的大会小会,如火如荼的政治洪流,都是为着灭资兴无。直到公社社员房前屋后的南瓜、辣椒是资本主义。应该种向日葵,向日葵有象征性。但谁嗑瓜子有罪。谁说没有资本家？从发展的观点看小摊贩就是资本家。自留地、自由市场就是温床。应当主动出击。寸土必争,寸权必夺。把资本主义消灭在萌芽状态、摇篮里。难道要等着它蓬蓬勃勃、泛滥成灾？户户种辣椒、南瓜卖（南瓜还可以酿酒）,集体田地不是会荒芜？辣椒、南瓜就成为灾害。粮和钱,穷和富有个辩证关系。如果人人都有钱、都富,生活水平都赶上、超过了解放前的地主、富农,饱食终日,谁还革命？谁还斗争？还有什么阶级阵线？干部下乡,蹲点搞运动,依靠谁？团结谁？争取谁？孤立打击谁？还怎么搞人员的政治排队？怎么能没有了这法宝、仙杖啊。贫下中农就是贫下中农,他们应当永远是大多数。他们上升成了中农、富裕中农,天下大乱,革命断送。中国的问题成堆,是一个资产阶级和小资产阶级的汪洋大海。解决问题必须找到一把万能钥匙：斗。自上而下，五六年一次，急风暴雨，斗斗斗。其乐无穷，上了瘾。你看看：斗，像不像一把古老的铜挂锁的钥匙？中国方块字几经简化，却还保存着一点象形文字的特征。山海关城门，故宫禁苑，孔子文庙，乡村祠堂，财老倌的谷仓、钱柜，乡公所土牢、水牢的铁门，都是一个形状的铜挂锁，一把大同小异的铜钥匙：斗。真是国粹国宝，传世杰作。叫做斗则进，不斗则退、则修。斗斗斗，一直斗到猴年马月，天下一统，世界大同。但马克思主义日月经天，江河行地，光辉永在，绝不会被一个膨胀了的"斗"字所简化、缩小、代替。历史有其自身的规律，决定着人类社会万事万物的扬弃、取舍。多么的严峻无情啊！到了公元一九七六年十月，历史就在神州大地上打了一个大惊叹号和句号。接着又出现了一长串的大问号。党的"三中全会"扭转乾坤，力排万难，打破坚冰。生活的河流活跃了，欢腾了。

　　应当说，即便是人们在盲目、狂热地进行着全国规模的极左大竞赛的年月，时间的河流，生活的河流还是在前进，没有停息，更不是什么倒流。偏远的五岭山脉腹地的芙蓉镇，也前进了。芙蓉河上的车马大桥建成了，公路通了进来。起初走的是板车、鸡公车、牛车、马车，接着是拖拉机、卡车、客车，偶尔还可以看到一辆吉普车。吉普车一来，镇上的小娃娃就跟着跑，睁大了眼睛围观。一定是县委副书记李国香回"根据地"，来检查指导工作。跟随大小汽车而来的，是镇上建起了好几座工厂。一座是造纸厂，利用山区取之不尽的竹木资源。一座是酒厂，用木薯、葛根、杂粮酿酒。据说芙蓉河水含有某种矿物成分,出酒率高,酒味香醇。一座铁工厂,一座小水电站。这一来,镇上的人口就像蚂蚁搬家似的,陆续增加了许多倍。于是车站、医院、旅店、冷饮店、理发馆、缝纫社、新华书店、邮电所、钟表修理店等等,都相继出现,并以原先的逢圩土坪为中心,形成了十字交叉的两条街,称为新街。原先的青石板街称为老街。

芙蓉镇成立了镇革命委员会,成为一级地方政府,却又尚未和公社分家,机构体制还有点乱。镇革委会主任就是王秋赦。居民们习惯称他为王镇长。镇革委会下设派出所、广播站,还有几科几办。叫做麻雀虽小五脏俱全。派出所管理全镇户籍人丁,打击投机倒把,兼训练全镇武装民兵,侦破"反标"案件多起。广播站则在新街、老街各处都安了些高音喇叭,后又在各家各户墙上都装了四方木匣,早、中、晚三次,播放革命样板戏、革命歌曲以及镇革委的各种会议通知、重要决议,还有本镇新闻。本镇新闻内容丰富,政治色彩浓烈,前些年是联系实际批林批孔,批儒评法,对资产阶级实行全面专政,宣传本镇"文化大革命"的丰硕成果,接着是宣传"批邓、反击右倾翻案风"和"既定方针"。如今呢,还是同一个女广播员,操着同一口夹了本地腔的普通话,按本镇革委会定下的口径,在深揭狠批林彪、"四人帮"的滔天罪行,批极左路线,讲十年浩劫;在宣传抓纲治国、新时期总任务,在号召新长征、"四化"建设。高音喇叭的功率很大,在声音的世界里占压倒优势,居统治地位,便是街道上的汽车、拖拉机、铁工厂的汽锤、造纸厂的粉碎机所发出的声音,都在它的面前黯然失色,退避三舍。新街、老街,街坊邻居们站在当街面对面地讲话都不易听见,减少了交头接耳、窃窃私议,有利于治安管理。

　　前进中自然会出现一系列的新问题。没有公路就没有汽车,没有汽车就扬不起滚滚浊尘。如今汽车、拖拉机从泥沙路面上一开过,满街黄蒙蒙的飞灰就半天不得消失,叫做"扬灰路",系"洋灰路"的谐音。老街还好点。新街的屋脊、瓦背、阳台、窗台,无不落了厚厚一层灰。等到大雷雨天气才来一次自然清洗。新十字街没有下水道,住户、店铺,家家都朝泥沙街面泼污水。晴天倒还好,泥沙街面渗水力极强。一到落雨天,街面就真正的成了"水泥路",汤汤水水四方流淌。那些喜欢雨天飞车的司机们,更是把泥块、泥水飞溅到街道两旁的建筑物上,墙壁、玻璃门窗无不溅满了星星点点。也好,省钱又省事,免得居民们费布挂窗帘。据说镇长王秋赦和同僚们正在制订市镇建设规划,设想在新十字街两旁各挖一条浅浅的阳沟,好使污水畅通。有人提出要挖下水道。王镇长说:"下水道?阳沟不就是下水道?我们不是广州、上海,不要追求洋派!"而且做出了决议,一俟阳沟的设计图纸画了出来,经镇革委常委会议审议批准,即责成镇派出所集中全镇的地、富、反、坏、"四人帮"帮派爪牙出义务工,限月限日完成。

　　工厂和工厂之间也经常闹矛盾,起纠纷,还两厂对垒打过群架。工厂一般都是沿芙蓉河而建,抽水、排水方便,还有水路运输。还便于倾倒各种废料垃圾。但是造纸厂盖在离酒厂四里远的玉叶溪上游开初竟然谁也不曾想到有什么问题。相隔都有四里远啊,又是两条水路,两个厂的青年工人谈恋爱在河边溜溜达达,都要半天,谁还碍得了谁?可是纸厂一开工,排出的碱水白泡泡满河流了下来,汇流到芙蓉河里,哪里管什么四里二十里?酒厂酿出的粮白酒、二锅头带苦涩味,喊老爷。酒厂要求纸厂赔偿损失,纸厂要求酒厂迁移厂址。你们酒厂嫌芙蓉河水不好,我们纸厂可把玉叶溪水当宝。官司打到县委,县委责成镇委解决;官司打到地委,地委责成县委解决,县委又责成镇委解决。镇革委主任王秋赦也没有长三头六臂,他能解决?算老几?酒厂搬迁动辄上百万,一个小小芙蓉镇革委会有权印钞票?还是王秋赦害怕两厂打群架,出人命,才跑到县革委去哭丧,请来杨民高书记、李国香副书记,组织两厂头头办学习班,提高思想。结果却又是按批臭了的孔夫子的"中庸之道"行事,由纸厂出财力,酒厂出人力,用水泥涵管从三里外的峡谷里接来清悠悠的山泉水解决问题。当然两厂头头还背着县里两位书记私下达成了一项谅解:今后纸厂干部到酒厂购买内销酒,次品酒,处理酒,享受酒厂干部的同等待遇。

至于绿豆色的芙蓉河,玉叶溪,古老温顺、绿荫夹岸、风光绮丽的芙蓉河、玉叶溪,如今成了什么样子?人们已经在议论纷纷。却还暂时排不上镇革委繁忙的议事日程。由于各工厂都朝河里倾注废渣废水,河岸上已是寸草不生,而且在崩塌。沿岸还一排排倾倒了各种垃圾,据说河床水面不要那么宽,可以适当扩大一些陆地面积。人家还搞围湖造田、围海造田呢。各种纸张、纸盒,纸厂的烧碱白泡泡,据说偶尔还有不足月份的私生子,漂浮在平静的河面上。原先河里盛产"芙蓉红鲤",如今却连跳虾、螃蟹都少见了。

有人解释说:污染和噪音,是现代化社会进程中的附属品。先进的工业国家,第一世界、第二世界无不如此。据前些年报纸上宣传,日本、美国的天空连麻雀都找不到一只了。英国则要进口氧气。属于第三世界的中国内地、边远山区的芙蓉镇,何以能另辟蹊径?而且也还没有到那种天空里找不见一只麻雀的田地,氧气大约也不缺。麻雀在芙蓉镇地方还是一种害鸟,每年夏初麦熟季节,社员们还要在麦田边扎起一个个的草人来吓唬呢。如果说科学、民主是一对孪生姐妹,封建、愚昧则是圣殿佛前的两位金童玉女。批斗了二十几年的资本主义,才明白资本主义比起封建主义来还是个进步;实际上是根深蒂固的封建主义批斗了年纪轻轻的社会主义呢。

二 李国香转移

前些年,北京有所名牌大学,准备开设一个"阶级斗争系",作为教育革命史上的一大壮举。其实这是见木不见林,小巫不见大巫。阶级斗争早就是一门全国性的普及专业,称之为"主课",而且办学形式不拘一格,学习方法多种多样,学生年龄有老有少。平心而论,我们的千百万干部又有几位不是从这所专门学校培养、造就出来的,或者说是在这专门学校里严酷磨炼、痛苦反省、刻意自修过来的呢?

前些年,北京有位女首长,险些儿步吕雉、武则天、慈禧后尘登基当了皇帝。女首长在"批林批孔"前前后后,十分强调培养有棱有角的女接班人。她说:"你们男人有什么了不起?不就多了一条精虫?"真是彻底的唯物主义。女首长恩泽施于四海,在各级三结合领导班子中体现出来。于是原公社书记李国香就升任为县委女书记。一个县委书记才多大一点?九百六十万平方公里的国土上设有数千个县市,各业各界这一级别的干部不下百十万。好些她这种年纪、学历的女同行,都当过地革委、省革委的大头头,名字常上电台广播,照片常登报纸呢。甚至有一位官拜副总理,在日本医学界朋友面前出过"李时珍同志从五七干校回来没有"的笑话呢。还不都是同一所专业学校培养、造就出来的?修的不都是同一门"主课"?革命的需要,能怪某一个人?李国香是因为没有进过紫禁城,所以谁也不能断定她就不是块副总理的材料。

不过话讲回来,李国香这些年来能够矮子上楼梯,也是颇为不容易的。几次大风大浪的历史转折关头,她都适应下来了,转变过来了。她已经正式结了婚,爱人是省里的一位"文化大革命"初期丧妻的中年有为的负责干部。他们暂时还分居着。李国香还想在基层锻炼两年,进步快些。"四人帮"倒台后,她在全县三级扩干大会上,对极左路线、帮派势力罪行的控诉、批判,使许多人落了泪。一个三十出头的女干部啊,公社女书记啊,竟然被揪了出来,黑牌加破鞋,投在五类分子、牛鬼蛇神的队伍里游街示众;在芙蓉河拱桥工地上搞重体力劳动,为了请求加三两糙米饭,在铜头皮带的威逼下不会跳"黑鬼舞",就被勒令四脚走路,做狗爬……谁听了不怒火烧胸膛?丧尽天良的帮派体系黑爪牙们就是这样作践党的好干部、好女儿……当然,李国香的"左派整左派的误会"——帮派体系的"左"是打了引号的法西斯的极左,她的左是正统的革命的左,有着本质的不同。还有,李国香下令要用铁丝把新富农婆胡玉音的两只发育正常的乳房穿起来——这是对待当时的阶级敌人嘛,出于革命的义愤嘛,不能心慈手软嘛,对敌人的仁慈就是对人民的残忍嘛。当然,这些她都不便在三级扩干会上控诉揭发。不值一提。跟"四人帮"帮派体系无关。而且在那种年头,谁又能没有一点过头的言论、过火的行为呢?连革命导师都是人,不是神,何况她李国香呢。她也是富有七情六欲的人。

党的十一届三中全会的前后,县委常委分下工来,由她负责落实全县的冤假错案的平反昭雪,右派分子改正,地富摘帽,改变成分。女同志总是细心些,适宜于做这项工作。冤假错案平反昭雪,理所当然。为无辜死去的同志申张正义、恢复名誉,为存活下来的亲属子女安排生活、工作,义不容辞。一九五七年错划右派改正,这也不难理解,本来都是国家干部,讲了几句错话、写了点错文章也不是阶级敌人嘛,今后吸取教训、加强思想改造嘛,注意摆正和党组织的关系就行了嘛。搞"四化",提倡科学文化,这些知识分子尚是可以利用之才,为何不用?

就是对于给农村的地、富摘帽,地富子女改变成分这一项,李国香怎么也想不通,接受不了。今后革命还有什么对象?拿谁来当活靶子、反面教员?离开了阶级斗争这个纲,今后农村工作怎么搞?怎么在大会小会上做报告?讲些什么?阶级斗争是威力无穷的法宝啊,丢掉了这个法宝,就有如一个双目失明的人丢失了手里的拐杖。难道真的到了四十几岁,在政治运动的大课堂里学到的一套套经验、办法、浑身的解数,过时了?报废了?还得像小学生那样去从头学起,去面壁苦吟,绞尽脑汁,苦思苦熬地啃书本,钻研农业技术,学习经济管理?对于这个问题,她连想都不愿意想,毫无兴趣,并有一种本能的反感。一个隐隐约约的可怕的念头钻进了她的脑子里:变了,修了,复辟了。她白天若无其事,不动声色,晚上却犯了睡觉磨牙齿的毛病,格格响。

李国香是从自身的经历、地位、利益来看待问题的。地委副书记兼县委第一书记杨民高,明察秋毫,及时发现了外甥女的不健康的思想动向,危险苗头。在一个深夜,做了一次高屋建瓴式的谈话:

"怎么?对党的路线、政策怀疑了?动摇了?这次就转不过弯来了?不行啊!根据我们党的路线斗争历来的教训,适应不了每次伟大的战略性转变的干部,必然为党、为时代所淘汰。这种例子,这种人,你还见少了?县委分工你主管落实政策,你不能个人意气,不能以个人感情代替党的政策,任何时候都要服从党的决议。我们是下级,是细胞,不是心脏、大脑。就是万一将来又说错了,也是错在心脏、大脑。我们离心脏、大脑远着哪。我们只是执行问题,责任不在我们。关于地富摘帽及其子女改变成分的问题,叫摘就摘,叫改就改嘛。万一将来又叫戴,就再给戴嘛。过去叫抓,是革命的需要。今天叫放,也是革命的需要嘛。我们生是党组织的人,死是党组织的鬼嘛……"

舅舅就是舅舅,水平就是水平。对斗争规律烂熟于心。只有学会了在政治湖泊里游泳的人,才有这种自由。要不然,舅舅怎能当上地委副书记兼县委第一书记?李国香就还没有达到这个水平,还没有赢得这种自由,还是个"三成生、七成熟"的干部。所以她还只是个县委副书记。但她终归会完全成熟的,会学得一手在政治湖泊里自由游泳的好本领。

杨民高书记对李国香同志这次没能敏捷、及时地跟上形势、服从路线的转变,感到懊恼、担心。不识时务,不辨风向的死脑筋!作为上级,加上骨肉情分,他想得比较远,考虑也颇周全:县委机关里,对外甥女和王秋赦的暧昧关系,近来又有些风言风语。小李子和省里的丈夫继续分居下去,也不是长策。应当跟省里那位"外甥女婿"把利弊摆摆,上下一齐活动,通过组织部门先把小李子再提一下,调到省里去算个正处级。今后再到地、县来检查指导工作,见官大三级,何乐而不为?杨民高书记把自己这意思委婉地(因有个组织原则问题)和外甥女透了透,外甥女心有灵犀一点通,顿然领悟。

第二天一早上班,李国香从县公安局呈报上来的大叠等待批复的冤假错案里,首先抽出《关于一九五七年错划右派、在押犯人秦书田的改正材料》和《关于一九六四年错划新富农胡玉音的平反报告》两份呈文来。她觉得这两份材料沉甸甸的,像两块铅板,拿着十分吃力。她拿起又放下,放下又拿起,迟疑不决。她转动着手里的铅笔,铅笔也很沉,像一根金属棒。力鼎千钧、断人生死的笔啊,为什么有时大气磅礴、字走龙蛇,有时却枯竭虚弱、万分艰涩?

摆弄了半天,李国香也没有批出一个字来。她决定先给芙蓉镇革委会王秋赦挂个电话,通个气。

"什么?给他们平反、改正?"谁想王秋赦这宝贝一听电话,就冲着话筒气汹汹地直叫喊,"我想不通!想不通!你们上头变一变,我们下边乱一片!"

三　王镇长

"娘卖乖!搞得我姓王的人不像人,鬼不像鬼!本乡本土的,今后在芙蓉镇还有什么威信、脸面?"

王秋赦习惯于镇上的人称呼他为"王镇长",却不知居民们私下里喊他"王秋蛇"。众人嘴难封,耳不听为干净。尽管李国香书记事先跟他挂了电话打了招呼,他接到县委关于给秦书田、胡玉音落实政策的两个材料后,还是心急火燎,暴跳如雷。关上办公室的房门,独自一人擂了一顿办公桌,把一只玻璃杯都震落下水泥地板上打得粉碎。

其实,王秋赦也是错怪了李国香。党中央三令五申平反历次政治运动积存下来的冤假错案,如春雷动地,春风浩阔,岂是小小的李国香们所能阻挡得住的?

李国香倒是深知王秋赦的为人心性的。彼此都还有点藕断丝连,"恋旧"。这些年来,王秋赦本来是可以找个女人成家的,可是为了对李国香的感情专一,死心塌地,他做出了牺牲。单单这一点,李国香就心领神会,十分感动。因此隔了几天,李国香又从县委给他挂来一个电话,声音清晰和悦。电话里讲了些什么,因是"专线",电讯局总机的接线生尚且不敢偷听,其余人就更是不得而知了。但见王秋赦接过电话,跌坐在藤围椅里,额头上冷汗直冒。这回王秋赦没有关起办公室房门来擂桌子,震落玻璃杯,而是在心里咒骂:

"娘卖乖!有意思,给他们平了反,摘了帽,仍是个内专对象,脑门上还有道白印子,有道黑箍箍⋯⋯话是这么讲,可你们拉下一摊稀屎屁屁,叫我来舔屁股!你倒好,快要调到省里工作去了,把我丢在这芙蓉镇,来办这些改正、平反、昭雪的冤案假案错案⋯⋯李国香,你真是朵国香,总是香啊!三十六策,你走为上策。你走,你走,公鹅和金鸡,公牛和母大虫,反正也成不了长久的夫妻⋯⋯"

平心而论,王秋赦这些年来和李国香明来暗往,是互为需要,有得有失。有什么可抱怨的呢?而且得重于失。失掉的是什么?自己的泥脚杆子身份,得到的却是芙蓉镇镇长一职。这全亏李国香在杨民高书记面前好说歹说,一力推荐。要依了杨民高同志原来的性子,王秋赦这种扶不上墙的稀牛屎,易反易复的小人,是再也不得起用的。黎满庚就是一例,还不是一九五六年撤区并乡时不听老杨一句话,就一辈子都脱不了脚上的草鞋、背上的蓑衣?王秋赦又怎么啦?若单是论品德、才干,他还赶不上黎满庚一指头呢。但是"批林批孔"那年的春节前的一件事,彻底改变了杨民高书记对王秋赦的看法。

原来杨民高书记全家,又特别是杨书记本人,每年冬春两季,有个酷爱吃冬笋的嗜好。片儿丝儿,嫩嫩的,脆脆的,炒瘦肉片,焖红烧鸭块、鸡块,炖香菇木耳片儿汤,都是绝不可少的。吃在嘴里嘎嘣脆,美不可言。冬笋又不是燕窝银耳,海参熊掌,山里土家伙,什么稀罕东西?本来作为一县首长,一冬一春吃个一两百斤冬笋何足挂齿?可巧那年竹子开花结米,自然更新换代,一山一山的都枯死了。冬笋竟和鱼翅一样成了稀罕之物。李国香在一个晚上,口角噙香地向王秋赦提供了表忠进身的机缘。第二天正逢芙蓉镇圩日,王秋赦在女主任的默许下,为了打击投机倒把,维护社会治安,堵塞资本主义,派出民兵小分队,把守圩场的各个进出口,宣布了一次紧急戒严。其时正是年关节下,山里社员们挑了点山货土产,来圩上换几个钱花。谁知圩场路口只准进,不准出。而且每个进圩场的人都要接受佩黄袖章的民兵的检查,凡窝藏在筐筐篓篓里的冬笋一律予以没收,其余一概不问。为什么单单没收冬笋,纯属上级机密,不得过问。一时,满圩场上人人失色,面面相觑。一个小道消息透露出来,一传十,十传百,人们交头接耳,添枝加叶,神色鬼祟慌乱,说是新近山里侦破了一个反动组织,叫笋壳党。反革命分子们把秘密文件匿藏在冬笋壳里进行反革命联络。所以这一圩上撒下了天罗地网,还不知要捕获多少反动组织的头头脑脑、脚脚爪爪呢!那些丢失了冬笋的人,哪里还顾得上那点子经济损失?只恨不得生出一双翅膀来,飞离圩场这是非之地,回到自己的家里去。在家千日好,出门动步难呢。

"笋壳党"的高级绝密,是谁制造出来的?是民兵小分队的个别不忠分子有意给王镇长出难题?还是纯属赶圩群众的臆造,以讹传讹,弄假成真?倒搞得王秋赦和李国香也面面相觑,十分尴尬,怕事情闹大捅穿了。后来不停地在大会、小会上辟谣、追谣、肃谣,声明这次的芙蓉镇戒严纯系为了打击投机倒把,才算把事情平息了下去。

再说芙蓉镇收缴冬笋后的当夜,由王秋赦亲自出马,把所获一百多斤珍贵的冬笋分装两只麻袋,用一辆自行车绑了,赶五六十里夜路送进县城,交在杨民高书记的小厨房里。真是人不知,鬼不觉。杨民高书记第二天早晨起来看见了,皱着眉头把王秋赦批评了一顿:尊敬领导,爱护上级,不要来这一套嘛。奉送农副产品,是不正之风嘛,庸俗嘛。反对法权,负责干部尤其不要搞特殊化嘛。杨民高书记还把两麻袋冬笋提到路线觉悟、反修防修的高度来认识,并当即亲自和王秋赦抬扁担过了秤,按供销部门的收购价格算了账,只是没有立即付款。王秋赦心都凉了半截,只怨李国香的内线情报提供得不确切。杨民高书记的批评，他一直听到"既往不咎、下不为例、今后注意注意"，才觉察到事情有了转机。接着下来，杨书记亲自陪他吃了早饭。早饭当然只是富强粉馒头、豆浆、皮蛋、臭豆腐乳、一小碟白糖，简简单单。席间杨民高书记还关切地问了问王秋赦的工作、个人生活上有没有什么困难等等。当然，有关"笋壳党"的传闻，王秋赦是被谣言所中伤，杨民高同志则是受了蒙蔽，只字不知。他只晓得冬笋长在竹山里，山里社员用锄头一棵一棵从土里刨出来的，而且对春竹的生长还很有些影响呢。

不久，李国香就被杨民高书记召回县里，详细汇报了公社干部队伍的基本情况，当然包括了芙蓉镇大队支书王秋赦近些年来悔改前非、力求上进、对上级领导忠心耿耿等等有关情况。杨书记自然是根据"不能把活人看死"、也"不能把死人看活"的原则，对王秋赦在"文化大革命"初期搞"三忠于"讲用时的"鹦鹉学舌"，予以谅解。重在现实表现。过了些日子，芙蓉镇上就传出了风声，说是为了培养和重用立场坚定、爱憎分明的基层干部，县委准备提拔本镇大队支书王秋赦为公社革委会副主任。可是世上没有不透风的墙，也是好事多磨。王秋赦为了收缴冬笋，擅自在芙蓉镇实行紧急戒严的事，还是被人告到了省里和地区。十里之郡，必有良才。何况芙蓉镇还是个三省十八县的贸易集镇。究竟是谁个告的？当日赶圩的人鱼龙混杂，什么阶级成分、社会关系的没有？难以一一查实。根据当时政府办事的一般手续，人民群众告到省里的状子，必定批转地区，地区再又批转县里，县里批转公社，都落到了李国香的手里。这些批语,大都也是一样的口气:"请查实情况,予以处理。""根据党的有关政策查实处理。""责成党委有关部门处理。""转所在公社酌处。"……年月日当然不同,是批文当日填写上去的,就是鲜红、权威的印鉴,虽然都是标准的圆形,但也还有个大小之分,印泥颜色也有浓有淡。

状子还是起到了一定的作用。县委有关部门呈报到地区有关部门的关于提拔、任命王秋赦同志为公社革委副主任的呈文,一直没有批下。连杨民高书记都只好摇头叹气,压制新生力量的顽固势力是何等的根深蒂固啊。后来随着形势的发展,县委决定把芙蓉镇设置为小于公社一级乡镇,就把王秋赦安排为拿工分、吃补贴的新型干部——镇革委会主任。县委职权范围的事,也就无须什么上级批准了。当时学生兴"社来社去",新干部兴"不拿工资拿工分",是"文化大革命"后期为着向资产阶级法权挑战而树立起来的新生事物。王秋赦既是新型干部,多在基层锻炼锻炼,日后前程无量……

"娘卖乖,斗来斗去二十几年,倒是斗错了?秦癫子不但判刑判错了,就连一九五七年的右派帽子也戴错了!不但要出牢房,还要恢复工作!工资还不会低,比我这一镇头头的收入还高得多……而且,看来杨民高书记对我还留了一手,当了几年镇长,连个国家干部也没给转。还是吃的农村粮,拿工分,每月只三十六块钱的补助……"

王秋赦在镇革委办公室里,面对着县委的两份"摘帽改正"材料,拿不起,放不下。办?还是不办?拖着,等等看?可是全国都在平反冤假错案，报纸上天天登，广播里天天喊，你王秋赦不过是个眼屎大的"工分镇长"，颈骨上长了几个脑壳？

"娘卖乖，这么讲，秦书田右派改正，胡玉音改变成分，供销社主任复职，税务所所长平反……还有'北方大兵'谷燕山哪！带出来这么一大串。十几、二十几年来山镇上谁没有错？就只那个'北方大兵'谷燕山好像没大错。但若不是十几年来这么斗来斗去，自己能斗到今天这个职务？还不是个鸡狗不如的'吊脚楼主'？要一分为二哪，要一分为二。"

王秋赦最为烦恼的还不是这个。他还有个经济利害上的当务之急：要退赔错划富农胡玉音的楼屋，镇革委早就将"阶级斗争展览室"改做了小小招待所。小招待所每月有个一两百元的收入，又无须上税，上级领导来镇上检查、指导工作，跟兄弟单位搞协作，大宴小宴，烟酒开支，都指望这一笔收入。"向胡玉音讲清楚道理，要求她顾全大局，楼屋产权归还她，暂时仍做小招待所使用，今后付给她一点房租，五块八块的，估计问题不大……"

王秋赦迫在眉梢的经济问题还有一个，就是要退赔社教运动中没收的胡玉音的一千五百元款子。十几年来，这笔款子已经去向不明。前些年自己没有职务补贴，后些年每月也只三十六元，吃吃喝喝，零碎花用，奉送各种名目的礼物……哪里够？你当王秋赦还买了一部印票机么！

"娘卖乖！这笔款子从哪里出？从哪里出？先欠着？对了，先欠着，拖拖再说。十几年来搞政治运动，经济上是有些模糊……一千五百元当初交在了谁手里?谁打了收据?哈哈,一笔无头账,糊涂账……胡玉音,党和政府给你平了反,昭了雪,恢复小业主成分,归还楼屋产权,还准许你和秦书田合法同居,你还有什么不满足?"

话虽这样讲,王秋赦的日子越来越难混了。近些日子新街、老街出现的各种小道消息、马路新闻也于他十分不利,纷纷传说上级即将委任"北方大兵"谷燕山为镇委书记兼镇革委主任。上级并没有下什么公文,但居民们已经在眉开眼笑了。这人心的背向,王秋赦不痴不傻,是感觉得出来的。真是如芒在背,如剑悬颈。如今他也不敢轻易在大会小会上追谣、辟谣、肃谣了。打了几次电话到县委去问,县委办公室的人也含糊其词,没有给个明确的回答。他神思恍惚,心躁不安,真是到了食不甘味、卧不安枕的地步了。他经常坐在办公室里呆痴痴地,脸色有些浮肿,眼睛发直,嘴里念念有词,谁也不晓得他念些什么。他神思都有些迷离、错乱……有一天,他终于大声喊了出来:

"老子不,老子不!老子在台上一天,你们就莫想改正,莫想平反!"

四 义父谷燕山

就是在大劫大难的年月,人们互相检举、背叛、摧残的年月,或是龟缩在各自的蜗居里自身难保的年月,生活的道德和良心,正义和忠诚并没有泯灭,也没有沉沦,只是表现为各种不同的方式。"北方大兵"谷燕山是"醉眼看世情"。那一年,铁帽右派秦书田被判刑劳改去了,胡玉音被管制劳动。老谷好些日子胆战心惊,因为他给这对黑夫妻主过媒。但后来事实证明黑夫妻两个还通人性、守信用,并没有把他老谷揭发交代出来,使他免受了一次审查。要不,他谷燕山可就真会丢掉了党籍、干籍。就是这一年年底的一天晚上吧,刮着老北风,落着鹅毛雪。老谷不晓得又是在哪里多喝了二两回来,从老胡记客栈门口路过,忽然听见里头"娘啊,娘啊,救救我……我快要死了啊"的痛苦呻吟,声音很惨,听起来叫人毛骨悚然。"胡玉音这新富农婆要生产了?"这念头闪进了他脑瓜里。他立即走上台阶,抖了抖脚上、身上的雪花,推了推铺门。门没有上闩。他走进黑咕隆咚的长铺里,才在木板隔成的卧室里,见昏黄的油灯下,胡玉音挺着个大肚子睡在床上,双手死命地扳住床梯,满头手指大一粒的汗珠,痛得快要晕过去了。这可把谷燕山的酒都吓醒了。他一个男子汉从来没有经见过这场合:

"玉音,你、你、你这是快、快了?"

"谷主任,恩人……来扶我起来一下,倒口水给我、给我喝……"

谷燕山有些胆战,身上有些发冷,真懊恼不该走进这屋里来。他摸索着兑了碗温开水给胡玉音喝。胡玉音喝了水,又叫扯毛巾给她擦了汗。胡玉音就像个落在水里快要淹死了的人忽然见到了一块礁石一样,双手死死地抓住了谷燕山:

"谷主任,大恩人……我今年上三十三了……这头胎难养……"

"我、我去喊个接生婆来!"谷燕山这时也急出一身汗来了。

"不,不!恩人……你不要走!不要走……镇上的女人们,早就朝我吐口水了……我怕她们……你陪陪我,我反正快死了,大的小的都活不成……娘啊,娘啊,你为什么留我在世上造孽啊!……"

"玉音!莫哭,莫哭。莫讲泄气话。痛,你就喊'哎哟'……"谷燕山这个北方大兵,顿时心都软了,碎了。他身上陡涨了一股凛然正气,决定把拯救这母子性命的担子挑起来,义不容辞。什么新富农婆,去他个毬!老话讲:急人一难,胜造七级浮屠。顶多,为这事吃批判,受处分。人一横了心,就无所疑惧了:"玉音,玉音,你莫急。你若是同意,我就来给你……"

"恩人……大恩人……政府派来的工作同志,就该都是你这一色的人啊,可他们……恩人,你好,你是我的青天大人……有你在,我今晚上讲不定还熬得过去……你去烧一锅水,给我打碗蛋花汤来……我一天到黑水米不沾牙……听人家讲,养崽的时候就是要吃,要吃,吃饱了才有力气……"

谷燕山就像过去在游击队里听到了出击的命令一般,手脚利索地去烧开水、打蛋花汤,同时提心吊胆地听着睡房里产妇的呻吟。不知为什么,他神情十分振奋,头脑也十分清醒。他充满着一种对一个新的生命出世的渴望和信心。柴灶里的火光,把他胡子拉碴的脸块照得通红。他觉得自己是在执行一项十分重要的使命,而且带点神秘性。他自己都有些奇怪,竟一下子这么劲冲冲、喜冲冲的。

胡玉音在谷燕山手里喝下一大碗蛋花汤后,阵痛仿佛停息了。她脸上现出了一种奇怪的笑容,好像有点羞涩似的。然而产妇在临盆前,母性的自慰自豪感能叫死神望而却步。孕育着新生命的母体是无所畏惧的。胡玉音半卧半仰,张开双腿,指着挺得和个大圆球似的肚子说:"这个小东西,在里头踢腿伸拳的,淘气得很,八成是个胖崽娃!全不管他娘老子的性命……"

"恭喜你,玉音,恭喜你,老天爷保佑你母子平安……"谷燕山这个在战争年代出生入死过来的人,竟讲出一句带迷信色彩的话来。

"有你在……我就不怕了。不是你,今晚上,我就是痛死在这铺里,邦硬了,都没有人晓得……"胡玉音说着,眼睛蒙蒙眬眬的,竟然睡去了。或许是挣扎、苦熬了一整天,婴儿在母体里也疲乏了。或许是更大的疼痛前的一次短暂的憩息。

谷燕山这可焦急起来了。他一直在留心倾听公路上有无汽车开过的声音。胡玉音睡下后,他索性转出铺门,顶风冒雪来到公路上守候。哪怕是横睡在路上,他都要把随便哪一辆夜行的车子截住。过了一会儿,雪停了,风息了。满世界的白雪,把夜色映照得明晃晃的。谷燕山双手笼进旧军大衣里,焦急地在雪地里来回走动……这时刻他就像一个哨兵。是啊,当年在平津战场上,他也是穿着这件军大衣,也是站在雪地里,等候发起总攻的信号,盼望着胜利的黎明……日子过得真快,世事变化真大啊!一个人的生活,有时对他本人来说都是一个谜,一个百思不解的谜。二十多年前,他站在华北平原的雪地里,是在以浴血奋战来迎接一个新国家、新社会的诞生;二十年后的今天,他却是站在南方山区小镇的铺着白雪的公路上,等候着一辆过路的汽车,用以迎接一个新的小生命。然而这是一个什么样的新的生命?黑五类的后代,非法同居的婴儿,他的出世本身就是一种罪孽……世事真是太复杂、太丰富了,解释不清。他不时地回过头去望望老胡记客栈。他急切地盼着听到汽车的隆隆声,见到车灯在雪地里扫射出的强烈光柱。前些时他还为了汽车带来的尘土、泥浆而诅咒过。可如今他把汽车当作了解救胡玉音母子性命、也是解救他脱离困境的神灵之物。可见无论是物质的文明还是精神的文明,都是诅咒不得的。

过了好一会儿,他终于拦下了一辆卡车,而且还是解放军部队上的。一年前附近山洞里修了座很大的军用地下仓库。解放军驾驶员听着这位操着一口纯正北方话的地方干部模样的人解释了情况,就立即让他上了车,并把车子倒退到老街口。

果然,谷燕山刚把胡玉音连扶带架,塞进了驾驶室,胡玉音的阵痛就又发作了,在他怀里痉挛着,呻吟着。多亏了解放军战士把车子开得既快又稳,径直开进了深山峡谷的部队医院里。

胡玉音立即被抬进了二楼诊断室。安静的长长的走廊里,灯光净洁明亮。穿白大褂的男女医生、护士,在一扇玻璃门里出出进进,看来产妇的情况严重。谷燕山守候在玻璃门边,一步也不敢离开。诊断室就像仙阁琼楼,医生、护士就像仙姑仙子,他这个俗人不得进入。不一会儿,一位白大褂领口上露出红领章的医生,拿着个病历卡出来找他,直到军医解下大口罩,他才发觉是个女的,很年轻。

"你是产妇的爱人吗?叫什么名字?什么单位?"

谷燕山脸块火烧火辣,一时不知所措,胡乱点了点头。事已至此,不点头怎么办?救人要紧。他结口结舌地报上了自己的姓名和单位。女医生一一地写在病历卡上,接着告诉他:"你爱人由于年纪较大,妊娠期间营养不良,婴儿胎位不正,必须剖腹。请签字。"

"剖腹?"谷燕山倒抽了一口冷气,眼睛瞪得很大。他顾不上脸红耳赤了。他心口怦怦跳着,望着军医领口上的红领章好一刻,才定了定神。自己也是这支队伍里出来的。这支队伍历来都是人民子弟兵,对人民负责,爱人民。十几二十年来虽然有了种种变化,他相信这根本的一点没有变。于是他又点了点头,并从女军医手里接过笔,歪歪斜斜地签上了"谷燕山"三个字。在这种场合,管他误会不误会,他都要临时负起作为丈夫和父亲的责任。

胡玉音平躺在一辆手推车上,从诊断室里被推了出来。在走廊里,胡玉音紧紧捏着谷燕山的手臂。谷燕山跟着手推车,送到手术室门口。医生、护士全进去了,手术室的门立即关上了。他又守在门口,来来回回地走动,心如火焚。他多么盼着能隔着一道道门,听到婴儿被取出来时的哇哇啼叫声啊,胡玉音一定会流很多血,很多很多血……老天爷,这晚上,生活在他的感情深处,开拓出了一个崭新的领域……他感觉到了生命的伟大,做一个母亲真了不起。她们孕育着新的生命,生产新的人。有了人,这世界才充满了欢乐,也充满了痛苦。这世界为什么要有痛苦?而且还有仇恨?特别是在我们共产党、工人农民自己打出的天下、自己坐着的江山里,还要斗个没完,整个没完,年复一年。有的人眼睛都熏红了,心都成了铁,以斗人整人为职业、为己任。这都是为了什么?为了什么?他不懂。他文化不高,不知"人性论"为何物,水平有限,思想不通窍。"一脑壳的高粱花子",竟也中"阶级斗争熄灭论"、"人性论"的毒害这样深……

他苦思苦熬地度过了漫长的四个钟头。天快亮时,胡玉音被手推车推了出来。一个用医院洁白的棉裙包裹着的小生命,就躺在她身边。可是胡玉音脸色白得像张纸,双目紧闭,就和死了一样。"死了?"谷燕山的心都一下子蹦到了喉咙口,他眼里充满了泪水。推车的小护士心细,注意到了他脸上的绝望神情,立即告诉他:"大小平安。产妇是全麻,麻药还没有醒……""活着!活着!"他没有大喊大叫,连生了个男娃女娃都忘了问。"活着!活着!"医院的长廊里静悄悄的,却仿佛回荡着他心灵深处的这种大喊大叫。

按医院的规定,产妇和婴儿是分别护理的。婴儿的纱布棉裙上连着一块写有编号的小纸牌。谷燕山被允许进病房照料产妇。床头支架上吊着玻璃瓶,在给胡玉音打"吊针"。直到中午,胡玉音才从昏睡中醒了转来。她第一眼就看到了谷燕山。她伸出了那只没有输液的软塌塌的手,放在谷燕山的巴掌上。谷燕山像个温存而幸福的丈夫那样,在胡玉音的手背上轻轻地抚摩着。这时,小护士进来告诉这对"夫妇",昨晚上生的是个胖小子,爱哭。编号是"7011"。这可好了,胡玉音哭了,谷燕山也眼眶红了,落下泪来。小护士颇有经验:这没有什么奇怪的,所有中年得子的夫妻都会像他们这样哭,高兴得哭。小护士给胡玉音注射了催眠针,并问:"给你们的胖小子取个什么名字?"胡玉音看了谷燕山一眼,也没商量一下,就对小护士说:"谷军。他的姓,解放军的军。"说着,很快就入睡了。

由于伤口需要愈合调养,加上大雪封山,更主要是由于谷燕山的有意拖延,胡玉音在部队医院里住了五十几天。这段时间里,谷燕山每天早出晚归,往来于芙蓉镇和部队医院。好在这时他是粮站顾问,实际上一直靠边站,没有具体的工作负担。镇上的街坊们都晓得新富农婆胡玉音生了个胖崽娃,是劳改分子秦书田的种。其余,他们都不大感兴趣。就是有几位心地慈善的老娭毑,也只在胡玉音从部队医院回到老胡记客栈后,才偷偷地来看了看投生在苦难里的崽娃,留下点熟鸡子什么的。

谷燕山却被传到县粮食局和公安局去问过一次情况。但粮食局长和公安局长都是和他一起南下的,属于自由主义第一种:同乡,同事,战友。他们都深知谷燕山是个老实而没大出息的人,虽然糊涂也断乎做不出什么大坏事,又兼"缺乏男性功能",送个女人给他都白搭,就拿他开了一顿玩笑,没再追究。后来芙蓉镇和公社革委会还继续往县里送过材料,也没有引起重视。就连杨民高书记都嗤之以鼻:窝囊废,不值一提。但组织部门还是给了他个"停止组织生活"的处分。

这一来,倒是无形中造成了谷燕山从生活上适当照料胡玉音母子的合法性。后来逐渐成为习惯,为镇上居民们所默认。一直到了"四人帮"倒台,一直到娃儿长到七八岁,谷燕山和胡玉音虽然非亲非故,却是互相体贴,厮亲厮敬。谷燕山说:秦书田也快刑满回家了,再在崽娃的名字前边加个姓:秦。反正娃娃一直是个"黑人",公社、大队不承认他,不给登记户口。谷燕山却是这"小黑鬼"的"义父"。这情况,被人们列为芙蓉镇地方"文化大革命"中后期的一件怪事。

"亲爷",有天,胡玉音拉着娃儿,依着娃儿的口气对谷燕山说,"满街上的人都在传悄悄话,讲是镇上百姓上了名帖,上级批下文来,要升你当镇上的书记、主任。王秋赦要溜回他那烂吊脚楼去了!其实,新社会,人民政府,本就该由你这一色的老干部掌权、管印啊!"

"莫信,莫信,玉音!"谷燕山苦笑着摇了摇头,"我连组织生活都没有恢复,还挂着哪。除非李国香、杨民高他们撤职或是调走……"

"亲爷,都是我和娃儿连累了你……为了我们,你才背了这么多年的黑锅……"说着,胡玉音红了眼眶,抽抽咽咽哭了起来。

"呵呵,这么多年了,你的眼泪像眼井水,流不干啊……"谷燕山劝慰着。他双手抚着娃儿,也是在劝慰着自己:"如今世道好了。上级下了文,要给你和书田平反了。我么,假若真派我当了镇上的头头,担子也太重啊。这镇上的工作是个烂摊子,都要从头做起。头件事,就是要治理芙蓉河……这些天,我晚上都睡不着……"

还没上任,"北方大兵"就睡不着了。胡玉音含着眼泪笑了。娃儿也笑了。娃娃忽然嚷嚷说:

"娘!亲爷!听讲黎叔叔也要当回他的大队支书了!黎叔叔昨晚上还答应给我上户口,我就不是黑人了!"

五 吊脚楼塌了

生活往往对不贞的人报以刻薄的嘲讽。

这些年来,羞耻和懊恼,就像一根无形而又无情的鞭子,不时地抽打在黎满庚身上和心上。他的心蒙上了一层污垢。他出卖过青春年代宝贵的感情,背叛了自己立下的盟誓。在胡玉音划成新富农、黎桂桂自杀这一冤案上,他是火上浇油,落井下石,做了帮凶。他有时甚至神经质地将双手巴掌凑在鼻下闻闻,仿佛还闻到一丁点儿血腥味似的。

但是,忠诚和背叛,在黎满庚的生活里总是纠缠在一起。他背叛了对胡玉音的兄妹情谊(而且是由纯洁的爱情转化来的),背叛了站在芙蓉河岸边立下的盟誓,也就背叛了自己的良心。可是,向县委工作组交出了胡玉音托他保管的一千五百元现款,却是向党组织呈上了自己的忠诚。多么巨大而复杂的矛盾!早在一九五六年他当区民政干事时,就是为了对组织忠诚,而牺牲了刻骨铭心的爱情。在组织和个人、革命和爱情面前,他总是理性战胜感性,革命排斥了爱情。他不加考虑地把组织观念看得重于一切,盲从到了愚昧的地步,从来没有去怀疑、去探究过这个所谓的"组织"执行的是什么路线。他没有这个水平。习惯于服从。诚然,他也曾经想过,许多领导同志也出身不好,社会关系复杂,他们却在战火纷飞的年代,把革命和爱情、理性和感性,结合得那样好,那样和谐,甚至举行刑场上的婚礼。他们是在为着同一项事业、同一个目标而爱,而恨。可那是打天下呀,需要流血牺牲呀!打天下当然要扩大队伍,什么人都可以参加,不能把门关得太严,而是要敞开大门……如今是坐天下,守江山。队伍就当然要纯而又纯,革命就需要不断地对内部进行斗争、整肃、清理。查清三代五服,才能保证纯洁性。因而就需要牺牲革命者个人的爱情,以至良心。良心看不见,摸不着,算几斤几两?而且小资产阶级才讲天地良心……就这样,黎满庚出卖了胡玉音,而且把她推进了无情打击的火坑。

可是今天,历史做出结论,生活做出更正:胡玉音是错划富农,黎桂桂是被迫害致死。黎满庚呀黎满庚,你这个卑鄙的出卖者,你这个自私自利的小人,你这个双手沾着血腥气的帮凶!你算个什么共产党员?你还配做一个真正的共产党员?是党章上的哪条哪款、党的哪一号文件要求你这样做了?你怨谁?能怨谁啊?中国有三千八百万党员,没有几个人像你一样去背叛自己的兄弟姐妹、道德良心啊,没有几个人像你一样去助桀为虐啊。你能怨谁?混蛋,你能怨谁?

黎满庚经常这样自责自问,诅咒自己。可是,就能全都怨自己吗?他是个天生的歹徒、坏坯、恶棍?对胡玉音,对芙蓉镇上的父老乡亲,自己就没有做过一件好事,就不曾有过赤子之心,没有过真诚、纯洁的感情?显然不是。胡玉音啊,这个当年胡记客栈老板的娇娇女,对他始终是一个生活的苦果,始终在他心底里凝聚着爱、怨、恨。就是她成了富农寡妇,她挂黑牌游街,戴高帽子示众,上台挨斗,自己都没有去凶过她,恶过她,作践过她……为了这,大队党支部、镇革委会,对他黎满庚进行了多次批判教育,批他的右倾,批他的"人性论"和"熄灭论",直至撤销他的大队秘书职务,只差没有开除党籍。"人性论"啊"人性论","人性论"是个什么东西?什么形状、颜色?圆的、方的、扁的?黄的、白的、黑的?他黎满庚只有高小文化,头脑简单,四肢发达,想象力十分贫乏。只觉得"人性论"像团糠菜粑粑似的堵在他喉咙管,嚼不烂,吐不出,吞不下,怕要恶变成咽喉癌哟。他好狼狈啊,有苦难言,有口难辩。左右都不是人。岩层夹缝里的黄泥,被夹得成了干燥的薄片片,不求滋润,只求生存。这世事,这运动,这斗争,真是估不准、摸不着啊,你想紧跟它,忠实于它,它却捉弄你,把你当猴儿耍……

"可怜虫!黎满庚,你这条可怜虫!"好几年,他都郁郁寡欢,自怨自愧,像病魔缠身。一个五大三粗、挑得百斤、走得百里的汉子,背脊佝偻了下来,宽阔的肩头仿佛负不起一个无形而又无比沉重的包裹。后来就连他的女人"五爪辣",都被他的神色吓住了,担心他真的得下了什么病。"五爪辣"这女人也颇具复杂性。胡玉音"走运"卖米豆腐那年月,她怕男人恋旧,经常舌头底下挂马蹄,嘴巴"踢打踢打",醋劲十足。对那一千五百元现款,她大吵大闹,又哭又嚎,逼着男人去告发,去上缴。她甚至幸灾乐祸地有了一种安全感。这一来,男人就对"芙蓉精"死了心。可是接着下来,她一年又一年地看着胡玉音戴着黑鬼帽子扫大街,又觉得作孽。纵是坏女人,也不应当一生一世受这份报应……男人一年四季阴沉着脸,从不跟她议论这些。但她晓得男人害的是什么心病。她有时觉得自己也是亏了心。胡玉音生娃娃那年,她还像做贼一样溜进老胡记客栈去看望过一回,那崽娃好胖哟,红头花色,手脚巴子和莲藕一样,巴壮巴紧。该叫什么?私生子,野崽?不,人家叫军军,有主,判刑劳改去了的右派分子秦书田是父亲。后来小军军一年年长大了,会跑会跳了,"五爪辣"还把他叫进自己屋里来,给他片糖吃。真是贱人有贱命。娃儿眼睛溜圆,样子像他娘又像他爷老倌,很俊。"五爪辣"对这娃儿有点子喜欢。因她后来又养过两胎,仍是"过路货"。如今一共"六千金(斤)"。有时人家问男人有几个崽女,男人总是闷声闷气地举起指头,报田土产量一样:"三吨"。"五爪辣"慢慢地看出来,男人也喜欢小军军。每回小军军一进屋,他就眼角、嘴角都挂上了笑。头回笑,二回抱,三回四回就不分老和少了。看着男人开心,"五爪辣"也高兴。男人再要郁郁闷闷、唉声叹气呆下去,真的惹下一身病来,她"五爪辣"拖着六个妹娃去讨吃,都不会有人给啊!

"军军,来,给你果子吃!"黎满庚有时给家里的千金们零食吃,也给小军军留一份。"不,娘会骂的,娘不准我讨人家的东西吃,免得人家看不起。"小军军口齿伶俐,没有伸出巴掌来,但眼睛却盯住果子,分明十分想吃。小小年纪,就开始陷入感性和理性的矛盾。"五爪辣"在旁看着,也觉得这娃儿可怜可疼:"军军,你娘儿俩只一个人的口粮,你在家里吃得饱吗?""娘总是等我先吃。我吃剩了娘才吃。有时我不肯吃,娘就打我,打了又抱起我哭……"讲到这里,娃儿眼眶红了。黎满庚和"五爪辣"听着,也都红了眼眶。他们体会得出,一个寡妇带着这么个正吃长饭的娃儿,两人吃一人的口粮,每天还要受管制、扫大街,是在苦煎苦熬着过日子啊。"五爪辣"自己呢,自男人不当干部后,日子好过得多。黎满庚是个好劳力,除了出集体工工分挣得多,自留地更是种得流金走银,四时瓜菜一家八口吃不赢,圩圩都有卖。"五爪辣"和妹儿们经管猪栏、鸡坶出息也大,像办了个小储蓄所。夫妇两个算是共得患难,同得甘苦。再者娃娃多了,年纪大了,年轻时候那醋劲妒意也消减了,所以家事和睦了。

千金难买回头看。"四人帮"倒台后,人,都在重新认识自己啊。经过这些年来的文唱武打,运动斗争,人人都有一本账。有过的补过,有罪的悔罪。问心无愧的,高枕无忧。作恶多端的,逃不脱历史的惩罚。

黎满庚和"五爪辣",如今常留小军军在家里吃饭,和妹儿们玩耍。"军军,你娘晓得你是在哪里吃饭吗?""晓得。""骂没骂?""没骂,就讲我像小叫花……"看来胡玉音是默许了。有一回,黎家请来裁缝,给六个妹儿做过年衣服,也顺带着给小军军做了一件。比着尺寸做好了,却没有给小军军穿上,而是用张纸包了,叫小军军拿回家去给娘看。不一会儿,军军就穿着那新崭崭的衣服回来了,回来给黎满庚夫妇看。"你娘给你穿上的?""嗯。娘叫我回来谢谢叔叔和婶娘……"

开春了,冰化雪消的解冻季节到了。今年春天的春雷响得早,春雨下得急。这天下午,公社党委通知黎满庚和王秋赦去参加公社党委扩大会。会议是公社党委和镇委联合召开的。新来的公社党委书记严厉批评了吊脚楼主给胡玉音和秦书田落实政策时搞拖延战术,留尾巴,至今不归还新楼屋和那一千五百元现款;并代表县委宣布,撤销王秋赦的芙蓉镇大队党支书、芙蓉镇革委会主任两个职务。芙蓉镇大队今后划归镇革委管辖,大队党支部暂时由老支书黎满庚负责,日内进行一次选举。镇党委、革委的负责人,县委另行委任。县委的决定还没宣布完,王秋赦就丢魂失魄地跑了,雨具都没有顾上拿,就光着脑壳跑到风雨里去了。人们拼命鼓掌,大声叫好。一时间,会场上的叫好声、巴掌声,盖过了会场外那风声雨声和动地的雷声。

党委扩大会开到天黑才散。来去十里路,黎满庚虽戴了个笋壳斗笠,一身还是淋得透湿。可是他身上暖,心里热。自己恢复支书职务,虽然有些抱愧,但撤掉了王秋赦,除掉了镇上一害,这是镇上一大喜事啊。说不定还会有人给他打鞭炮,送邪神。

"听讲你又当官了？那顶烂乌纱帽,人家扔到岭上,你又捡来戴到脑门顶上?"回到家,"五爪辣"一边看着他换衣服,一边问。

"哪来的消息,这样子快?"

"你和王秋蛇去开会,满镇子上的人就讲开了,还来问我哪。我又哪里晓得？反正我不管,自留地归你种,柴禾归你打。要不,我们娘女七个不准你进屋。你也莫想像过去似的,在家里也是'脱产'干部！"

"好的,好的,都依你。你放心,这几年我种自留地都种出了瘾……何况今后当这个芝麻绿豆官,也要参加生产了。上级已经批准我们山区搞包产到组,个别的还到户,哪个还会偷懒?"

"王秋蛇这条懒蛇,从雨里跑回来,满街大喊大叫,你不晓得?"

"喊什么?"

"他重三倒四叫什么'放跑了大的,抓着了小的','放跑了大的,抓着了小的'！还喊'千万不要忘记啊——','文化革命五六年再来一次啊——','阶级斗争,你死我活啊——'！这回老天报应了,这个挨千刀的疯了！"

"他不疯怎么办？春上就包产到组,哪个组肯收他,敢要他？给他几亩田,也只会长草……他吃活饭、当根子的年月过去了！"

两夫妇正说着,忽然听得窗外的狂阔风雨中,发出了一阵轰隆隆楼屋倒塌似的巨响！

"谁家的屋倒了?"黎满庚浑身一抖。"五爪辣"脸块吓得寡白。在古老的青石板街上,大都是些年久失修的木板铺面啊,谁家又遭灾了!

黎满庚卷了裤脚,披了蓑衣,戴了斗笠正准备出门,只听街上有人尖着嗓音,报喜似的叫嚷:

"吊脚楼倒了!吊脚楼塌了!——"

六 "郎心挂在妹心头"

胡玉音独自一人清早起来打扫青石板街,有多少个年头了?她默默地扫着,扫着,不抬头,不歇手。她有思维活动么?她在想着念着些什么?在想着往日里秦书田挥动竹枝扫帚时那舞台上摇桨一般的身影?在回忆他们那一年捉弄那一对掌权男女的开心的一幕?还是在寻找秦书田在青石板街上留下的足迹?这种足迹满街都是啊,密密麻麻,重重叠叠。正是这些足迹把一块块青石块踩得光光溜溜啊。还分得出来吗?哪是书田哥的?哪是自己的?这些足迹是怎么也扫不去的哪,它们都镶在青石板上了,镶在胡玉音的心田上了,越扫越鲜明……对于亲人的思念,成了滋润她心灵的养分。奇怪的是,在这样漫长的岁月里,她尝尽了一个"阶级敌人"应分的精神和肉体的"粮食",含垢忍耻,像石缝里的一棵草一样生活着,竟再也没有起过"死"的念头。她也学得了书田哥应付这些场面时的那一手,喊她去接受批斗,她也像去队上出工那样平常。不等人家揪头发,她预先把脑壳垂下。不等人家从身后来踢腿肚子,她就会扑通一声先跪下。人家打她的右耳光,她也等着左边还有一下……她也被斗油了,斗滑了,是个老运动员了,该授予她"运动健将"的金牌。——连续十年十几年的极左大竞赛为什么不颁布竞赛成绩,不设置各种金牌、银牌、铜牌?这一来她却少吃了一些苦头。而且每次在批斗会上,她一动不动地朝乡亲们跪着,脸色煞白,表情麻木,不哭,像一尊石膏像。她的两只黑白分明的大眼睛有时抬起头来望望大家,眼神里充满了凄楚、哀怨,表示她还活着。她这双眼睛是妄图赢得乡亲们的怜惜,瓦解人们的斗志?还是在做着无声的抗议:"街坊父老姐妹们,你们看,我就是那个摆小摊卖米豆腐的芙蓉姐子……我就这样向你们跪着,跪着,直到你们有海量,宽怀大度,饶恕了我,放开了我……"的确,每逢镇上开批斗大会有她在台上跪着,会场气氛往往不激烈,群众斗志不高昂,火药味不浓。有的人还会红了眼眶,低下头去不忍心看。还有的人会找了各种借口,中途离开会场,尽管门口有民兵把守。

　　树上的鸟雀、沟里的花草都有命。胡玉音也有一条命。万事万物都是命。命是注定的。要不,芙蓉镇上比她坏、比她懒、比她刁、比她心肠歹毒的女人都没有倒霉,偏偏她胡玉音起早贪黑、抓死抓活卖了点米豆腐就倒了霉?那些年年在队里超支、年年向国家讨救济的人就是好货?政府看得起、当宝贝的就是这号货?当亲崽亲女的就是这号角色!过去的衙门嫌贫爱富,如今有人把它倒了过来,一味地斗富爱贫,也不看看为什么富,为什么贫,而把王秋赦一号人当根本,当命根。好咧,胡玉音这一世人就当了傻子上了当,下世投胎,也好吃懒做,直扫帚不支,横扫帚不竖,也伸手向政府要吃,向政府要穿,向王秋赦学,吊脚楼歪斜了,竖根木桩撑着,也总是当现贫农,好让上级的人看了顺眼顺心,当亲崽亲女,当根子好搞运动……

好死不如赖活,赖着脸皮也要活,人家把你当作鬼、当作黑色的女鬼也要活。胡玉音如今有了"心伴",那个还在坐牢的书田哥,书田哥还给她留下了命根——小军军。她才不死哪,再苦再贱,她都活得有意思,值得。小军军是在她的搂抱、抚摸下长大的,在她没完没了的亲吻里笑啊,闹啊,吃啊,睡啊,牙牙学语,蹒跚起步,长到了八岁啊。勾起指头算,政府判了小军爸爸十年刑,坐过九年了,他快回来了。书田哥在洞庭湖劳改农场,月月都有信,封封信尾上都写着"亲亲小军军"。难道仅仅是"亲亲小军军"?玉音有一颗温柔的妻子的心,男人的意思她懂……玉音月月都给书田哥回信,封封都写上:"书田,军军亲亲你。你要保重身子,好好改造,政府早点放你回来。我和军军天天都在等你,望你。心都快等老了,眼睛都快望穿了。但是你放心,军军在一年年长大,我却还没有一年年变老。我的心还年轻,这年轻是留把你的,等着你的。你放心,放心,放心……"对了,玉音还记得唱《喜歌堂》,一百零八曲,曲曲都没忘,还会唱。也是留着唱给书田哥听的,留着等书田哥出了牢,回到家里一起唱。这个心思,这份情意,玉音啊,你的封封信里,有没有写上?你不要怕,《喜歌堂》不是什么暗语代号,只反一点封建,看守人员会把信交给书田哥看……

胡玉音每天清早起来，默默地打扫着青石板街。她不光光是在扫街，她是在寻找、辨认着青石板上的脚印，她男人的脚印……"四人帮"倒台后的第二年，大队部、镇革委、派出所都有人吩咐过她："胡玉音，你可以不扫街了。"但她还是天天清早起来扫。她一来怕今后变，人家讲她翻案；二来也仿佛习惯了，仿佛执拗地在向街坊们表示：要扫，要扫，要扫到我男人回来，我书田哥回来！一个性情温顺、默默无声的女人，那内心世界，是一座蕴藏量极大的感情的宝库。

今年春上——一九七九年的春上，镇革委派人来找她去，由过去整过她，把她划作富农成分的人通知她：你的成分搞错了，扩大化，给你改正，恢复你的小业主成分，楼屋产权也归还，暂时镇革委还借用。她都吓蒙了，双手捂住眼睛，不相信，不相信，不可能，不可能！这是在白日做梦……泪水从她手指缝缝里流下来，流下来，但没有哭出声。她不敢松开捂着眼睛的双手，害怕睁开眼睛一看，真是个梦！不可能，不可能……她作古正经当了十四五年的富农婆，挨了那么多斗打，罚了那么多跪，受了那么多苦罪，怎么是搞错了？红口白牙一句话，搞错了！而且他们也爱捉弄人，当初划富农的是这些人，如今宣布划错了的也是这些人。这些人嘴皮活，什么话都讲得出，什么事都做得出。他们总是没有错。是哪个错了？错在哪里？所以胡玉音不相信这神话。这是梦。

直到镇革委的人拿出县政府的公文来给她看，亮出公安局的鲜红大印给她认，她才相信了，这是真的。天啊，天啊，她差点昏厥了过去。她身子晃了几晃,没有倒下。搭帮这些年她被斗滑了,斗硬了。她忽然脸盘涨得通红,明眸大眼,伸出双手去,声音响亮(响亮得她自己都有点惊奇)地说:

"先不忙退楼屋,不忙退款子,你们先退我的男人!还我的男人,我要人,要人!"

镇革委的几个干部吓了一跳,以为这个多少年来蚊子都不哼一声似的女人,是在向他们讨还一九六四年自杀了的黎桂桂,是要索回黎桂桂的性命!他们一个个脸色发白,有些狼狈:看看,这个女人,刚给她摘帽,刚给她落实政策,她不感恩,不磕头,而是在这里无理取闹!

胡玉音伸出的双手没有缩回,声音却低了下来:"还我的男人……我的男人是你们抓去坐牢的,十年徒刑,还有一年就坐满了,他没有罪,没有罪……"

镇革委的人这才叹了一口气,连忙笑着告诉她:"秦书田也平反,也摘帽。他的右派也是错划了,还要给他恢复工作。省电台前天晚上已经播放了《喜歌堂》。"

"哈哈哈!都错了!书田哥也划错了!哈哈哈!天呀,天呀,新社会回来啦!共产党回来啦!哈哈哈!新社会又没有跑到哪里去,我是讲他的政策回来啦……"

四十出头了,胡玉音还从没在青石板街上这么放肆地笑过,闹过,张狂过。披头散发,手舞足蹈。街坊们都以为她疯了,这个可怜可悲的女人。直到她娃儿小军军来拉她,扯她,她才把娃儿抱起,当街打了几个转转,又在娃娃的脸上亲着,才打着响啵回老胡记客栈去了。

胡玉音回到屋里,就倒在床上哭,放声大哭。哭什么?伤心绝望的时候哭,喜从天降的时候也哭!人真是怪物。哭,是哪个神仙创造的?应该发给生理学大奖,感情金杯,人文学勋章。要不,大悲大喜无从发泄,真会把人憋得五脏淤血。

第二天清早,胡玉音仍旧拖着竹枝扫把去打扫青石板街。往时她是默默无声地扫着街,如今她是高高兴兴地扫着街。她就有种傻劲,平了反还来扫街,不扫街就骨头痒?才不是呐。做一个女人,她有她的想头,她是要感谢街坊邻居们,这些年来多亏你们发善心,讲天良,才没有把玉音往死里踩。玉音不是吃了你们的亏,你们多多少少还护了护玉音,给留了一条命。玉音不是吃了哪个人的亏,是吃了上级政策的亏……这些年来,胡玉音就是每天清早起来扫街,街坊们才晓得有这个黑女人在,新富农婆还在。既是玉音背时倒霉的时候扫过街,如今行运顺心了也可以扫街。扫街有什么丑?有什么不好?那些在新社会讨饭、讨救济、讨补助的人才丑。听讲北京、上海那些大口岸管扫街的人叫清洁工,还当人民代表,相片还上报,得表扬。

其实,胡玉音仍旧清早起来扫青石板街,还有个心里的秘密。她晓得,书田哥在千里之外的洞庭湖滨劳改,接到平反改正的通知后,他会连天连夜地赶回来,生起翅膀飞回来。亲生的骨肉还没见过面,一别九年的女人老没老?玉音晓得,书田哥早就心都焦了,碎了。他还有不连天连夜赶回来的？玉音整夜整夜地睡不着。小军军却睡得像个小蠢子,任玉音抱他、亲他都不醒。玉音既是整晚整晚都没听见脚步声、敲门声,没等着书田哥回来,就有了一种预感:书田哥会早晨回来！听人家讲,州里开往县城的客班车是下午到。县城到芙蓉镇还有六十里,书田哥会顾不得在城里落伙铺,他会连夜顺着公路赶回来！是的,连夜赶回来……扫完一条街,天都大亮了,玉音也失望了。她就在心里抱怨：男人家呀男人家,总是粗心大意。你手续没办妥,一下子脱不开身,也该先来封信呀,先拍封电报呀。免得人家整晚整晚、一早一早地望呀,颈骨都望长啦,没良心的！或许书田哥回到县里,就先去办了恢复工作的手续？唉呀,男人家的心,比天高,比天大。玉音不喜欢你去做那个鬼工作,免得又惹祸。你就守在玉音身边,带着小军军,种自留地,养猪养鸡养鸭,出集体工,把我们的楼屋都绣上花边,配上曲子,把日子打发得流水快活……

　　这些年来的折磨,也使得胡玉音心虚胆怯,多疑。自给她改正、去帽那天起,她就怕变,怕人家忽然又喊"打倒新富农婆！"怕民兵又突然来给她挂黑牌,揪她去开批斗会,去罚跪……她时时胆战心惊,神经质。她急切地盼着书田哥回来,回来一起过过这好日子！哪怕过上两天三天,十天半月,挺直腰板,像人家那些夫妻一样,并排走在街上,有讲有笑,进出百货商店。书田哥呀,你快些回来,你还不回来！万一有朝一日,我又重新戴上了新富农婆的帽子,你又当了右派才见面,生成的"八字"铸成的命,那就哭都哭不赢……

　　这天清早,有雾,打了露水霜,有点冷人。胡玉音又去打扫青石板街。她晚上没有睡好,拖着疲惫的双腿,没精打采。盼男人盼得都厌倦了。一早一晚的失望。她晚上总是哭,天天都换枕头帕。男人不回来,她算什么改正、平反呀!这一切有什么意思、有什么用处呀!她真想跑到镇革委去吵,去闹:我的书田哥怎么还不回来?你们的政策是怎么落实的呀?你们还不去把他放回来?……竹枝扫把刮着青石板,沙、沙、沙,一下,一下,她扫到了供销社围墙拐角的地方,身子靠在墙上歇了歇。她不由地探出身子去看了看小巷子里的那条侧门,当年王秋赦拐断脚的地方。如今侧门已经用砖头砌严实了,只留下了一框门印。管它呢,那些老事,还去想它去做什么……回转身子,拿起扫帚,忽然前边一个人影,提着旅行袋什么的,匆匆地朝自己走来。大约是个赶早车的旅客。哟,这客人,也不问问清楚,走错啦,汽车站在那一头,应该掉过身子去才对呀。但那人仍在匆匆地朝自己走来。唉,懒得喊,等他走到了自己的身边,才告诉他该向后转……竹枝扫把刮着青石板,沙沙沙,沙沙沙……

　　"玉音?玉音,玉音!"

　　哪个在喊?这样早就喊自己的名字?胡玉音眼睛有些发花,有些模糊,一个瘦高的男子汉站在自己面前,一口连鬓胡子,穿着一身新衣新裤,把一只提包放在脚边。这男子汉呆里呆气,站在那里像截木头……胡玉音不由地后退了一步。

"玉音,玉音！玉音！——"

那人的声音越来越大,张开两手,像要朝自己扑过来。胡玉音眼睛糊住了,她好恨！怎么面对面都看不清,认不准人啦。她心都木啦,该死,心木啦！这个男人是不是书田哥？自己又在做梦？书田哥,书田哥,日盼夜盼的书田哥？不是的,不是的,哪会这么突然,这么轻易？她浑身颤战着,嘴皮打着哆嗦,心都跳到了喉咙管,胸口上憋着气,快憋死人了。她终于发出了一声石破天惊的呼喊:

"书——田——哥！——"

秦书田粗壮结实的双臂,把自己的女人抱住了,紧紧抱住了,抱得玉音的两脚都离了地。玉音一身都软塌塌,像根藤。她闭着眼睛,脸盘白净得像白玉石雕塑成。她任男人把她抱得铁紧,任男人的连鬓胡子在自己的脸上触得生痛。她只有一个感觉,男人回来了,不是梦,实实在在地回来了。就是梦,也要梦得久一点,不要一下子就被惊醒……

竹枝扫把横倒在青石板街上,秦书田把胡玉音抱在近边的供销社门口的石阶上坐下来,就像怀里搂着一个妹儿。胡玉音这才哇的一声哭了起来:

"书田哥！书田哥！你、你……"

"玉音！玉音！莫哭,莫哭,莫哭……"

"你回来也不把个信！我早也等,晚也等……我晓得你会连天连夜赶回来！"

"我哪里顾得上写信？哪里顾得上写信？坐了轮船坐火车,下了火车赶汽车,下了汽车走夜路,只恨自己没有生翅膀……但比生翅膀还快,一千多里路只赶了三天!玉音,你不高兴,你还不高兴?"

"书田哥!我就是为了你才活着!"

"我也是!我也是!要不,早一头栽进了洞庭湖!"

胡玉音忽然停止了哭泣,一下子双臂搂住了秦书田的颈脖,一口一口在他满脸块上亲着,吻着。

"哎呀,玉音,我的胡子太长了,没顾上刮。"

"你一个男人家,哪晓得一个女人的心!"

"你的心,我晓得。"

"我每天早晨扫街,都喊你的名字,都和你讲话,你晓得?"

"晓得。我每天早起去割湖草,去挑湖泥,总是在和你答话,我们有问有答。我晓得你在扫街,每早晨从哪块扫起,扫到哪里歇了歇。我听得见竹枝扫把刮得青石板沙沙沙……"

"你抱我呀!抱我呀,抱紧点!我冷。"

胡玉音依偎在秦书田怀里,生怕秦书田突然撒开了双手,会像影子一样突然消失似的。

"玉音,玉音……我的好玉音,苦命的女人……"

这时,秦书田倒哭起来了,双泪横流:

"你为了我,吃了多少苦,受了多少罪……今生今世,我都还你不起,还你不起……多少年来,我只想着,盼着,能回到你身边,看上你一眼,我就心甘情愿……万万想不到,老天开了眼,我们还有做人的一天……"

胡玉音这时没有哭,一种母性的慈爱感情,在她身上油然而生。她抚着秦书田乱蓬蓬的头发,劝慰了起来:

"书田哥,我都不哭了,你还哭?'郎心挂在妹心头'。记得我娘早就跟我讲过,一个被人爱着、想着的人,不管受好大的难,都会平平安安……这么多年,我心里就是这么想着、爱着的,我们才平平安安相会了!我们快点起来吧。这个样子坐在供销社阶沿上,叫起早床的街坊们看见了,会当作笑话来讲!"

秦书田又哭了。他们双双站起来,像一对热恋着的年轻人,依偎着朝老胡记客栈走去。

"军军满八岁了,对吧?他肯不肯喊爸爸?"

"我早就都告诉他了。他天天都问爸爸几时回来,都等急了……话讲到头里,你若是见了崽娃就是命,把我晾到一边,我就不依……"

"傻子,你尽讲傻话,尽讲傻话!"

七 一个时代的尾音

芙蓉镇今春逢圩,跟往时不大相同。往时逢圩,山里人像赶"黑市",出卖个山珍野味,毛皮药材,都要脑后长双眼睛,留心风吹草动。粮食、茶油、花生、黄豆、棉花、苎麻、木材、生猪、牛羊等等,称为国家统购统销的"三类物资",严禁上市。至于猪肉牛肉,则连社员们自己一年到头都难得沾几次荤腥,养的猪还在吃奶时就订了派购任务,除非瘟死,才会到圩场上去卖那种发红的"灾猪肉"。城镇人口每人每月半斤肉票,有时还要托人从后门才买到手。说来有趣,对于这种物资的匮乏、贫困,报纸、《参考消息》则来宣传现代医学道理:动物脂肪胆固醇含量高,容易造成动脉硬化、高血压、心脏病,如今一些以肉食为主的国家都主张饮食粗淡,多吃杂粮菜蔬,植物纤维对人体有利。红光满面不定哪天突然死去,黄皮寡瘦才活得时月长久,延年益寿……

时间真像在变魔术!"四人帮"倒台才短短两年多一点,山镇上的人们却是恍若隔世,进到了一个崭新的时代里了啊。如今芙蓉镇逢圩,一月三旬,每旬一六,那些穿戴得银饰闪闪、花花绿绿的瑶家阿妹、壮家大姐,那些衣着笔笔挺挺的汉家后生子,那些丰收之后面带笑容、腰里装着满鼓鼓钱荷包的当家嫂子、主事汉子们,或三五成群,或两人成对,或担着嫩葱水灵的时鲜白菜,或提着满筐满篮的青皮鸭蛋、麻壳鸡子,或推着辆鸡公车,车上载着社队企业活蹦乱跳的鱼鲜产品,或一阵风踩着辆单车,后座上搭一位嘻哈女客……人们从四乡的大路、小路上赶来,在芙蓉镇的新街、老街上占三尺地面,设摊摆担,云集贸易。那人流、人河,那嗡嗡的闹市声哟,响彻偌大一个山镇……圩场上最为惹人注目的,是新出现了米行、肉行。白米,红米,糙米,机米,筐筐担担,排成队,任人们挑选议价。新政策允许社员们在完成国家的征购派购任务后,到市场上出售富余的粮油农副产品。肉行更是蔚为壮观,木案板排成两长行,就像在开着社员家庭养猪的展销会、评比会,看谁案板上的膘厚油肥,皮薄肉嫩。"老表!这头猪总怕有三百上下吧?""三五百!再养下去不合算了。""呵呵,尽是肥冬瓜,精肉太少了,女人家嫌油腻……""你同志真是人心难足喽,不想想两年前,一月半斤肉票,你家炒红锅子菜哩,如今却嫌肥,怨精肉少了!"真是上哪座岭唱哪山歌。就是不逢圩的日子,新街老铺的猪肉也是从天光卖到天黑。产供销出现了新矛盾:社员要交猪,食品站不收。理由是小镇地方小,没有冷库,私人的猪肉都卖不脱,公家杀猪哪来的销路?和前些年相比,供销关系颠倒了过来……山镇上的人们啊,不晓得"四个现代化"具体为何物,但已经从切身的利益上,开始品尝到了甜头。

没有近忧,却有远虑。旧的阴影还没有从人们的心目中消除,还有余悸预悸。人们还担心着,谈论着,极左的魔爪,会不会突然在哪个晚上冒出来掐灭这未艾方兴的蓬勃生机。口号和标语,斗争和运动,会不会重新发作膨胀,来充塞人们的生活,来代替油盐柴米这些赖以生存的必需品……阴影确是存在着。吊脚楼主王秋赦发疯后,每天都在新街、老街游来荡去,褴褛的衣衫前襟上挂满了金光闪闪的像章,声音凄凉地叫喊着:

"千万不要忘记啊!——"

"'文化大革命',五六年又来一次啊!——"

"阶级斗争,你死我活啊!——"

王疯子的声音,是幽灵,是鬼魂,徘徊在芙蓉镇。镇上的大人小孩,白天一见了王疯子,就朝屋里跑,就赶紧关铺门;晚上一听见他凄厉的叫喊,心里就发麻,浑身就哆嗦。已经当了青石板街街办米豆腐店服务员的胡玉音,听见王疯子的叫声,还失手打落过汤碗。新近落实政策回到镇上来的税务所长一家,供销社主任一家,更是一听这叫声就大人落泪娃儿哭,晚上难入睡……吊脚楼主仍旧是芙蓉镇上的一大祸害。

山镇上的街坊们在疑惧,在诅咒。

"芙蓉姐子"抚着小军军稚气的头,在担忧:"王疯子冻不死,饿不死,还有好长的寿啊?"

黎满庚的女人"五爪辣"也在问:"难道他剁脑壳、打炮子的王疯子还想当镇长、支书,赶着我们去做语录操,去跳忠字舞?"

本镇大队党支部书记黎满庚说:"疯得活该!我们是新社会,有党领导,王秋赦这色人物终究成不了气候。教训深刻啊!"

镇委书记、"北方大兵"谷燕山正在忙着治理芙蓉河、玉叶溪,他没有发表这方面的言论,只打算立即派人把王秋赦送到州立精神病院去治病,叫做送瘟神。

县文化馆副馆长秦书田新近回到芙蓉镇来搜集民歌,倒说了一句颇为见多识广的话:"如今哪座大城小镇,没有几个疯子在游荡、叫喊?他们是一个可悲可叹的时代的尾音。"

一九八〇年七月十八日——八月四日初稿于莽山;
九月初整理于全国作协文学讲习所;
十月修改于北京朝内大街一六六号。

后　记

习作《芙蓉镇》在今年《当代》第一期发表后,承蒙广大读者和首都文艺界师友们的热情关心,给了我许多鼓励和鞭策。我在感激的同时,也觉得十分愧疚。盼着多出现一些反映当代农村生活的作品,大约是促成许多省市的读者给我来信的原因——殊不知我只是个文学战线的散兵游勇而已。还有的读者来信祝作者幸福,仿佛在替我担忧着某种隐患似的。真是些热心肠的同志哥、同志姐哟。

农村的情况如何,八亿人口的生养栖息、衣食温饱,对我们国家来讲是举足轻重的。特别是当前农村正经历着经济管理体制的深刻变革,九百六十万平方公里的广袤土地,寒带、温带、亚热带、热带,平原、高原、山地、丘陵,水稻、旱粮、瓜果、森林植被,不再按一个模式搞生产运动了,不再搞既违农时、又背地利的"规范化作业"了,实在是我们社会的一个了不得的进步。在新的形势之前,回顾一下过去的教训,展望一下业已来到的良辰,不也是有益处的么?

记得前些年,我自己就有一个颇为"规范化"的头脑,处世待人,著文叙事,无不瞻前顾后,谨小慎微,唯恐稍有疏漏触犯了多如牛毛的戒律,招来灾祸。是党的三中全会的思想路线解放了我,给了我一些认识生活的能力,剖析社会和人生的"胆识"。然而我的这点在"四个坚持"原则指导下的"胆识",比起同辈作家和广大读者来仍然是有限得很。我是个南方的乡下人,身处江湖之远,既有乡下人纯朴、勤奋的一面——恕我在这里自诩;也有乡下人笨拙、迟钝的一面——恕我在这里妄言。去年,我有幸参加中国作家协会文学讲习所第五期学习,跟一群来自全国各地的中青年作家朝夕相处。学友才高,京华纸贵,我看到了自己和这些优秀同窗之间的差距。我虽然于五十年代末期即开始学习写作,一九六二年开始发表短篇习作,但起点很低,染有粉饰生活的文学苍白症。"四人帮"倒台后,我们的党和国家进入了一个崭新的历史时期,我们的社会主义文学艺术翻开了崭新的篇页。发展之快,变革之烈,已是恍若隔世。大批中青年作家继承老一辈作家开创的现实主义传统,直面复杂的社会和人生,写出了许多光华耀目、感奋人心的好作品。新的时代提出了新的文学要求。就我来说,面对着这种新的文学要求,既有重新认识生活、剖析生活的问题,也有艺术素养、表现手段的问题。于是我探索着,尝试着把自己二十几年来所熟悉的南方乡村里的人和事,囊括、浓缩进一部作品里,寓政治风云于风俗民情图画,借人物命运演乡镇生活变迁,力求写出南国乡村的生活色彩和生活情调来。这样,便产生了《芙蓉镇》。

有的朋友出于对我的爱护,指出我的习作写得过于真实。文学的真实当然不是给生活拍摄原始图片,它是经作者思想感情、艺术构思筛选、提炼出来的结晶体。当然,有时文学对于社会生活的真实描写,是会让人害羞和痛心的。我觉得,在今天我们这个特定的历史年代里,害羞是一种颇为可贵的感情,是富有自尊心的表现。它可以成为一种跟过去的过失诀别的心灵的感召力,从而记取那些令人心悸的教训,卸却身上因袭的重负,为振兴中华、实现"四化"奋斗不息。还有,就是对于我们的下一代,也可起到一种引以为鉴的效益。

《芙蓉镇》是我在创作道路上的一次新的尝试。既是尝试,则难免幼稚,会伴随些谬误。好在鲁迅先师有言:唯其幼稚,正好寄希望于这一面。这是我的自慰,亦是我的自勉。

借着这次出版单行本的机会,我对曾经支持、关怀过这部书稿写作、修订的前辈作家和编辑同志,对所有给我以鞭策鼓励的读者以及我家乡民歌的搜集整理者,表示诚挚的谢意。但愿在春的盛会里,这部习作能如一支柔弱的石楠竹,探身于群芳竞彩的文学花园的竹篱边,绽放出有些羞涩然而却是深情的微笑。

一九八一年五月七日于北京

话说《芙蓉镇》

长篇小说《芙蓉镇》在今年《当代》第一期刊载后,受到全国各地读者的注意,数月内《当代》编辑部和我收到了来信数百封。文艺界的师友们也极为热情,先后有新华社及《光明日报》《中国青年报》《当代》《文汇报》《作品与争鸣》《湖南日报》等报刊发了有关的消息、专访或评论。这真使我这个土头土脑、默默无闻的乡下人愕然惶然了,同时也体味到一种友善的情谊和春天般的温暖。来信的读者朋友们大都向我提出这样一些问题:

你走过什么样的创作道路?是怎样写出《芙蓉镇》来的?《芙蓉镇》"寓政治风云于风俗民情图画,借人物命运演乡镇生活变迁",你的生活经历和小说里所描绘的乡镇风物有些什么具体的联系?你的这部小说结构有些奇怪,不大容易找到相似的来类比,可以说是不中不西、不土不洋吧,这种结构是怎么得来的?你在文学语言上有些什么师承关系?喜欢读哪些文学名著?小说中"玩世不恭的右派秦书田是不是作者本人的化身"?接近文艺界的同志讲,你写这部小说只花了二十几天时间,是一气呵成的急就章,是这样吗?

这些问题,使我犹如面对着读者朋友们一双双沉静的、热烈的、含泪的、严峻的眼睛,引我思索,令我激动。文学就是作者对自己所体验的社会生活的思考和探索,也是对所认识的人生的一种"自我问答"形式。当然这种认识,思考和探索是在不断地前进、发展着的。

面对后两类问题,我不禁很有些感叹、戚然。因为自己这样一个写作速度缓慢、工作方法笨拙的人,居然被戴上了"才思敏捷"、"日产万言"的桂冠。"平生无大望,日月有小酌。"以我一个乡下人的愚见,一年能有个三两篇、十来万字的收获,即算是风调雨顺、五谷丰登的好年景了,小康人家式的满足也就油然而生并陶然自得了。其实,一部作品的写作时间是不能仅仅从下笔到写毕来计算的。《芙蓉镇》里所写的社会风俗、世态民情、人物故事,是我从小就熟悉,成年之后就开始构思设想的。正如清人金圣叹在第五才子书的卷首所论及的:"然而经营于心,久而成习,不必伸纸执笔,然后发挥。盖薄暮篱落之下,五更卧被之中,垂首捻带、睨目观物之际,皆有所遇矣。"我觉得,不论后人怎样评价金圣叹在《水浒》问题上的功过,他所悟出的这个有关小说创作的道理,却是十分精辟独到,值得后世借鉴的。

我是怎样学起做小说,又怎样写出《芙蓉镇》来的?这要从我的阅读兴趣谈起。我读过一点书,可说是胃口颇杂,不成章法。起初,是小时候在家乡农村半生不熟、囫囵吞枣地读过一些剑侠小说，志怪传奇，倒也庆幸没有被"武侠"引入歧途，去峨眉山寻访异人领授异术。接着下来读《三国演义》《水浒传》《西游记》《红楼梦》，读"五四"以来的名作，才稍许领味到一点文学的价值所在，力量所在。至于走马观花地涉猎十八、十九世纪的西方文学，沉迷流连于屠格涅夫、列夫·托尔斯泰、梅里美、巴尔扎克、乔治·桑等等巨匠所创造的艺术世界、人物画廊，则是中学毕业以后的事了。后来年事稍长，生出些新的癖好，鸡零狗碎地读过一点历史的、哲学的著作，中外人物传记，战争回忆录，世界大事纪等等。又因生性好奇好游，却无缘亲眼见到美利坚的月亮、"日不落帝国"的太阳、法兰西的水仙、古罗马的竞技场，只好在书的原野上心驰神往。还追踪着报刊上披露的一则则有关航天、巡海、核弹、飞碟、外星人、玛雅文化、金字塔和百慕大魔三角奥秘的各种消息，来做一个乡下小知识分子"精神自我会餐"的梦……叫做"好读书，不求甚解"，以读书自乐自慰。日积月累，春秋流转，不知不觉中，我就跟文学结下了一种前世未了之缘似的关系。

就这样，我麻着胆子，蹒跚起步，学着做起小说来了。甚至还坐井观天地自信自己经历的这点生活、认识的这点社会和人生，是前人——即便是古代的哲人们所未见、所未闻的，不写出来未免可惜。我的年纪不算大，经历中也没有什么性命攸关的大起大落，却也是从生活的春雨秋霜、运动的峡谷沟壑里走将出来的。我生长在湘南农村，参加工作后又在五岭山区的一个小镇子旁一住就是一十四年，劳动、求知、求食，并身不由己地被卷进各种各样的运动洪流里,经历着时代的风云变幻,大地的寒暑沧桑。我幼稚、恭顺、顽愚,偶尔也在内心深处掀起过狂热的风暴,还曾经在"红色恐怖"的獠牙利爪面前做过轻生的打算。山区小镇古老的青石板街,新造的红砖青瓦房,枝叶四张的老樟树,歪歪斜斜的吊脚楼,都对我有着一种古朴的吸引力,一种历史的亲切感。居民们的升迁沉浮、悲欢遭际、红白喜庆、鸡鸣犬吠,也都历历在目、烂熟于心。我发现,山镇上的物质生产进展十分缓慢,而人和人的关系则在发生着各种急骤的变幻,人为的变幻。

"文化大革命"前和"文化大革命"中,我都曾深深陷入在一种苦闷的泥淖中,也可以说是交织着感性和理性的矛盾。一是自己所能表现的生活是经过粉饰的,苍白无力的,跟自己平日耳濡目染的真实的社会生活相去甚远,有时甚至是完全相反——这原因今天已经是不言自明的了。二是由于自己的文学根底不足,身居偏远山区,远离通都大邑,正是求师无望,求教无门。因之二十年来,我每写一篇习作,哪怕是三两千字的散文或是四五千字的小说,总是在写作之前如临大考,处于一种诚惶诚恐的紧张状态。写作过程中,也不乏"文衢通达"、"行云流水"的时刻,却总是写完上一节,就焦虑着下一章能否写得出(且不论写得好不好)。初稿既出,也会得意一时,但过上三五天就唉声叹气,没有了信心,产生出一种灰色的"失败感"。爱人摸准了这个心性,每当我按捺不住写作过程中的自我陶醉,眉飞色舞地向她讲述自己所写的某个人物、某个情节或是某段文字时,她就会笑骂一声"看你鬼神气!不出三天,又来唉声叹气!"果然几天后初稿一完,我也就从妄自得意走到了反面——心灰意冷。直到很多日子过去,才又不甘失败地将稿子拿出来,请朋友看看有无修改价值。我的不少小说,都是受了朋友的鼓励,才二稿三稿地另起炉灶,从头写起。我甚至不能在原稿的天头地角上做大的修改,而习惯于另展纸笔,边抄边改,并把相当一部分精力花在了字句的推敲上。我由衷地羡慕那些写作速度快的同行,敬佩他们具有"一次成"的本领和天分。假若不是社会主义制度的优越性保障了我的基本生活,而到别的什么制度下去参与什么生存竞争,非潦倒饿饭不可。

一九七八年秋天,我到一个山区大县去采访。时值举国上下进行"真理标准"的大讨论,全国城乡开始平反一二十年来由于左的政策失误而造成的冤假错案。该县文化馆的一位音乐干部跟我讲了他们县里一个寡妇的冤案。故事本身很悲惨,前后死了两个丈夫,这女社员却一脑子的宿命思想,怪自己命大,命独,克夫。当时听了,也动了动脑筋,但觉得就料下锅,意思不大。不久后到省城开创作座谈会,我也曾把这个故事讲给一些同志听。大家也给我出了些主意,写成什么"寡妇哭坟"啦,"双上坟"啦,"一个女人的昭雪"啦,等等。我晓得大家没真正动什么脑筋,只是讲讲笑笑而已。

党的具有历史意义的三中全会的召开,制定了"实事求是、解放思想"的正确路线,使我们国家的政治生活发生了历史性转折。

人民在思考，党和国家在回顾，在总结建国三十年来的经验教训。而粉碎"四人帮"以来的文学呢，则早已经以其敏感的灵颖，在触及、探究生活的也是艺术的重大课题了。我也在回顾、在小结自己所走过的写作道路。三中全会的路线、方针，使我茅塞顿开，给了我一个认识论的高度，给了我重新认识、剖析自己所熟悉的湘南乡镇生活的勇气和胆魄。我就像上升到了一处山坡上，朝下俯视清楚了湘南乡镇上二三十年来的风云聚会，山川流走，民情变异……

一九八〇年七、八月间，正值酷暑，我躲进五岭山脉腹地的一个凉爽幽静的林场里，开始写作《芙蓉镇》草稿。当时确有点"情思奔涌、下笔有神"似的，每日含泪而作，嬉笑怒骂，激动不已。短短十五六万字，囊括、浓缩进了二三十年来我对社会和人生的体察认识，爱憎情怀，泪水欢欣。从这个意义上讲，说我是花了二十几年的心血才写出了《芙蓉镇》，也不为过分。

不少读者对《芙蓉镇》的结构感兴趣，问这种"不中不西、不土不洋"的写法是怎么得来的。我觉得结构应服务于生活内容。内容是足，形式是履。足履不适是不便行走的。既不能削足适履，也不宜光了脚板走路。人类已经进入了现代化社会。科学文明的突飞猛进，加快了人类生活的速度与节奏。人们越来越讲求效率与色彩。假若我们的文学作品还停留或效仿十七八世纪西方文学的那种缓慢的节奏、细致入微的刻画，今天的读者（特别是中青年读者）是会不耐烦的了。而且，我国古典文学作品中，故事发展的节奏和速度都是较快的,读者也读着痛快习惯。

前面已经说过,《芙蓉镇》最初发端于一个寡妇平反昭雪的故事。那些年我一直没有写它,是考虑到如果单纯写成一个妇女的命运遭际,这种作品古往今来已是屡见不鲜了,早就落套了。直到去年夏天,我才终于产生了这样一种设想:即以某小山镇的青石板街为中心场地,把这个寡妇的故事穿插进一组人物当中去,并由这些人物组成一个小社会,写他们在四个不同年代里的各自表演,悲欢离合,透过小社会来写大社会,来写整个走动着的大的时代。有了这个总体构思,我暗自高兴了许久,觉得这部习作日后写出来,起码在大的结构上不会落套。于是,我进一步具体设计,决定写四个年代(一九六三年、一九六四年、一九六九年、一九七九年),每一年代成一章,每一章写七节,每一节都集中写一个人物的表演。四章共二十八节。每一节、每个人物之间必须紧密而自然地互相连结,犬齿交错,经纬编织。

当然,这种结构也许是一次艺术上的铤而走险。它首先要求我必须调动自己二三十年来的全部的乡镇生活积蓄,必须灌注进自己的生活激情,压缩进大量的生活内容。同时,对我驾驭语言文字的能力,也是一次新的考验。时间跨度大,叙述必然多。我觉得叙述是小说写作——特别是中长篇小说写作的主要手段,叙述最能体现一个作家的语言风格和文字功力。我读小说就特别喜欢巴尔扎克作品中的浮雕式的叙述,自己写小说时也常常津津乐道于叙述。

《芙蓉镇》在今年年初发表后,有段时间我颇担心读者能否习惯这种"土洋结合"的情节结构以及整块整块的叙述文字。但是不久后,读者的热情来信消除了我的这种担心,大都说"一口气读了下去"。当然也有些不同的看法,比方一位关心我的老作家基本肯定之余,指出我把素材浪费了,本来可以写成好几部作品的生活,都压缩进十几万字的篇幅里去了。还有,前些时一位文学评论家转告我,《人才》杂志有位同志全家人都看了《芙蓉镇》,十分喜欢,却又说"这位作家在这部作品里,大约是把他的生活都写尽了"。

　　还有些读者来信说,《芙蓉镇》就像是他们家乡的小镇,里边的几个主要人物,如胡玉音、秦书田、谷燕山、黎满庚、王秋赦、李国香等,他们都很熟悉,都像是做过邻居、当过街坊似的……今年四月里的一天,我正在人民文学出版社的客房里修订书稿,忽然闯进来一个中年汉子,自报姓名,说是内蒙古草原上的一位中学教员。他说:"老古同志,我就是你写的那个秦书田……我因一本历史小说稿,'文革'中被揪斗个没完没了,坐过班房,还被罚扫了整整六年街道……"说着,他泪水盈眶,泣不成声。我也眼睛发辣,深深地被这位内蒙草原上的"秦书田"的真挚感情所打动。

　　《芙蓉镇》里所写的几个主要人物,都有生活原型,有的还分别有好几个生活原型。社会科学院文学研究所一位从事当代文学研究的同志曾经向我转达过这样一个问题,谷燕山是《芙蓉镇》里老干部的正面形象,是个令人同情、受人敬重的老好人,是否过分强调了他作为"普通人"的一面？我觉得这确是一个值得评论家们进行探讨的问题。毫无疑义，在我们当代的文学作品中已经塑造出了许多感人的老干部形象。这些形象大都是从战争年代的叱咤风云的指挥员们身上脱颖出来的，具有气壮山河的英雄气概和高屋建瓴的雄才大略。而我要写的却是和平时期，工作、生活在南方小山镇上的一位南下老干部。没有枪林弹雨，也不是千军万马大会战的建设工地。谷燕山首先是个普通人，是山镇上百姓们中间的一员，跟山镇上的百姓们共命运，也有着个人的喜好悲欢。然而他主要的是一个关心人、体贴人、乐于助人的正直忠诚的共产党员。他的存在，无形中产生了一种使小山镇的生活保持平衡、稳定的力量。在山民们的心目中，他成了新社会、共产党的化身，是群众公认的"领袖人物"。当然，这样写党的基层领导者形象，特别是毫无隐讳地写了他个人生活的种种情状，喜怒哀乐。或许容易产生一种疑问：在"英雄人物"、"正面人物"、"中间人物"、"转变人物"等有限的几个文艺人物品种里头，他到底应该归到哪一类、入到哪一册去呢？要是归不到哪一类、入不了哪一册又怎么办？由此，使我联想到我们的文学究竟应当写生活里的活人还是写某些臆想中的概念？是写真实可信的新人还是写某种类别化了的模式人、"套中人"？所以我觉得，谷燕山这个人物尽管有种种不足，但作为我们党的基层干部的形象，并无不妥。

简单地给人物分类，是左的思潮在文艺领域派生出来的一种形而上学观点，一种习惯势力，是人物形象概念化、雷同化、公式化的一个重要原因,在某种程度上对社会主义文学创作的繁荣起着阻碍作用。近些年来我力图在自己的习作中少一些它的束缚,但进展甚微,今后还需要花大力气,做长时间的探索。

许多湖南籍的老作家,总是要求、劝导我们年轻一辈,要植根于生活的土壤,开阔艺术视野,写出生活色彩来,写出生活情调来。他们言传身教,以自己的作品为我们提供了范例。"写出色彩来,写出情调来",这是前辈的肺腑之言,艺术的金石之音。要达到这一要求,包含着诸种因素,有语言功力问题,生活阅历、生活地域问题,思想素养问题等等。这绝不是说习作《芙蓉镇》就已经写出了什么色彩和情调。恰恰相反,我的习作离老一辈作家们的教诲甚远,期待甚远,正需要我竭尽终生心力来执着地追求。好些读者和评论工作者曾经热情地指出了《芙蓉镇》的种种不足,我都在消化中,并做认真的修改、订正。

"看世界因作者而不同,读作品因读者而不同"。应当说,广大读者最有发言权,是最公正的评论者。以上所述,只不过是一篇有关《芙蓉镇》的饭后的"闲话"而已。

一九八一年十一月初于北京
一九八二年七月重版校阅